STROMBOLI

W0356951

Saskia Noort

Stromboli

Roman

Lebowski Publishers, Amsterdam 2018

© Saskia Noort, 2018
© Lebowski Publishers, Amsterdam 2018
Omslagontwerp: © Janet Hansen
Foto auteur: © Carli Hermès
Typografie: Crius Group, Hulshout

ISBN 978 90 488 3399 3
ISBN 978 90 488 3400 6 (e-book)
NUR 301

www.lebowskipublishers.nl
www.overamstel.com

OVERAMSTEL
uitgevers

Lebowski is een imprint van Overamstel uitgevers bv

Alle rechten voorbehouden.
Niets uit deze uitgave mag worden verveelvoudigd en/of openbaar gemaakt door middel van druk, fotokopie, microfilm of op welke wijze ook, zonder voorafgaande schriftelijke toestemming van de uitgever.

FSC
www.fsc.org
MIX
Papier van verantwoorde herkomst
FSC® C104608

'All the times that I cried, keeping all the things I knew inside
It's hard, but it's harder to ignore it'

Cat Stevens, 'Father and Son'

'You know this day won't last forever
Move on and you'll forget
Tomorrow's packed with new endeavors
Get on with life she said
All I ever cared about
Thought I'd never do without
Seems a faded memory
Remnant from the past'

Johan, 'You Know'

We lopen naar buiten. Alles draait.

'Ik voel me niet zo goed,' zei ik.

'Je moet gewoon een beetje frisse lucht,' zei hij en nu heeft hij mijn hand gepakt.

We gaan zitten naast het water. Een fontein pruttelt lusteloos. De grond is vochtig.

'Mijn rok,' zeg ik.

'Nou ja, rok,' lacht hij. 'Doe je hoofd tussen je knieën. Zo ja.'

Alsof ik in een achtbaan zit. Ik neem lange teugen lucht. De Pisang Ambon-jus prikt in mijn neus. Bij de gedachte aan het drankje kokhals ik.

'Je moet dat gif ook niet drinken.'

'Ik denk dat ik naar huis wil.'

'Je kunt toch niet zo thuiskomen?'

Nee, denk ik, dat kan inderdaad niet. Mijn ouders denken dat ik logeer bij Annemarie Goldenwaard. Dat doe ik ook, maar Annemaries ouders zijn een weekendje weg en wij gingen dus uit. En eindigden op het feestje van ene Nathalie Dekker in Alkmaar.

Ik staar naar het gras tussen mijn voeten. Ik weet niet waar mijn schoenen zijn. Hij zit tegenover me. Vanuit de woonkamer klinken de anderen.

'Ga anders even liggen.'

Ik doe het. Hij legt een koele hand op mijn voorhoofd. Even zak ik weg in een tunnel die ruikt naar nat gras, tot het zure goed in mijn maag omhoogkomt en ik alles eruit gooi, in de vijver. Hij houdt mijn haar omhoog. Ik vind dat lief van hem. Zijn andere hand is op mijn pulserende buik. Ik hijg uit. Nu zijn er twee handen op mijn heupen.

'Ik wil toch naar huis.'

'Je moet eerst opknappen.'

'Alsjeblieft, breng me naar huis.' Het komt er krachteloos uit. Ik probeer op te staan. Zijn handen nemen mijn rok mee naar beneden.

'Kom nou nog even zitten.'

Ik weet niet waarom ik het doe.

Als ik zit, geeft hij mijn rok niet terug. Plagerig draait hij ermee in de lucht, waarna hij hem over de schutting werpt.

Ik begin te huilen.

'Jezus. Sorry. Het is maar een geintje. Niet huilen. Ik pak dat ding zo terug. Kom op. Kom hier.'

Hij slaat zijn arm om mijn schouders en trekt mijn hoofd naar zich toe. Ik adem niet. Hij mag mijn kots niet ruiken. Zijn mond vindt mijn wang.

'Jij bent zo'n lekker klein brutaaltje.'

Zijn gewicht drukt me naar de grond. Hij kan me breken, denk ik.

'Kijk me eens aan?'

Ik kijk. Zijn ogen zijn half geloken. Hij verzamelt spuug in zijn mond en druppelt het traag op mijn lippen. Onder zijn ogen word ik lelijk. Mijn witte vlees, mager en groezelig.

'Er zijn mensen,' zeg ik.

'Iedereen is dronken,' zegt hij en zijn hand glijdt in mijn onderbroek. Zijn vingers doen me pijn.

'Wat een lekker sappig kutje.'

Ik probeer mijn bekken zo ver mogelijk bij zijn hand vandaan te draaien. Hij is zo zwaar. Zijn transpiratie stinkt.

'Rustig nou maar.' Zijn tong is in mijn oor. Ik hoor mijn onderbroek scheuren.

Haastig knoopt hij zijn spijkerbroek open. Dit is echt aan het gebeuren.

Ik denk dat ik 'Hou op' zeg. Niet hard genoeg, want hij gaat door. 'Vies wijf,' zegt hij, 'wat ben jij een lekker vies wijf.' In zijn ogen zie ik verachting. Hij zou me kunnen vermoorden. Ik wil iets zeggen, maar hij legt zijn hand op mijn mond.

'Nu even stil zijn.'

Dan perst hij zich in me en begint driftig te pompen. Ik verdwijn weer in de tunnel. Mijn hoofd beukt tegen de wand. Ik weet dat zijn hand zich om mijn hals klemt, dat ik naar adem snak, dat hij mijn beha omhoogtrekt en in mijn tepels bijt, maar ik blijf in de tunnel, ver bij wat er gebeurt vandaan. Zo kan ik een pop zijn, in zijn handen, onder zijn gewicht. Kan hij me omdraaien, mijn hoofd in de vochtige aarde duwen en zijn pik nog harder in me rammen.

Ik wil niet dood.

Ik word wakker achter de struiken. Het begint al licht te worden. Binnen wordt nog steeds gepraat en gelachen. Ik ben halfnaakt als in zo'n droom waarin je zonder onderbroek op het schoolplein blijkt te lopen. Hij zit onder elke centimeter van mijn huid. Maar ik leef wel, zeg ik tegen mezelf. Ik leef, maar voel me zo ver verwijderd van het leven dat ik net zo goed dood had kunnen zijn.

Onder de douche wil ik mijn lelijke, smerige vel afstropen. Ik ben besmet. De geur van zijn zaad blijft me omringen, hoeveel zeep ik ook gebruik. Het zit in mijn poriën, mijn haarvaten, het werkt zich een weg naar mijn baarmoeder. Ik heb overal pijn. Zijn vingers staan boven mijn sleutelbeen. Dat is dus bewijs. Waar ik niets mee ga doen. Wat ik wel ga doen is de morning-afterpil halen.

Ik kijk uit het raam naar de tuin. De plek naast de vijver. Mijn kots ligt op de rand, daarnaast mijn onderbroek. Aan de schutting hangt mijn rokje.

Ik trek kleren van Nathalie aan. Beneden stap ik de kamer in, waar de laatste gasten op de bank hangen, onder een dikke wietwalm.

'Zal je d'r hebben,' zegt een jongen. Iedereen lacht. 'Ons seksbeest.' Ik lach ook. 'Hij is weg hoor. Allang.'

In de tuin pak ik mijn rok en mijn onderbroek en prop ze in mijn tas. Dan haal ik mijn fiets van het slot. Erop zitten lukt niet. 'Het is mijn eigen schuld,' hamert het de hele weg naar huis door mijn hoofd. En daarom kan ik het niet vertellen. Dan weet iedereen wat voor eentje ik ben.

I

1

De hond ligt in de kast, opgerold achter mijn verzameling laarzen. Ze beeft en weigert eruit te komen. Ik fluister: 'Bella. Kom lieverd, ga je mee?' De belofte van een wandeling werkt altijd. Ze komt overeind en gaat me voor, de trap af, de keuken door. Bij de achterdeur begint ze te blaffen. 'Over! Ssst!' Snel trek ik mijn Uggs en mijn vest aan, bind mijn haar in een knoetje en glip de deur uit.

Buiten is het nog donker en ruikt het naar natte aarde. Boven de weide voor ons huis hangt nevel. Bella holt voor me uit. Ik steek de weg over en loop het bos in. Daar haal ik een pakje sigaretten uit mijn vestzak. Ik haat het als Karel dat doet, maar nu wil ik zelf niets liever dan mijn longen vullen met gif. Woest neem ik trekjes van de sigaret. Ik loop zomaar een kant op, geen idee hoe het verder moet. Iedere gedachte aan morgen of zelfs maar het komende uur maakt me zo bang dat ik naar adem hap. Dag en nacht die vraag. Zal ik gaan, zal ik blijven? Is dit wel het goede moment? Ik begin te huilen. De gedachte om het weer voor me uit te schuiven is nog angstaanjagender dan de beslissing zelf.

Bella rent rondjes om mijn benen en blaft hysterisch. Ik zoek een stok, breek de stekelige takjes eraf en werp hem voor me uit. Achter me, in ons mooie huis aan de rand van het bos, slapen mijn kinderen en mijn man. Daar leven we het leven waarvan ik als kind al droomde. Een gezin. Mijn eigen kinderen, een eigen man. Als ik speelde, speelde ik gezinnetje. Een leegstaand schuurtje toverde ik om tot een huisje, waarin mijn zusje, neefjes en nichtjes mijn kinderen moesten spelen. Ik droeg een schort en maakte soep. Mijn lievelingstijdschrift was *Ouders van Nu*, dat ik vond in de leesmand bij de vriendin van mijn moeder. Wat zou een therapeut daarvan maken? Mijn ouders waren nog jong en vierden de tijdgeest. Om de paar maanden hadden we een nieuwe oppas en als ze 's avonds op pad gingen, lag er een briefje met een telefoonnummer bij de telefoon. Nog weet ik het nummer van de plaatselijke kroeg uit mijn hoofd. Zo zou ik het niet doen. Ik wilde een doodgewoon gezin. Zo burgerlijk mogelijk. En nu ga ik het kapotmaken.

Karel belt. Ik druk hem weg, want ik wil doorlopen, eindeloos, de rest van mijn leven, zo ver mogelijk. Hij belt nog vijf keer. Uiteindelijk neem ik toch op. Stel dat er iets is en ik dan gewoon ben weggelopen. Hij is van de trap gevallen. Of er is iets met mijn ouders. Of de kinderen. Het zou niet de eerste keer zijn dat we ze wakker willen maken en er een van hen niet in bed ligt.

'Snoetje, waar ben je?' Hij klinkt schor. Zo klinkt hij altijd als hij net wakker is. Niets om je zorgen over te maken. Hij steekt een sigaret op.

Ik weet waar hij staat, bij de afzuigkap, in pyjama. Bloeddoorlopen ogen. Ik weet hoe hij ruikt: alcohol, tabak, slaap, angstzweet.

'Ik loop in het bos, met Bella.'

'Nu?'

'Ja, nu.'

'Het is halfzes.'

'Ja.'

'Het is weekend.'

'Ja.'

'Je hebt amper twee uur geslapen.'

'Ja.'

'Waarom ben je steeds zo vroeg op?'

Zou hij niet meer weten wat er vannacht is gebeurd?

'Jij bent toch ook wakker?'

'Kom naar huis, Snoet, we moeten echt nog even slapen.'

'Noem me niet zo.'

'Je bent nog steeds mijn Snoet, al wil je dat niet.'
'Tot zo,' zeg ik en ik hang op.

Hoe hij 'we' zegt. Hoe hij 'Snoet' zegt. Hoe hij wakker wordt, gaat roken en dan weer stinkend naast me komt liggen. Hoe hij zich tegen me aan drukt, mijn kuiten openhaalt met zijn teennagels. Hoe hij naar mijn tieten en mijn kut graait als hij zin heeft. Hoe hij reageert als ik hem afwijs. Hoe hij zijn pik tussen mijn billen wurmt. Hoe ik hem zijn gang laat gaan. Hoe ik na afloop zachtjes verdwijn, en op een matras naast mijn dochter kruip. Hoe ik het zover heb laten komen.

2

We hebben er alles aan gedaan. Alle boeken van Paulo Coelho, Alain de Botton en Jan Geurtz gelezen. Er samen tussenuit. Er apart tussenuit. Niet zeuren en zin maken. Buiten de deur neuken. Eerlijk zijn daarover. Liegen daarover. Verhuizen. Verbouwen. Een tweede huis in de zon. Weer verbouwen. Relatietherapie. Ieder apart therapie. Therapieweken. Rode lingerie. Elkaars geslachtsdelen scheren. Kaarsen aansteken en muziek van vroeger opzetten. Praten. Niet praten. Elkaar loslaten. Elkaar vasthouden. Angstremmers, antidepressiva, blowen, wodka. Stoppen met roken. Stoppen met drinken. Weer beginnen. Een open relatie. Ruziemaken. Zwijgen. Yoga. Meditatie. Mindfulness. Tuinieren. Wandelen. Alles. Scheiden was geen optie. Scheiden, dat doen de anderen.

Toen ik klein was, had ik vaak een nachtmerrie waarin mijn ouders uit elkaar gingen en ik moest kiezen bij wie ik wilde wonen. Ik stelde me de teleurstelling van mijn vader voor en het verdriet van mijn moeder. Op een gegeven moment sliep ik niet meer en zocht voortdurend bevestiging van mijn ouders' liefde voor elkaar. Maar het waren de jaren zeventig, en mijn vader bezat een kunstgalerie. Daar kwamen de hipste types op af en vrouwen omringden hem zoals vliegen stront. Mijn moeder deed alsof ze daar trots op was: kijk eens wat een gewilde man ik heb! Om hem bij de les te houden, hing ze bij huisvrienden op schoot of danste op tafel in hotpants. Niet dat dat veel hielp: er was geen peil op te trekken wanneer mijn vader thuis was. Als hij op zondag friet ging halen, kwam hij soms pas om drie uur 's nachts weer terug.

Maar scheiden, dat deden ze niet. Beter een slecht huwelijk dan geen huwelijk, hoorde ik mijn moeder ooit tegen een tante zeggen. Van de weeromstuit bleef de tante nog een paar jaar bij de alcoholist die haar man was. In onze familie is scheiden erger dan vreemdgaan of ongelukkig zijn.

Karel staat buiten op het terras. Het is lichter geworden en de vogels zijn net wakker. Bella stormt op hem af en begroet hem jankend. Hij lacht en aait de hond. Steekt meteen een nieuwe sigaret op. Ik blijf op een afstandje staan.

'Jezus, Saar.'

'Ik kan dit niet meer.'

'Waarom moet je altijd zo pathetisch doen?'

'Ik meen het. Ik wil het wel, maar het gaat niet meer.'

'Wat gaat niet meer?'

'Dit. Wat wij doen.'

'Wat doen we dan?'

'Elkaar gek maken.'

'Dit is gewoon een fase, schat.'

Hij neemt een diepe haal van zijn sigaret. Niemand kan zo diep inhaleren als Karel. Zijn longinhoud moet immens zijn.

'Je bent... Weet je, jij wordt ook ouder. Je wil nog van alles, bent zo onrustig. Je wil van alles inhalen en je bent bang dat je je jeugd verliest. Dat is voor vrouwen heel anders.'

Ik wil hem slaan. Die arrogantie van zijn smoel meppen.

'Wel fijn dat jij precies weet wat mij mankeert,' zeg ik. 'Een hele geruststelling. En vannacht? Gaan we het daar nog over hebben?'

'Die dingen gebeuren. Het is niet mooi, ik ben een wanhopig man.'

Ik ben een man. Zijn excuus voor alles. Om elke zondag klokslag zeven uur voor de buis te zitten. Om chinees te halen wanneer hij eens moet koken. Om seks te willen als hij dronken is. Om zijn teennagels niet te knippen.

'Ik kan je niet bereiken, dat is het,' zegt hij. 'Je lijkt wel versteend soms. En dan wil ik door die betonlaag heen slaan.'

Ik loop langs hem heen het huis in. Leun met mijn voorhoofd tegen de koelkast. Ik ben zo moe. Ik hoor hoe hij gaat zitten aan de keukentafel. Hoe hij de krant openslaat. Hij kucht. Zwijgend maak ik koffie. Ook voor hem.

'Dank je.' Zijn ogen blijven op de krant gericht. Het is een dag zoals alle andere. De koffie maakt me misselijk. Ik zeg dat ik ontbijt ga halen. Karel kijkt niet op.

Op het bankje voor de Albert Heijn, die nog gesloten blijkt, bel ik Mirjam.

'Mogge,' klinkt ze opgewekt. En dan, als ze me hoort sniffen: 'Is het weer zover? Waar ben je?'

'Waar denk je?'

'Ik ben vlakbij. Twee minuutjes.'

Mirjam is een vrouw die zodra ze wakker wordt – meestal rond vijf uur – in haar sportkleding schiet en het bos in rent. Ze eet niet, slaapt zelden en rent door het leven, terwijl ze vijf kinderen heeft. Het is haar manier om te verdoezelen dat haar huwelijk weinig meer voorstelt. We zijn vriendinnen sinds we erachter kwamen dat we allebei een minnaar hebben.

'Hoi!' Ze ploft naast me neer met rode wangen. Haar lichaam wordt omhuld door een loeistrak wit trainingspak waar haar borsten bijna uit springen. Die zijn nieuw, tot grote vreugde van haar man Joep, die niet weet dat ze eigenlijk voor Berend bestemd zijn. Of Beer, zoals zij hem noemt.

'De Albert Heijn is nog niet eens open,' lacht ze.

'Ik heb het gezegd.'

'Wat?'

'Dat ik niet meer verder wil samen.'

'Jezus. Hoe ging dat?'

In mijn hoofd hangt een dikke mist. Ik krijg de gebeurtenissen niet op een rij.

'Ik kwam thuis.'

'Je had die lezing! Was het goed?'

'Uitverkochte zaal. Ik heb tweehonderd boeken gesigneerd.'

'En toen zat hij daar weer. Aan de keukentafel.'

'Ja. Dronken.'

'Tuurlijk. En woedend.'

'Ook. Dus ik begon te vertellen hoe mijn avond was en dat er een vrouw begon te huilen omdat mijn columns haar zo hadden geholpen in een moeilijke periode, en al die tijd staarde hij me aan met die dronken ogen, zo boos en misprijzend.'

'Jezus.'

'Ik zei het gewoon. Ineens. Ik gooide het eruit.'

Mirjams telefoon gaat. Als ze opneemt hoor ik geschreeuw. Mirjam houdt de telefoon een stukje bij haar oor vandaan. 'Bente! Nu stoppen. Nu! Anders haal ik geen croissants, hoor je me!' roept ze van een afstandje naar haar iPhone. Dan wordt er opgehangen.

De deuren van de Albert Heijn gaan open. Mirjam staat op. 'Sorry, maar ik moet echt snel naar huis voor ze de tent afbreken. Laten we vanmiddag een wijntje doen.'

We kussen en haasten ons de Albert Heijn in. Mirjam is niet gelukkig in haar huwelijk. Maar opstappen is voor haar geen optie. Eerst verstopte ze haar onvrede achter een eindeloze reeks zwangerschappen, maar die weg is door haar man Joep afgesloten. Nu houden buitenechtelijke affaires de boel bijeen.

Thuis stal ik de honingbeenham, filet americain, salami, paté, selleriesalade, gekookte worst, croissants, gekookte eieren, vijf soorten kaas en gesneden tomaat en komkommer uit op de eettafel. Vier bordjes, vier kopjes. Ik zet muziek op, maak thee en jus d'orange en roep tussendoor dat het ontbijt klaarstaat. Een beetje te vroeg, Sofie en Willem komen tegenwoordig in het weekend voor elf uur hun bed niet uit. Karel is er kennelijk weer in gedoken. Ik staar naar de tafel, die zo op Instagram kan. Schuldgevoel hangt als een gewicht aan mijn nek. Dit wilde ik. Ontbijten met mijn vrolijk kwetterende gezin. Ik wil het opnieuw willen, maar ik krijg het niet voor elkaar, hoeveel vleeswaren ik ook op tafel zet. Ik besluit om ze wakker te maken, de pubers in hun kinderbedden.

Eerst Willem, bij wie het ruikt alsof ik een zweetsok binnenstap.

'Ga weg!' roept hij en hij trekt het dekbed over zijn hoofd.

'Ik heb croissants.'

'Rot op.'

'En filet americain.'

Sofies kamer ruikt naar Rituals.

'Je lag hier vannacht weer, hè?' mompelt ze.

'Eventjes maar,' zeg ik. Alsof dat wat uitmaakt.

Sofie draait zich om, haar handen om haar inmiddels vaalgrijze knuffel. Ze duwt hem tegen haar neus.

'Kom op, lieverd. Het ontbijt staat klaar. Ik heb filet.'

'Maaaaam,' kreunt ze. 'Het is nog maar negen uur.'

'Schuif eens op,' zeg ik. Ik schop mijn Uggs uit. Sofie maakt plaats. Ik vlij me naast haar en trek haar magere kinderlichaam naar me toe.

'Love you, mam. Wil je op mijn rug kriebelen?'

Ik steek mijn handen onder haar nachthemd en kras zachtjes met mijn nagels over haar warme slaperige vel.

Karel leest de krant en Willem staart naar zijn telefoon. Sofie klaagt over haar ei, dat net te hard is. We geven elkaar de jam door, de boter, het kaasmes. Ik doe alsof het een normaal ontbijt is. Al met al duurt het nog geen tien minuten. Sofie moet douchen en naar vriendinnen, Willem vlucht weer naar zijn kamer, Karel verplaatst zich met krant en koffie naar buiten, om daar naar hartenlust te roken.

Ik ruim af. Heel lang was het geluk van anderen genoeg. Waarom is dat nu veranderd? Vierentwintig uur per dag razen dit soort vragen door mijn hoofd. Alsof ik ben opgesloten in een verkeerd leven.

Ik loop naar buiten en ga aan de tuintafel tegenover Karel zitten. Bella ligt aan zijn voeten.

'Karel...' begin ik. Bella staat op en loopt haastig naar binnen, de trap op, en gaat vermoedelijk weer in de kast liggen.

'Luister, Snoet.'

Ik kijk hem woedend aan.

'Of Saar. Sara. Je hebt gelijk. Ik ben te ver gegaan vannacht. En ik moet dat niet bagatelliseren. Ik was dronken. En jij... Na al die jaren ben je nog steeds een raadsel voor me, weet je dat? En dan wil ik door die keiharde schil heen, dan wil ik iets breken, om je te vinden. De echte Sara. Maar die blijft verborgen, die zit ineengedoken achter een enorm blok beton. Dat maakt me soms gek. Ik heb nog nooit, ik zweer het, nog nooit eerder iemand geslagen. Ik weet niet wat me bezielde. Maar ik stop met drinken. Als dat ervoor nodig is, doe ik het. Voor jou. Als jij dan, voor mij, achter dat blok vandaan komt.'

Net nu ik genoeg weerstand en moed heb verzameld, gooit hij het over deze boeg.

'We hebben alles al gedaan.' Ik zeg het fluisterend. 'Alles. Hoe vaak ben je gestopt met drinken? Hoeveel therapieën hebben we gedaan?'

'Je moet echt wat harder praten, Saar.'

Plant je speer op het dorpsplein. Zeg het. Zeg: dit ben ik, dat is wat ik wil. Ik weet niet meer van welke therapeut ik dit heb.

'Ik kan het niet meer. Het vreet me op. Ik ben kapot.'

'Waarom nu meteen weer zo, Saar? Het is van het ene in het andere uiterste met jou. Ik zeg je dat ik stop met drinken. Laten we realistisch blijven en dat afwachten.'

'Ga je naar een kliniek?'

'Moet dat? Als dat is wat jij wil, ga ik naar een kliniek. Desnoods. Ik wil je niet kwijt.'

Ik weet niet meer wat ik moet zeggen. Mijn hoofd zit te vol.

'Wil je koffie?' vraagt hij.

Ik knik.

Even later wandelen we, allebei stijf van de cafeïne, door het bos. Bella is nog nooit zo vaak uitgelaten als het afgelopen jaar.

Karel pakt mijn hand. De zijne is klam. Het bos is bezaaid met families. Zo'n mooie dag, daar moet je van genieten. We groeten links en rechts. Zo'n leuk stel. Altijd samen de hond uitlaten.

'Oké. Dus als ik naar een kliniek ga, hoelang duurt zoiets?'

'Weet ik niet, zes weken?'

'Jij zoekt een goeie voor me uit. Dan ben ik zes weken weg. Heb jij tijd om tot rust te komen. En daarna maken we een nieuwe start. We gaan weer terug naar Gonda, maar deze keer maken we het af. We doen het helemaal op jouw manier.'

Gonda is de relatietherapeut die Mirjam ons adviseerde. Zij had al menig huwelijk gered, waaronder dat van Mirjam zelf. Gonda heeft kort grijs haar, een ziekenfondsbril en draagt strakzittende paarse yogakleding om haar gedrongen lijfje. Toen ze tijdens onze tweede sessie vroeg of Karel bij haar op schoot kwam zitten, omdat hij zoveel moederliefde had ontbeerd, liep Karel woedend weg.

'Sorry,' zeg ik. 'Het is te laat. Ik wil niet meer.'

Karel laat mijn hand los. 'Doe niet zo raar, Sara.'

We lopen door, zwijgend. De woorden houden zich op rond mijn middenrif. Wat er ook gebeurt, hou vol, denk ik. Niet terugkrabbelen. Ik ben er bijna. Ineens staat Karel stil. Zijn kaakspieren gespannen.

'Als je zo graag uit elkaar wil, dan ga jij maar.'

Hij haalt een pakje Marlboro uit zijn broekzak en steekt er een op. Ik sta tegenover hem. Mensen passeren ons. 'Wat een dag, hè?'

Karel lacht. 'Nou! Het is een dag om te zwerven!' De mensen lachen terug. Die Karel.

'Dat lijkt me een beetje raar,' zeg ik als alle pottenkijkers uit het zicht zijn.

'Hoezo? Jij wil weg, jij wil dit gezin opbreken, dan lijkt het me dat jij gaat.'

Even zie ik het voor me. Hoe ik wegrij, een paar dozen in de achterbak, huilende kinderen voor het raam.

'Karel, echt...' Ik draai me om en loop naar huis.
'Ga dan! Je moet toch zo nodig! Ga!' schreeuwt hij.
Ik begin te rennen. Bella rent dolblij met me mee.

3

In ons dorp volgen de scheidingen elkaar in snel tempo op. Meestal gaat het zo: man gaat vreemd met een jongere kloon van vrouw, wordt betrapt met dank aan het roddelcircuit of zijn mobiele telefoon, wordt op straat gegooid en maakt na een bittere vechtscheiding nieuwe kinderen met de kloon. Eens in de paar jaar vindt er een totale relatieverschuiving plaats, alsof iemand alle stellen in een centrifuge heeft gegooid en ze er allemaal gehusseld uit komen. Het ene na het andere stel hebben we uit elkaar zien gaan, het leek wel een soort huwelijksebola. En bij iedere scheiding werden we banger. Je zal maar in zo'n cliché vervallen. Dat nooit! Wij waren anders dan de anderen. Wij hadden ieder een eigen carrière en werkten toch dagelijks samen. Karel en ik deelden de zorg voor de kinderen en deden leuke dingen zonder hen. Zo kon een huwelijk ook zijn. We schreven er zelfs over. Over de wederzijdse ergernissen, de verschillen tussen man en vrouw, de strijd over het roken, het koken en de afstandsbediening. Lezers vraten het. De bekende schrijver met zijn journalistenvrouw. Hij, ouder, wijzer en ruwer, en zij, de blonde, brutale muze. Hij, die altijd rommel maakte, een tuinhek repareerde met plakband en gekmakend vaak naar Bob Dylan luisterde; zij, de semimislukte moeder die zich verbaasde over uitsloverige kinderpartijtjes en die onhandig door het leven struikelde. Hij, links intellectueel, literair en moeilijk; zij, zwevend in het midden, pragmatisch en makkelijk.

Mijn eerste boek, dat enkele jaren geleden uitkwam, werd een monsterhit. Karels vijfde roman, waar hij zes jaar aan had gewerkt en dat een halfjaar na het mijne verscheen, haalde voor het eerst de top tien niet. De bundel van onze gezamenlijke columns voor *de Volkskrant* stond acht weken op 1. Op de achterflap staat: 'Ze zijn het nergens over eens, behalve over de grote liefde voor elkaar. Niemand schrijft zo grappig, lief, intiem en pijnlijk herkenbaar over het huwelijksleven als echtgenoten, collega's en beste vrienden Karel van Bohemen en Saar Zomer.' De *LINDA.* vond het 'zo herkenbaar, zo ontroerend – de liefde spat ervan af', maar Connie Palmen zei in *DWDD*: 'Karel deelt het bed met het Paard van Troje. Zij is de ondergang van de Nederlandse literatuur.'

Vannacht zei Karel dat Palmen gelijk had. Misschien was ik niet de ondergang van de literatuur, maar toch zeker zíjn ondergang. Alles wat ik bereikt had, had ik aan hem te danken. Hij had me altijd gesteund, geholpen, verdedigd waar nodig en nu ik hem eindelijk had verdrongen uit de lijst van meest gelezen schrijvers, dumpte ik hem. Ik vroeg hem alsjeblieft iets zachter te praten, want de kinderen sliepen. Daarop schreeuwde hij dat hij zich niet meer door mij liet commanderen. Ik deed wat Gonda mij had aangeraden in dit soort situaties: stap uit het spel. Ik liep langs hem naar de trap en mompelde dat het beter was als we nu gingen slapen. Morgen, bij de koffie, als hij gekalmeerd en rustig was, zouden we het er wel weer over hebben. Hij pakte mijn arm. Het deed pijn en ik probeerde me los te wurmen. Niet zo beginnen, zei ik, waarop hij uithaalde en mijn gezicht op een haar na miste. Verbijsterd staarden we elkaar aan. Ik was niet bang, gekwetst of verdrietig, ik ervoer slechts een kille minachting. Hij zei geen sorry. In plaats daarvan schonk hij zichzelf een nieuw glas rode wijn in en stak een sigaret op. 'Ik denk dat je gelijk hebt, Saar. We zijn elkaar kwijtgeraakt. Jij bent SBS6 geworden, waar ik nog steeds VPRO ben.'

Het raakte me niet, het luchtte op. Dit was precies de bevestiging die ik nodig had. Er was geen weg meer terug.

Karel heeft zich verschanst in zijn werkkamer. Ik lunch met de kinderen en doe zo gezellig mogelijk. ‘Zullen we vanavond friet met kip maken?’ Vanuit Karels kamer klinkt Elvis.

‘Wat de fuck heeft pa?’ vraagt Willem.

Ik zeg dat hij gewoon lekker bezig is.

‘Is er iets of zo?’ vraagt Sofie.

‘Tuurlijk niet, jongens.’ Ik stel voor een appeltaart te gaan bakken.

‘Hoezo? Dat doen we nooit! Waarom wil je ineens een appeltaart bakken? Awkward.’

Even naar het strand dan, met Bella?

‘Doe normaal. Zie je, er is iets. Is pa weer depressief?’

‘Welnee, waarom denk je dat?’

‘Omdat Bella weer de hele tijd in de kast ligt. Dat deed ze vorig jaar ook, weet je nog, toen papa zo chagrijnig was.’

‘Ik denk dat Bella ergens van geschrokken is. Die draait wel weer bij.’

‘Mam, ik haat het als je nep doet.’

Karel zet Elvis nog harder.

‘You’re sleepin’ son I know
But really this can’t wait
I wanted to explain
Before it gets too late
For your mother and me
Love has finally died
This is no happy home
But God knows how I’ve tried.’

‘Jawel, hij is weer depressief, mam.’

Hoe is het daar? appt Mirjam.

Matig.

Wijntje, einde mi?

Ik wacht even de situatie af. Misschien ff in het dorp.

Karel houdt niet van spontaan bezoek. En hij heeft een bloedhekel aan Mirjam. Hij vindt haar een oppervlakkig schepsel, een roddeltante en een bemoeial. Ook verdenkt hij ons ervan elkaar op te stoken en, als hij heel dronken is, van een lesbische verhouding. Dus houden Mirjam en ik onze vriendschap grotendeels ondergronds. We ontmoeten elkaar tijdens het boodschappen doen bij de Albert Heijn, althans zo noemen we dat thuis. Als een van onze partners belt om te vragen waar we blijven, zeggen we dat we elkaar toevallig tegen het lijf liepen. Of dat we net bij de kassa staan.

Ik pak de strijkplank. Ik moet iets doen. Strijken is naast koken de meest bevredigende huishoudelijke klus. Het geeft direct resultaat en je kunt het geheel gedachteloos doen. En misschien doe ik het wel om Karel te laten zien dat ik deug, dat ik nog steeds oog heb voor de noden van het gezin. Ik app Mirjam dat het wijntje niet gaat lukken.

Tot aan de tenen gespannen slaan we ons door het avondeten. De kinderen weten niet hoe snel ze weer van tafel moeten, naar hun kamer, of misschien ook wel in de kast bij Bella, wie weet. Weg van de zware lucht die in de keuken hangt.

Zodra zij hun hielen hebben gelicht, vraagt Karel snauwend waarom ik er nog ben.

'Wil je alsjeblieft normaal doen,' snauw ik terug.

'Je wil toch weg? Rot dan ook op, godverdomme.'

'Ik laat de kinderen nooit in de steek.'

'Ik ook niet.'

Hij staat op, pakt de fles rode wijn en trekt zich weer terug in zijn werkkamer. Ik ruim af, zet alles in de afwasmachine, maak de tafel en het aanrecht schoon, doe brokjes in Bella's bak en ga naar mijn eigen kast, ofwel mijn kantoor, voorheen de speelkamer van de kinderen. Op mijn computer open ik Spotify en ik zet de afspeellijst

Sundaymood, die beter Divorce Tunes had kunnen heten, aan. Ook ik heb een fles wijn mee. Op mijn borst ligt een blok beton. Hoe krijg ik mezelf uit deze klem? Als ik me overgeef? Of een toontje lager ga zingen, zoals mijn schoonmoeder opperde nadat ze had gehoord van onze problemen? 'Weet je wat jij moet doen? Gewoon even een toontje lager zingen.' Zij vindt al jaren dat ik Karel verwaarloos. 'Waarom toch al die ambitie? Wat is er in hemelsnaam mis met zorgen voor je man en kinderen?' Waarna ze weer de hele riedel afstak over vroeger, toen alles beter was en niemand uit elkaar ging, om te eindigen met: 'Weet je wel wat je je kinderen aandoet?'

Hoe moeilijk is het? Ik leef dit leven al twintig jaar. Soms kom je er sterker uit, zegt mijn moeder, die meent dat ik in een soort midlifecrisis verkeer. Straks is die voorbij en heb ik alles in puin getrapt met mijn egoïstische drang naar… wat? Vrijheid? Seks met anderen? Rust? Ik heb geen idee, maar ik kan onmogelijk nog naast hem in bed liggen. Iedere vorm van intimiteit met Karel geeft me het gevoel dat ik langzaam gewurgd word. Natuurlijk heb ik me er vaak genoeg overheen gezet. Ik schreef zelfs het verhaal 'Niet zeuren, zin maken' en ik meende het. Zat was ik die vrouwen die maar klaagden dat ze te moe waren voor seks vanaf het moment dat de levensverzekering, in de vorm van een kind, binnen was. Hup, scheren die hap, wijntje erin, iets ordinair synthetisch aan, Marvin Gaye op en gaan. Ineens voel ik de drang om een excuusbrief te schrijven aan alle vrouwen die dit lazen en de daad bij het woord voegden door zich tegen heug en meug te laten beklimmen door hun echtgenoot. Ik zou hun willen zeggen dat het niet waar is: je redt je huwelijk niet door seks te hebben tegen je zin, je brengt het juist om zeep. En ook: waarom toch zijn vrouwen verantwoordelijk voor het welslagen van het seksleven en de relatie? Waarom moeten wij ons optuigen en waxen, onze vagina's na de bevalling weer op orde laten maken, de tieten oppompen, en de striae wegstoppen? Dat soort dingen schrijf ik. Maar ik leef er niet naar.

Is het verlangen naar Karel er ooit wel geweest? Ik weet het niet meer. Er was een verlangen het hem naar de zin te maken. Door hem gezien te worden en later hem tevreden te houden. Er was ook een verlangen te zijn als alle anderen, te bewijzen aan mezelf dat ik normaal was, en niets had overgehouden aan wat me was overkomen in mijn jeugd. Maar ik weet niet beter dan dat seks voor mij eerder een bevestiging is dat ik geliefd ben, dan dat ik liefheb. Klaarkomen bij een man is me nog nooit gelukt. Vroeger vond ik dat niet erg. Ook zonder orgasme viel er best wat te genieten, maakte ik mezelf wijs. En ja, ik deed alsof. Maar tegenwoordig doe ik zelfs die moeite niet meer. Het maakt Karel niet uit.

Hij stapt mijn kamer binnen. Snel klik ik mijn tekst weg. Cat Stevens zingt: *'Look at me, I'm old, but I'm happy.'*

'Verdomme, Saar.'

'I know, I have to go away.' Cat Stevens, hou je bek.

Karel gaat op de grond zitten. 'Wat moeten we nou?'

Ik sta op en ga naast hem zitten.

Hij ziet er verslagen uit, laat zijn hoofd tussen zijn schouders zakken. Ik zie tranen op zijn wangen. Dit is mijn schuld.

'Het is raar om weg te gaan als je echt niet weg wil,' zegt hij. 'Ik wil hier zijn, bij jou, bij mijn kinderen. Bij Bella. Dit is mijn hele leven. Er bestaat niets anders voor mij. Ik ben zo bang, Saar.'

Ik pak zijn hand. Onze vingers haken in elkaar. Ik leg mijn hoofd op zijn schouder en huil ook.

'All the times that I've cried, keeping all the things I knew inside. It's hard, but it's harder to ignore it.'

We luisteren muziek, terwijl we drinken en roken.

Karel zegt: 'Ik denk dat we het niet moeten zien als een einde. We nemen een periode van rust en afstand. Ik zie aan je dat je op bent. En daarna, wie weet, Sara, komen we weer bij elkaar. Ik weiger dat uit te sluiten.'

'En ga je nog wel stoppen met drinken?'

'Je kunt me niet alles afnemen.'

'Nee, maar ik wil niet dat je je kapotzuipt.'

'Daar heb je vanaf nu niets meer over te zeggen.'

'Ik mag je wel adviseren, als vriend.'

'Zorg jij nou maar voor jezelf. Jij tikt ook aardig wat weg.'

Daar is Karel weer. Altijd alles omdraaien. Maar hij heeft gelijk. Het is mijn probleem niet meer.

'Wat vind je ervan? Van mijn plan?' zegt hij.

'Ik denk dat het goed is.'

'En tijdelijk. Toch?'

Ik knik en stel daarmee de pijn even uit. Ik weet dat dat het slechtste is wat je kunt doen, maar ik ben nu eenmaal een lafaard die het woord 'scheiden' nog steeds niet durft te zeggen. Wat ik wel zeg: 'Morgen ga ik een huis zoeken. Jij blijft hier met de kinderen. Als ik iets heb gevonden, vertellen we het.'

4

Ik sta vast in de Schipholtunnel. Mijn iPhone trilt.

Zelfde kamer, 11, tot zo X

Yo! app ik terug.

Ik heb geen zin, ik ben moe. Althans, ik heb wel zin om afgesloten van de rest van de wereld op een hotelbed te liggen en wijn te drinken, maar niet in moeilijk praten. Het liefst zou ik er in mijn eentje zijn, met Netflix en roomservice. Beide hebben ze niet in het Schiphol A4.

Elke eerste maandag van de maand zie ik daar Derek, meestal in kamer 11 rond lunchtijd. Om de beurt betalen we de kamer, en degene die niet betaalt verzorgt de lunch. Deze affaire duurt al twee jaar en nog nooit heeft iemand er lucht van gekregen. Omdat we niet verliefd op elkaar zijn. Omdat we niet meer van elkaar willen dan drie uur per maand vluchten in seks. Derek meent dat onze verhouding zijn huwelijk juist in stand houdt. Ik heb dat ook een tijd geloofd.

Al zes jaar ontmoeten onze gezinnen elkaar in hetzelfde skigebied, in hetzelfde hotel, en onze oudsten zijn dan een week lang beste vrienden. Zowel Dereks vrouw Ilse als Karel heeft een hekel aan wintersport, terwijl Derek en ik er dol op zijn. Zo kunnen Ilse en Karel samen klagen over de kou, het gesleep met ski's en schoenen, de inrichting van het hotel, de lelijke Oostenrijkse taal, hoe het milieu kapotgaat aan toerisme en de après-skimuziek die overal uit de boxen klinkt. Het enige wat Karel nog wel aardig vindt van de Oostenrijkse cultuur is de onuitputtelijke variatie aan alcoholische dranken. Toch gaan ze allebei ieder jaar weer mee, hijsen zich op de lange latten om op hun eigen manier achter ons aan te rossen. De dag eindigt steevast in een hut halverwege de piste waar we, tien bier later, 'Komm hol das Lasso raus' meebrullen. Vaak is Ilse dan al weg met de kinderen, soms Karel ook.

Op een avond tijdens de tweede wintersportvakantie eindigden Derek en ik samen, lam van de Jägerbommen, in de sneeuw, op zoek naar mijn ski's. Ik belde naar Karel, Derek naar Ilse. Zij zaten al aan het avondeten en samen haastten we ons, zittend op Dereks snowboard, de piste af. Uiteraard vielen we de hele tijd om, waarbij Dereks handen tijdens de laatste val onder mijn jas gleden. Ik draaide me om en we kusten. Alles was er heerlijk aan. Zijn geur, zijn mond, zijn tong, de kou van zijn wangen, de sterren boven ons. Het was lang geleden dat ik me zo vitaal had gevoeld.

'Phoe,' zeiden Derek en ik tegen elkaar toen we beneden waren en onze skipakken rechttrokken.

'Gevaarlijk lekker,' concludeerde Derek.

'Moeten we ons schuldig voelen?' vroeg ik.

'Welnee,' zei hij. 'Op de *grand scheme of life* stelt dit geen ene moer voor.'

Sinds mijn eenentwintigste was dit de eerste keer dat ik met een andere man dan Karel had gezoend.

Ik wilde met Derek naar bed. Ik wilde weten hoe seks met een ander zou zijn. Tot die kus op de piste had ik mezelf wijsgemaakt dat niet klaarkomen bij Karel niet zo heel erg was. Er stond zoveel tegenover. Een warm gezin, het comfort van veiligheid, de vanzelfsprekendheid van een man die me begeerde. Maar nu bleek dat ik niet alleen Karel, maar vooral mezelf al die jaren had voorgelogen. Dat seks voor mij altijd gericht was op zíjn genot, en ik het mijne had laten afsterven. Ik onderging het, meestal verdoofd door drank, want als ik nuchter was, zag ik de beelden van de hand op mijn keel, het brute geram, hoe hij me bij de haren pakte.

Ik klop op de deur en Derek doet open in badjas. We geven elkaar een kus zoals echtparen dat doen. Heel anders dan twee jaar geleden, toen we elkaar net hadden ontdekt en van de opwinding en de zenuwen meteen aan de slag gingen. Nu is de routine erin geslopen, wat best jammer is, maar ook wel vertrouwd.

Ik zet de tas neer en haal er een fles gekoelde champagne en twee bentoboxen uit.

'Ach, wat een feest weer,' zegt Derek. Het is een mooie man. Groot, blond, atletisch. Zo'n type dat in zijn vrije weekenden triatlons doet. Alles om maar niet bij Ilse op de bank te hoeven zitten. Met kleren aan lijkt Derek een saaie man. Hij draagt een lelijke bril en zijn kruin begint te kalen. Maar onder die donkergrijze broek, makkelijke schoenen en trui met ritsje zit een seksbeest.

En hier, op ons kleine, geile eilandje, staat hij zichzelf al het ongezonde toe. Soms roken we een joint en altijd drinken we champagne. Condooms laten we achterwege; we hebben een monogame verhouding. Die ene keer in de drie maanden dat we neuken met onze eigen partner is een te verwaarlozen risico, vinden we. Naïef natuurlijk, want wat wij doen, dat kunnen Karel en Ilse ook. Waar het op neerkomt: we vertrouwen elkaar. Dit is de braafste buitenechtelijke relatie van Nederland.

Ik trek mijn kleren uit, en ga naakt op bed liggen. De verwarming staat lekker hoog. Ik zou direct in slaap kunnen vallen. Derek zet Marvin Gaye aan, schenkt een glas voor me in en voert me een stukje sashimi. Hij heeft blijkbaar ook niet zoveel zin in praten. Hij giet wat champagne in mijn mond en kust me. Dan daalt hij af naar mijn borsten, zuigt aan mijn tepels en streelt mijn kut met twee vingers. Ik denk aan Karel, die van de week zei dat hij niet bang is voor een andere man, aangezien ik niet van seks hou. Het moet heerlijk zijn om te denken als hij.

Ik spreid mijn benen om Derek te laten doen waar hij bijzonder goed in is. Eerst plaagt hij me, met zijn tong over mijn dijen, en dan zet hij zijn volle mond op mijn clit, om er zachtjes op te zuigen.

Hij krijgt me binnen vijf minuten nat en zegt dan: 'Zo, dit was de warming-up.'

Hoewel Derek een fantastische minnaar is, die zich keer op keer met oprechte gulzigheid op mijn kut stort, is klaarkomen me ook bij hem nog nooit gelukt. Het moet dus echt aan mij liggen. Ik kan me niet volledig overgeven. Iedere keer als ik de opwinding voel komen, gebeurt er iets waardoor mijn genot verandert in pijnlijke irritatie. Ik heb daarover een keer durven praten met Gonda, die me adviseerde niet te stoppen bij die pijn, maar juist door te gaan. Zie het als zoete pijn, zei ze. En dat doe ik dus tegenwoordig. Maar orgasmes krijg ik niet, hoelang ik de zoete pijn ook doorsta.

'Het is weer zover met Ilse,' zegt Derek nadat hij zijn glas in één teug heeft leeggedronken. Met 'zover' bedoelt hij dat ze in haar depressieve periode zit.

Ik heb een hekel aan Ilse, hoewel ik haar niet echt goed ken. Ze is zo'n vrouw waar altijd iets mee is. Van bekkeninstabiliteit naar postnatale depressie, naar lyme, naar glutenintolerantie. Zij en Derek hebben sinds de geboorte van hun jongste dochter nauwelijks seks. Die is inmiddels tien.

'Karel en ik gaan uit elkaar.'

Derek kijkt me verschrikt aan. 'Nee! Ach! Waarom?'

Hij staat op om onze glazen bij te schenken. Ik kijk naar zijn mooie kont, die het verdient om dagelijks aanbeden te worden. Zouden wij samen kunnen zijn? Nee. Hij is mij te saai, te laf.

'Wat is er gebeurd?' Hij geeft mijn glas aan en komt weer naast me liggen. Ik neem een grote slok, en kruip op hem. Mijn natte kut op zijn pik. Ik voel hem groeien onder me. Ik kus hem. Hij pakt mijn borsten. We hebben te weinig tijd om het nu over mijn falende huwelijk te hebben. Hij pakt mijn heupen en draait ons om. Er staan tranen in zijn ogen. Hij neemt mijn hoofd tussen zijn handen en kust me. Niet geil, maar troostend. 'Sara, waar zijn we mee bezig?'

'Met neuken,' antwoord ik.

'Ik kan het niet. Ik voel me ineens zo schuldig.'

'We doen dit al twee jaar...'

'Ja, maar nu besef ik...' Hij rolt van me af. Had ik maar niks gezegd. 'Het komt toch niet door mij? Door dit?'

'Nee, Derek. Dit is mijn redding. Mijn ontsnapping. De een mediteert, wij doen dit.'

'Je weet toch wel dat het heel anders is nu jij alleen bent?'

'Ik ben nog niet alleen, en wat mij betreft verandert er niks.'

Ik schuif naar beneden en neem zijn half stijve pik in mijn mond. Laat hem ophouden met dit gezeur. Maar het kwaad is al geschied. Ik krijg er geen leven meer in. Ik kom weer omhoog en zing zachtjes mee met Marvin: '*There's nothing wrong, with me loving you...*'

'Doet het jou dan niks?' vraagt hij.

'Ja, natuurlijk. Ik ben heel verdrietig. Juist daarom ben ik hier, om even niet met die puinhoop bezig te zijn.'

Ik kruip in zijn armen.

'Ik snap het.' Hij drukt een kus op mijn kruin.

Ik streel zijn ballen. *Let's get it on.*

'Ik durf er niet eens over na te denken,' zegt Derek.

'Ik ook niet. Maar het gaat vanzelf. Op een gegeven moment is de druk zo groot dat je wel moet. En zelfs nu het zover is, neem ik het tot me in kleine overzichtelijke stukjes. Een huis zoeken voor Karel, dat is het stukje van nu. Alle gedachten over daarna druk ik weg.'

'O. Dus jij wil scheiden en hij moet weg. En de kinderen?'

'Daar wil ik nog niet over nadenken. Dat doe ik natuurlijk wel, voornamelijk 's nachts, als ik wakker schrik en besef wat er aan de hand is.'

Derek staat op, trekt zijn badjas weer aan en loopt naar het raam, dat hij een stukje openzet. Hij steekt een sigaret op en gaat op de vensterbank zitten.

'Wat mij betreft verandert er niks tussen ons,' zeg ik. 'Ik vind dit een prima regeling. Het is heus niet zo dat als ik straks alleen ben, ik ineens een beroep op jou doe. Ik weet wat wij zijn: twee mensen die elkaar een paar uur per maand een fijne tijd bezorgen. Dat is alles. Ik droom niet van een toekomst met je of zo.'

'Ilse en ik zijn ook niet gelukkig. Daarin vinden wij elkaar. Er het beste van maken voor de kinderen. Wat wij hier doen, maakt het dragelijk. Er is iets om naar uit te kijken, over te fantaseren, een kiertje om even te kunnen ontsnappen. En nu zetten jullie de stap die wij nooit zullen nemen. Ik kan dat gewoon niet.'

Ik loop naar hem toe, pak zijn sigaret af en neem een trekje. Ik zie hem angstig naar de rookmelder kijken. Ik duw mijn borsten in zijn gezicht. Ik wil dat het ophoudt, dit vruchteloze gesprek. Blijft hij toch lekker bij Ilse, met haar candidadiëten?

'Niet bang zijn, Derek.' Mijn hand glijdt door zijn stugge haar, ik dwing hem mijn tepel in zijn mond te nemen. Zijn handen grijpen mijn billen.

'Ze mag dit niet weten,' mompelt hij met zijn mond vol. 'Dat overleeft ze niet.'

Hij bedoelt dat híj het niet overleeft. Ilse is niet gek. Geen man houdt het tien jaar vol zonder seks.

'Zullen we nu gewoon doen waarvoor we hier gekomen zijn?' fluister ik en ik gooi de sigaret uit het raam. Hij tilt me op en werpt me op het bed. Dan steekt hij eindelijk zijn harde pik in me.

Soms huil ik tijdens het neuken. Dan is het alsof al mijn verdriet zich heeft opgeslagen in mijn baarmoeder en de pik in me dit allemaal losbeukt. Zowel Karel als Derek vindt dit mooi en lief, lijkt het te zien als compliment voor hun buitengewone seksprestaties, en ik laat ze in die waan. In werkelijkheid voel ik me op die momenten het ongelukkigst.

Vies wijf, zegt de stem. *Leugenaar.*

'Ach meisje,' zegt Derek. 'Wat moeten we nou?'

5

We drinken zwijgend koffie. Karel bij de afzuigkap met de krant, ik aan tafel, omringd door de resten van het gezinsontbijt. Vier bordjes. Vier kopjes. Ik moet bijna kotsen van de zenuwen. De kinderen zijn naar school. Ze weten niet dat wij hier plannen zitten te maken die hun leven voorgoed zullen veranderen.

Niet wij, ík.

Ik heb net een appje gekregen van een bevriende makelaar. Er is een huis, drie slaapkamers, huurperiode één jaar, volledig gemeubileerd, vijf minuten fietsen hiervandaan. Beschikbaar per 1 oktober. Het huis van de Eisma's, ja. Ze zijn uit elkaar. Het is de bedoeling dat ik dit aan de gebogen gestalte bij de afzuigkap vertel. In plaats daarvan ga ik voor de tweede keer met Bella lopen.

'Wacht!' roept Karel. 'Ik loop mee.'

'Bas appte,' zeg ik als we in het bos rechts afslaan, naar het duinpad.

'Welke Bas?'

Alsof we een dozijn Bassen kennen.

'De makelaar. Van RES.'

'Wat had ie?'

Een huis, wil ik zeggen, maar ik krijg het mijn strot niet uit. Hoe kan ik ooit scheiden, als ik bij de kleinste stap al in paniek raak?

'Een huis, zeker?'

'Ja,' zeg ik.

We stappen door. Karel pakt een stok en gooit hem. Bella rent er enthousiast blaffend achteraan.

'Oké. Nou, laten we gaan kijken.'

'Kan vanmiddag al.'

'Godverdomme, Saar.'

'Sorry.'

'Als je maar belooft dat het een pauze is.'

'Hoe kan ik zoiets beloven?'

'Door te garanderen dat we nog geen stappen ondernemen. En dat we trouw zijn. Geen anderen in ons leven toelaten.'

'En als ik dat niet beloof?'

'Dan wordt het een heel nare toestand.'

'Dat is het toch al?'

'Jezus, Sara, hoe moeilijk is het om mij ook een beetje tegemoet te komen? We nemen wat afstand en bekijken het opnieuw over een halfjaar of zo.'

'Als jij het zo wil, dan doen we het zo. Mits je stopt met drinken.'

Karel staat stil. Ik stop twee meter verderop.

Bella staat tussen ons in, en kijkt verwonderd van de een naar de ander. Nog even en ze rent naar haar plek in de kast.

'Je hebt mij volledig gedomesticeerd, weet je dat?'

Ik ken deze toer en wacht rustig op wat komen gaat.

'Er is niets meer van me over.'

De emotionele uithaal.

'Ooit was ik een man. Een schrijver. Liet ik me door niemand de les lezen.'

Het zelfmedelijden.

'Maar jij… Je hebt me stukje bij beetje alles afgenomen. Mijn carrière, mijn vrijheid, de kroeg, mijn ballen! En nu moet ik mijn biertje opgeven. En waarvoor? Ga je me parkeren op een of andere flat, zonder mijn kinderen, en mag ik daar verrotten tot ik mijn allerlaatste pleziertje ook heb ingeleverd? Om dan bij Gods gratie heel misschien als madam het believt weer naar huis te mogen? Als een gecastreerde hond?!' Hij schreeuwt nu.

'Het is een huis,' zeg ik zo zacht mogelijk.

'Wat?'

'Geen flat.'

'Ach, mens.'

Ik friemel wat aan een tak. 'Maar jij bent toch ook niet gelukkig?'

'Vind je het gek? Ik ben totaal verdwenen!' Zijn stem slaat over.

'Waarom wil je dan zo graag dat alles bij het oude blijft?'

We staren elkaar aan. De laatste restjes liefde hebben we zorgvuldig kapotgetrapt. Ik neem een hap lucht en druk mijn verdriet terug naar de onderste lagen van mijn onderbuik. Karel draait zich om en steekt zijn middelvinger in de lucht. Daarna beent hij driftig de andere kant op. Bella, die naast me zit met een stok in haar bek, jankt zachtjes en besluit dan met hem mee te rennen.

~

We zitten in de auto. Karel rookt een sigaret met het raam open. Hij kijkt naar het huis. 'Somber,' mompelt hij.

Zijn handen trillen. Ik probeer het niet te zien.

'Het heeft wel mooie openslaande deuren, zie je? Die serre?'

'Vind je dit niet bizar? Die huizendans in het dorp? Hup, nu allemaal scheiden en een huis doorschuiven!'

Ik grinnik en wil bijna zeggen: daar zouden we een column over moeten schrijven. Dat was wat we zo graag deden. Schrijven over al die andere mensen. En hoeveel beter wij het wisten.

Achter ons komt de makelaar aanfietsen.

Als ik de sleutel uit het contact haal, pakt Karel mijn hand. De zijne is nat. Zijn schouders beginnen te schokken. Ik bijt op de binnenkant van mijn wangen. Woorden heb ik niet, behalve dat het me spijt.

'Ik kan dit niet alleen.'

Hij legt zijn hoofd op mijn schouder. Ik vind zijn geur afstotelijk. Het is altijd de geur die vertelt dat de liefde weg is.

'Jij hebt me nooit volledig toegelaten, Sara. Er is altijd een stukje geweest waar ik niet bij mocht. En nu ben je alleen nog maar dat stukje. Het is een soort nachtmerrie...'

'Kom.' Met een zakdoek uit mijn tas dep ik zijn gezicht. Mijn ergernis is net zo groot als mijn schuldgevoel. Want wat hij zegt is waar. Ik ben alleen nog maar dat stukje. Ik besta uit walging.

De makelaar tikt op de ruit. Ik steek mijn hand op en glimlach. Karel snuit luidruchtig zijn neus. We stappen uit. De makelaar geeft mij drie zoenen en Karel een hand. Zo gaat dat in het dorp. Het ene moment ben je de vader van Lize en Tom, en het volgende Bas de Graaf, de makelaar.

'Zo,' begint hij. 'Ja, onhandig allemaal. Maar even voor de duidelijkheid, ik werk *strictly confidential.*' Hij maakt een op-slotgebaar bij zijn mond.

'We hebben even wat ruimte nodig, Bas,' antwoordt Karel.

'Tuurlijk. Je hoeft mij niets uit te leggen.' Bas lacht gemaakt. Twee jaar geleden verliet hij zijn gezin voor de vrouw van zijn tennisleraar.

De voordeur zit verscholen achter een rij hoge coniferen. In de portiek staat een droge hortensia in een knalgele pot. Tuinieren is blijkbaar geen hobby van de Eismaatjes.

'Het staat nu een maandje leeg,' verklaart Bas, 'dus het ruikt hier wat vochtig.'

We stappen een donkere hal in. Aan de kapstok hangen nog winterjassen. Bas opent een piepende deur en toont ons de woonkamer waarin een beige Ikea-bank staat. Aan de muur een grote tv, voor de bank een kleine zwarte salontafel.

'De heer Eisma heeft hier afgelopen zomer nog gewoond, maar is nu naar Curaçao voor een klus. Hij blijft daar een halfjaar en wil het voor een jaar verhuren. Daarna gaat het de verkoop in.'

'Ik weet niet of wij iets voor een jaar willen?' Karel kijkt me dwingend aan. Ik ontwijk zijn blik.

'Het huis wordt gemeubileerd verhuurd en de borg is twee maanden huur.'

'En die is?' vraag ik.

'Vijfentwintighonderd exclusief.'

Holy fuck.

We lopen naar de keuken met de mooie serre.

'Ja, dit is natuurlijk goud,' zegt Bas. 'Dit is wat je noemt een woonkeuken.' Hij streelt het Vikingfornuis. 'High-end apparatuur. Mevrouw Eisma is echt een keukenprinses. Stoomoven, Quooker, koelkast met ijsblokjesmaker, ingebouwde frituur en grillplaat, espressomachine. Ligging op het zuiden dus de hele dag zon, én, pièce de résistance...' Bas loopt naar de serredeuren en gooit ze open. 'Het is alsof je in Zuid-Frankrijk bent.'

Karel stapt naar buiten en steekt een sigaret op.

'Het moge inderdaad duidelijk zijn dat er binnen niet gerockt mag worden, helaas.'

We staan op het terras in de overwoekerde tuin. De zomer is bijna voorbij. Ik denk aan de kinderen van de Eisma's, die hier sprongen op de nu ineengezakte trampoline.

'Natuurlijk gooien we er nog even een tuinmannetje doorheen,' zegt Bas.

Karel zwijgt en inhaleert diep.

'En het heeft drie slaapkamers?' Ik vraag maar wat om de sfeer erin te houden.

'Twee kinderkamers, en een tweepersoons. Met bedden, beddengoed, alles erop en eraan. Badkamer, ligbad met whirlpoolfunctie. Zullen we kijken?'

Ik volg Bas door de keuken de hal weer in. 'Het heeft een beetje een mediterrane sfeer, vind je niet?' zegt hij en hij gaat me voor, de trap op, die kraakt onder ons gewicht. Boven ligt okergele vloerbedekking.

De kinderkamers zijn klein, en ingericht op kleuters.

'Mogen we de wanden schilderen?' vraag ik.

'Het moet helaas opgeleverd worden in de oorspronkelijke staat, dus daar zou ik niet aan beginnen als ik jullie was.'

We bekijken de badkamer, de ouderslaapkamer met inbouwkasten en de zolder, waar dozen vol herinneringen van de Eisma's staan. Karel is nog beneden.

'Wat vind je?' vraagt Bas terwijl hij alle deuren weer sluit.

Het idee dat Karel hier moet wonen, in het mausoleum van de Eisma's, dat mijn kinderen hier dan logeren. Nee, niet logeren, wonen. Omdat ik niet meer met hun vader wil zijn.

'Ik kan een deal met jullie maken. Als je het voor een jaar huurt, maken we het af op tweeëntwintighonderd. Ik kan je vertellen dat het moeilijk is een vrijstaand huis te krijgen op deze termijn, voor dit bedrag. Je zal ze de kost moeten geven die in een zomerhuisje op een bungalowpark in Noord-Scharwoude zitten.'

Ik wil de straat op, het bos in, rennen tot in het water van de zee.

'Ik zal het er met Karel over hebben. Kun je ons een dag bedenktijd geven?'

Bas pakt zijn telefoon en zet zijn ernstige blik op. 'De volgende bezichtiging is morgen om elf uur, zie ik. Jullie hebben tot dan.'

6

Karel zit op een terras in het dorp. Zijn gezicht is vlekkerig rood.

'Die koffie is niet te zuipen,' is het eerste wat hij zegt.

Ik ga naast hem zitten en bestel een cappuccino. We zwijgen. We zijn het stel geworden waar ik Karel vroeger op wees wanneer we samen ergens zaten.

'Kijk. Zouden wij ook ooit zo worden?'

'Welnee, wij raken nooit uitgepraat.'

Zo nu en dan groeten we iemand die langsloopt. Karel pakt mijn hand. Ik negeer het verzet van mijn lichaam. Ging híj maar vreemd. Verliet hij míj maar. Voor een ander. Ik denk dat ik beter ben in verlaten wórden.

'Blijf bij me,' fluistert hij. 'Laten we samen oud worden. Samen onze kinderen zien opgroeien. Het stel zijn dat dit overleeft.'

Ik kan hem niet aankijken. Ik heb zo mijn best gedaan een gelukkig getrouwde vrouw te zijn. Zo verschrikkelijk hard. Maar ik kan niet meer, hoe graag ik het ook wil.

'Sorry.'

'Dan geef ik je wat ruimte. Ga een weekje weg. Even op adem komen en dan gaan we daarna helemaal opnieuw beginnen.'

Dit gesprek hebben we al honderd keer gehad. En we zijn al vaker 'helemaal opnieuw' begonnen. Er bestaat geen helemaal opnieuw.

'We hebben toch al afgesproken dat we een tijdje pauze nemen, waarin jij gaat stoppen met drinken. Daarna zien we verder.'

'Pauze bestaat niet. Iedere scheiding begint met "we nemen even de ruimte voor onszelf" en eindigt met advocaten. Zeg het gewoon.

Dat je niet meer van me houdt. Daar heb ik meer aan dan dat gezeik over pauze en ruimte.'

'Jij wilde een pauze.'

'Nee, ik wil getrouwd zijn met jou.' We zijn even stil. 'Is er een ander?' vraagt hij dan.

'Nee,' antwoord ik. Het voelt niet als liegen. Derek is niet de man voor wie ik Karel verlaat.

'Waarom dan die haast?'

Haast? Ik noem het een traag proces waarin we iedere dag opnieuw beginnen met hetzelfde gesprek, eindigend met dezelfde conclusies, met dezelfde vertwijfeling als resultaat.

'Ik denk dat we nu een knoop door moeten hakken. We kunnen niet zo doorgaan en elkaar af blijven breken.'

'En voor eeuwig onze kinderen beschadigen. De kinderen die jij ooit zo graag wilde.'

'Denk je dat zij nu niet doorhebben wat er aan de hand is?'

'Ik denk dat ik het prettiger zou vinden als er een ander was.'

'Waarom?'

'Nu wil je liever alleen zijn dan met mij. Dat is eigenlijk pijnlijker.'

'Kunnen we het nu even hebben over het huis?' vraag ik.

Karel bestelt een glas witte wijn.

'Ik wil er niet dood gevonden worden.'

'Dat snap ik. Maar we moeten er even doorheen kijken. De huizen liggen niet voor het oprapen.'

'Ik zit midden in mijn nieuwe roman.'

'Jij zit altijd midden in je nieuwe roman.'

Hij neemt een flinke slok witte wijn. Ik zie hoe hij zijn kaakspieren spant.

'Oké Saar, ik heb het lief geprobeerd, ik heb het wanhopig geprobeerd, ik heb het rationeel geprobeerd. Maar jij bent kennelijk veranderd in een blok zuur beton, je moet zo nodig vrij zijn of zo, ik weet het niet, hoe dan ook… Ik ben er klaar mee. Je wil weg, prima, ik hou je niet meer tegen. Ik heb ook zo mijn grenzen. En die liggen daar. Bij de Dorpsstraat, aan het hek van de Eisma's. Ik ga daar niet wonen. Punt uit.'

Ik vraag de ober om een biertje. Al mijn emoties verzamelen zich in de holtes boven mijn ogen, om het daar met zijn allen uit te schreeuwen.

'Dan doe ik het.'

Karel zet zijn glas neer en staart me aan. Ik pak mijn telefoon en druk op het nummer van de makelaar.

'Hé, Bas, met Sara. Als ik de kinderkamers mag schilderen, dan neem ik het. Ja. Per direct. Oké, ik stort het einde van de middag. Geweldig. Tot zo!'

7

Karel is naar huis gelopen. Ik parkeer mijn auto voor de Albert Heijn. Het lijkt alsof mijn hoofd in een bankschroef zit, die langzaam wordt aangedraaid. Ik kan niet geloven dat ik dit ben, dat ik dit doe. Ik leg mijn hand op mijn borst. Je bent gek geworden, zeg ik tegen mezelf. Je kan dit helemaal niet. Ik staar naar de vrouwen die met gevulde karren en kinderen de supermarkt uit komen, hun vermoeide gezichten op onweer. De Albert Heijn lijkt in dit dorp het centrum van ons bestaan. Steeds opnieuw die gang naar de voederkerk, de gesprekjes bij de kaasafdeling. Ik moet naar binnen om vier kipfilets, een pond boontjes, sla, een nieuw zak voer voor de hond en die lekkere rode wijn die in de bonus is te halen. Ik hoor naar huis te rijden, de tas uit te laden en te beginnen met koken, terwijl Willem en Sofie aan de keukentafel hun huiswerk doen en Karel aan het rommelen is in zijn werkkamer. Ik hoor dankbaar te zijn voor hun gezondheid en intelligentie, voor ons succes, voor de liefde, voor het plaatje waar ik eens van droomde, met een hond en appelbomen in de tuin.

Waarom kan ik niet weer van Karel gaan houden? Naar huis gaan, hem omhelzen. Zeggen dat alles goed is. Over de walging en de kilte heen stappen tot het op een dag vanzelf weer wegebt. Het schijnt te kunnen, zeggen mijn ouders. 'Denk je dat ik nooit spijt heb gehad van onze geloften? Maar nu ben ik zo blij dat ik heb doorgezet, dat we elkaar in moeilijke tijden niet hebben losgelaten. Makkelijk bestaat niet, Saar.'

Als een zombie loop ik met mijn kar langs de schappen. Soms sta ik stil en staar naar de wasmiddelen. Ik weet niet meer waarom ik hier ben. Om het naar huis gaan uit te stellen, vermoedelijk. Heb ik me ooit zo eenzaam gevoeld als nu? Ja. Toen. Op de fiets naar huis. Mijn ouders in de keuken. Hun gezichten blij om me te zien. De leugen dat het heel gezellig was bij Annemarie. Zo bang dat ze aan me zouden zien wat voor slet ik was. Daarna de trap op, mijn kamer in. Hoe ik moest huilen op mijn roze gebloemde dekbedhoes, die ik voor Sinterklaas had gekregen. En toch voelde ik me ook sterk omdat ik mijn ouders beschermde. Ik kan het beter aan. Zo is het nu ook.

Iemand tikt me op de schouder. Ik draai me om, het is Tineke, de moeder van Seph en Lente. Ze begint over een of ander feestje, in Alkmaar, waar zij de kinderen heen gaat rijden.

'En zou jij ze dan kunnen halen?' Halen is altijd het kutst. Je moet laat opblijven en mag niet drinken.

'Natuurlijk,' zeg ik, mijn handen klemmen zich nog steviger om de duwstang van de kar.

'Gaat het?'

Ik bijt op mijn lip.

'Nee,' zeg ik. Ik weet niet waarom. Ik gooi het eruit, misschien in de hoop me minder alleen te voelen. 'Karel en ik gaan uit elkaar.'

Ze deinst een beetje terug. 'O nee! Jullie ook al? Wat is er toch aan de hand met iedereen?'

Ik lees de afkeuring in haar ogen.

'Ik weet het niet, Tineke. Alleen dat het tussen ons niet meer gaat.'

'Ach, die arme kindjes.'

Dan begin ik te huilen. Niet elegant en stil, maar schokschouderend, met diepe snikken.

'Nou meid, toch...'

'Ja, de kinderen...' is het enige wat ik kan uitbrengen.

Tineke grijpt gegeneerd naar haar hals. 'Ik vind het heel erg voor jullie.' Ze zet kleine stapjes achteruit. 'Nou ja, weet je, ik haal ze ook zaterdag, goed? Neem jij even je rust.'

Ik knik en veeg mijn neus af aan mijn mouw.

'Sorry, maar ik moet echt opschieten nu.' Tineke heeft zich al half omgedraaid. Ze glimlacht nog een keer verontschuldigend en beent dan weg, met grote stappen, terwijl ze de kar achter zich aan sleurt.

~

Het is te stil in huis. Ik zet de boodschappentas neer en leg mijn sleutelbos op de plank naast de deur. Ik hoor een stoel over de vloer schrapen en het rokerskuchje van Karel. Geen muziek, geen alledaagse gesprekken. Als ik binnenstap, mijn kaken in mijn meest normale glimlach, zitten ze met zijn drieën op een rij aan de keukentafel. Sofie en Willem met rood gehuilde ogen.

'Wat doe je hier eigenlijk nog!' snauwt Sofie zodra ze me ziet.

'Nou, Soof, even rustig aan,' zegt Karel. Ik heb hem in jaren niet zo rechtop gezien, zo kalm. De triomfantelijkheid is van zijn gezicht af te scheppen.

'Mam,' begint Willem met een van spanning trillende mond. 'Je kunt maar beter gaan. Je wil toch zo graag vrij zijn? Dus rot nu maar op.'

'Oké.' Karel staat op en legt zijn handen op de schokkende schouders van onze kinderen. 'Jongens, laten we er geen tribunaal van maken.'

Ik ga tegenover hen zitten. Strek mijn armen naar hen uit. Ze deinzen terug en kijken me aan met onverholen puberwoede.

'No fucking way dat wij met onze tassen gaan verhuizen iedere week. We mogen zelf kiezen waar we willen wonen en dat is dus hier,' zegt Willem.

De inhoud van mijn maag, voor zover daar al iets in zat, komt omhoog. De lul.

'Ik begrijp dat papa jullie heeft verteld dat het niet zo goed tussen ons gaat.'

'Alsof hij dat moet vertellen. Dat hebben we allang door, hoor.'

Karel loopt naar de afzuigkap en steekt een sigaret op. Naast hem staat zijn halfvolle glas rode wijn.

'Je bent gewoon een slet!' Sofie barst in snikken uit. 'Met je Derek. Gadver!'

Hoe zijn ze daarachter gekomen? *Vies wijf, vies wijf, vies wijf.*

'Zo praat je niet tegen je moeder,' zegt Karel. Willem slaat een arm om zijn zus heen en zwaait machteloos met zijn andere arm in de lucht. Ik kijk naar Karel, die ook tranen in zijn ogen heeft.

'Kom Soof, we gaan naar mijn kamer. Laat die twee losers maar.'

'Wacht,' probeer ik.

Samen staan ze op en lopen naar de trap. 'En als ik weer beneden kom, ben jij opgerot!' schreeuwt Willem met overslaande stem, wijzend met zijn vinger. Sofie rent naar boven, huilend met lange halen.

Op de wc ga ik over mijn nek. Maanden, jaren misschien wel, was dit het moment dat ik vreesde. De teleurstelling en woede van de kinderen. Hun leven aan diggelen. Dan liever het mijne, besloot ik steeds weer, totdat het langzaam stikken onhoudbaar werd. De afgelopen weken repeteerde ik Het Gesprek tijdens de slapeloze nachten, de wandelingen in het bos, in de auto op het parkeerterrein van de Albert Heijn. Ik las alle lijstjes die er te vinden waren op Google over scheiden met kinderen, informeerde achteloos bij de gescheiden mensen die ik kende. Het is het ergste wat ik ooit heb moeten doen, zeiden ze allemaal. Maar daarna heb je het ergste wel meteen gehad. Vertel het samen en laat niet merken dat je het oneens bent met elkaar. Geef de kinderen de ruimte boos te zijn en troost te zoeken op hun kamer of bij vrienden. Maak er geen drama van.

Karel klopt op de deur. 'Alles oké daar?'

Ik hap naar adem. 'Wat een vraag,' snauw ik.

'De kinderen zijn niet gek, Saar. Ze weten heus wel hoe het zit.'

Ik wil me vastklampen aan de voet van de wc-pot. 'We zouden het samen vertellen.'

'Ik wil niet liegen. Ze vroegen me waarom ik zo verdrietig was. En toen ik vertelde dat jij ons ging verlaten, zei Willem dat hij enkele maanden geleden een appje zag van Derek. "Ik wil je nu," stond er. Derek. *Of all people*. Ik heb Ilse ook gebeld.'

Snoet is weg

Snoet is weg.

In de avond is ze vertrokken, met een paar tassen en een fles Valpolicella. De kinderen liet ze achter, mijn hart nam ze mee. Om het daarbuiten in mootjes te hakken, denk ik. Snoet en ik, we doen het al twintig jaar. Met groot genoegen, dat zeg ik eerlijk en als het aan mij ligt, doe ik het nog eens twintig jaar. Of veertig, of honderd voor mijn part. Ik ben zo'n man die wil dat alles bij het oude blijft. Want het oude is goed. Het oude is met Snoet, zij en ik, bakkeleiend over mijn eeuwige gerook en gezuip, haar onbedwingbare regelzucht, het afzoenen na een paar glazen Valpolicella. Maar die heeft ze dus meegenomen.

Snoet heet Snoet omdat ze, toen we elkaar net leerden kennen, altijd een snoet trok als ze het niet met me eens was. En dat was vaak. Dan zoog ze haar wangen een beetje naar binnen, fronste haar wenkbrauwen en kneep haar ogen tot spleetjes. Daar werd ik verliefd op. Die kleine eigenwijze dappere meid. Een meid, ja, dat was ze, een schoolmeid zelfs. Wat zag ze eigenlijk in zo'n ouwe lul? Dat heb ik me jaren afgevraagd. En toen ik dat niet meer deed, verliet ze me. Het is dus beter om het je te blijven afvragen. Op je hoede te blijven. Achterom te kijken. Ja, kijk achter je, want daar staat hij, de man die wél ziet dat je meid een vrouw is geworden. Hij grijnst je toe, hij drinkt bier met je en slaat je op de schouder. 's Nachts rukt hij zich af op Snoet.

Ik wil dat ze terugkomt. Ze heeft haar punt gemaakt, met haar snoet op onweer. Ik wil haar zoenen en meenemen naar de Amalfi-kust. Snoet verdient het, ik geef me over.

8

Ik maak een prop van de krant en gooi hem weg. Daarna bel ik mijn ouders.

'Ik zei al tegen je vader, die gaat zo bellen, let maar op.'

'Je hebt het gelezen...'

'Ja.'

'Ik wist niet dat ik hem nog meer kon haten dan ik al deed. Maar het kan dus.'

'Wij vinden het wel een lief stukje eigenlijk...'

Mijn ouders zijn een Wij-stel. Ze doen alles samen en vinden altijd hetzelfde. Zoals Karel en ik ook heel lang hebben geprobeerd te zijn. Ze huilden toen ik hun gistermiddag vertelde dat Karel en ik uit elkaar gaan. 'Die arme kinderen,' zeiden ze. 'Die arme Karel.' Ze zeiden niet 'Ach arme Sara'. In plaats daarvan vroegen ze voor de zoveelste keer of ik in een soort midlifecrisis zit. En of ik zeker wist dat ik er geen spijt van zou krijgen.

Ik weet niet waarom ik hen bel. Maar ik weet ook niet wie ik anders moet bellen. Mirjam doet raar sinds ik weg ben. Derek heeft me waar mogelijk geblokkeerd.

'Waarom moet dit in de krant? Hij wil me alleen maar spreken via de mail en dan gaat hij wel zoiets schrijven.'

'Lieverd, jullie delen je privéleven al jaren in de media. Dan hoort dit er ook bij. Je kunt niet alleen de leuke dingen schrijven.'

Op de achtergrond hoor ik hoe mijn vader de tafel afruimt. 'Ja, sorry hoor, maar het is gewoon een heel mooi, lief stuk,' roept hij.

'Je vader had in ieder geval tranen in zijn ogen.'

Ik weet niet meer wat ik moet zeggen.

'Ik zou een heel mooi antwoord schrijven.'

'Dat ga ik zeker niet doen.'

'Maar dat kan je zo goed.'

'Ik ben ermee gestopt. Met die column,' zeg ik.

'Ach…'

Mijn moeder herhaalt mijn mededeling tegen mijn vader.

'En waarvan ga je dan rondkomen?' vragen ze in koor.

'Ik heb ook nog mijn boeken, hè.'

'Natuurlijk. Maar daarmee is wel alle ellende begonnen.'

'Hoe bedoel je?'

Mijn vader mompelt iets onverstaanbaars.

'Je vader heeft gelijk, dit is niet het moment om daarover te praten. En we zijn supertrots op je.'

'Kom op, ma. Zeg het nou maar gewoon, mijn dag is toch al naar de kloten.'

'Je kunt het zelf ook wel bedenken. Karels ego heeft een enorme deuk opgelopen, door die boeken van je. De vraag is wat je meer waard is: je gezin of je carrière.'

Ik zucht.

'Niet meteen boos worden. Ik snap het, echt. Maar op de lange termijn… Ik heb ook dingen opgeofferd. En daar ben ik soms best ongelukkig over geweest. En nu… zitten we samen te ontbijten en van de vogeltjes te genieten. We houden van elkaar. We hebben de dalen overleefd. Ik zeg niet dat jij het ook moet doen. Ik zeg alleen dat je alles moet overdenken, alle opties nog even open moet houden. Het is een weg. Je overgeven aan hem. Hem de man laten zijn. En je kinderen… Ze zijn op zo'n kwetsbare leeftijd.'

'Iedereen gaat tegenwoordig maar uit elkaar! Alsof dat wat oplost,' roept mijn vader en ik zie voor me hoe hij met woedende schouders de afwasmachine inlaadt.

Ik drink koffie in mijn nieuwe keuken en staar naar het Vikingfornuis. Op mijn schouders drukt de angst. Ik weet niet eens zeker of het angst is, dit gevoel van totale radeloosheid over de toekomst. Ik heb mijn kinderen getraumatiseerd, mijn mans hart gebroken, ik zit in een huis dat ik nauwelijks kan betalen en hoewel ik zelf ben weggegaan, voelt het alsof zij mij verlaten hebben. Ik wil niet terug, onder geen enkele voorwaarde, en toch mis ik het. Al zou ik willen, ik kan hier niet eens over schrijven. Misschien wel nooit meer. Dit zijn de steeds terugkerende gedachten in het verdoemde huis van andere ongelukkigen, wier donkere energie in de gordijnen is getrokken. *Vies wijf*, galmt het dag en nacht door de lege vertrekken.

Ik denk terug aan mijn bruiloft, die ik helemaal zelf wilde. Het huwelijksaanzoek dat Karel deed toen ik zijn overhemd aan het strijken was, waarop ik 'ja' zei met grote overtuiging. Waar is die daadkracht van toen gebleven?

'Je maakt jezelf maar wat wijs,' zeg ik tegen mezelf. 'Er was toen geen daadkracht en zeker geen overtuiging. Je wilde schuilen. Doen alsof je een normale vrouw was. Maar dat ben je helemaal niet, al heb je heel wat jaren de schijn op weten te houden.'

En dan is er de klap waarmee Karel ons huwelijk definitief doofde, die blijft nadreunen. Wat me het meest dwarszit, is de opluchting die ik direct erna voelde. Eindelijk. Hij heeft me de stok gegeven waarmee ik hem kan verslaan. Hiermee kan ik hem tot in lengte van dagen onder druk zetten. Ik heb het nog niet gebruikt, maar we weten allebei dat ik deze kaart in mijn mouw heb zitten. Ik hoef hem maar te trekken en ik ben niet langer dader, maar slachtoffer. Alleen, Karel kent me. Ik schaam me er net zoveel voor als hij.

Iemand tikt tegen het raam. Ik schuif het gordijn opzij en zie het rode, bezwete hoofd van Mirjam.

'Ben je al wakker?' hijgt ze, terwijl ik de serredeuren open.

'Ik was al om halfvijf op.'

'Ik ook. Heerlijk. Zijn de enige uren voor mezelf.'

Het is de eerste keer dat ik Mirjam zie sinds ik mijn huis heb verlaten.

'Sorry hoor, maar ik kon gewoon even niet. Ik heb zo'n bak heibel gehad met Joep. Hij staat erop dat ik onze vriendschap verbreek.'

'Wil je koffie?'

'Ik doe een sapkuur. De hel is het. Heb je ook wodka? Even rustig worden. Met spa rood. Heb je dat?'

'Het is halfnegen.'

Ze gaat op het aanrecht zitten en veegt haar knieën schoon. 'Ik moet even bijkomen van dat gesprek met Beertje.'

'Gesprek. Op je knieën zeker...' Ik grinnik alsof er geen vreemde spanning tussen ons hangt, we nog steeds beste vriendinnen zijn. 'Kan dat, wodka met zo'n sapkuur?'

'Schat, ik ben van beton.'

Ik geef haar de wodka met spa rood.

'Ik ben ermee gestopt, met Beer. Ik bedoel, jezus, nu ik hoor wat er met jou gebeurd is. Het is wat, hè, wij. Daar zou je nou eens een boek over moeten schrijven. Die mensen die zeggen: waar haal je het allemaal vandaan? Nou, ik weet het wel.' Ze neemt een flinke slok. 'Anyway, hoe is het met jou, lieverd? Ik heb zoveel aan je gedacht.'

'Het is slecht.' Ik begin meteen te janken.

Mirjam geeft me haar glas. 'O, dat kan ik me zo voorstellen. In dit huis ook. De grafkelder van de Eisma's. Hoe kom je hier in godsnaam terecht?'

'Lang verhaal,' zeg ik.

'Doe de korte versie.'

Ik neem een slok, en geef haar het glas terug. 'Ik heb Karel verlaten, hij wilde niet weggaan.'

'En hoe ben je betrapt met Derek?'

'Ik ben niet betrapt met Derek.'

'Nee? In het dorp gaan verhalen rond, je wil het niet weten. Maar goed, in ieder geval, Joep vroeg me of ik ervan wist. Ik ontkende het natuurlijk, ik bedoel, ik heb ook nogal wat *at stake*, maar toen zei hij: "Kijk me aan. Als je nu liegt, ga jij er ook uit. Wist je ervan of niet?" Ja, toen moest ik wel. En hij is hysterisch. Hij doet alsof ík ben vreemdgegaan. Hij vindt, in een goed huwelijk bestaan geen geheimen. En het feit dat ik jouw geheim voor hem verzweeg, ziet hij als verraad. Ook omdat hij bevriend is met Karel.'

Bevriend is enigszins overdreven uitgedrukt. Ze tennissen samen en drinken op vrijdag aan de bar waar alle mannen van het dorp drinken, waarna Karel thuiskomt en direct begint te vertellen wat een brallerige bal die Joep toch is.

'Ik kan hier niet te lang blijven. Ik moet even het thuisfront koest houden.' Mirjam klokt de wodka met spa rood achterover. 'We zijn me een stelletje.' Ze kijkt me lang aan. Er is geen 'we' meer, denk ik. Ik ben weg, zij blijft. Ik heb niemand meer, zij iedereen. Ik ben de wandelende nachtmerrie van iedereen in het dorp, zij de droom.

We omhelzen elkaar.

'Ik vertrouw erop dat je niemand vertelt over mij en Beer, schat. Het is ook over trouwens, dus je hoeft er niet eens echt over te liegen.'

Ik weet dat ik haar lang niet meer zal zien, hoewel ze aanbiedt vanavond wat boodschappen langs te brengen. 'Ik kan me voorstellen dat je even niet naar de Albert Heijn wil.'

Maar dat doe ik wel die middag. Bij de ingang zie ik Bella zitten. Uitgelaten begroet ze me. Dit was een slecht idee. Net als ik me om wil draaien om weg te gaan, hoor ik mijn naam roepen.

'Saar!'

Als vreemden staan we tegenover elkaar. Nee, als vijanden die doen alsof ze vreemden zijn.

'Hoe gaat ie?' vraagt hij.

Mijn rug wordt nat. Daarna mijn handen. Ondertussen blijft Bella enthousiast tegen me aan springen. We hebben elkaar nu vijf dagen niet gezien of gesproken. Ook de kinderen hebben niets van zich laten horen.

'Goed,' zeg ik en ik kijk naar de Albert Heijn-tas in zijn hand.

Karel laat Bella los en ik ga door mijn knieën, duik met mijn neus in haar hondenhals. Ik zou ook gewoon met hen mee naar huis kunnen lopen.

'Heb je mijn stuk gelezen?'

Ik knik.

'Wat vind je ervan?'

'Heel veel. Maar vooral: moet dat in de krant?'

Karel staart langs me en zoekt naar zijn sigaretten. 'Dat vroeg ik me vanochtend ook af, maar toen was het al te laat. Aan de andere kant, we schrijven al zo lang over "ons", dit hoort daar ook bij.'

Hij heeft zijn sigaretten gevonden en steekt er een op. Het is alsof alle mensen om ons heen stilstaan, met ingehouden adem. Alleen Bella beweegt in rondjes om ons heen.

'Ik heb mijn column in ieder geval per direct opgezegd.'

'Daar ben je goed in geworden de laatste tijd, per direct opzeggen.'

Het lijkt alsof ik overloop. Ik wil hem zoveel zeggen, en tegelijkertijd keihard wegrennen.

'Nou, ik ga maar koken.' Hij houdt de tas omhoog als bewijs. Hij kookte nooit. De Albert Heijn zag hij hooguit één keer per jaar vanbinnen. Bella jankt.

'Wil je de kinderen vragen me te bellen, of even langs te komen? Of anders spreken we ergens af…'

'Dat kun je toch ook zelf?'

'Ja, en dat doe ik ook, maar ze zijn zo boos. Ze nemen niet op en reageren niet op mijn berichtjes. Het zou fijn zijn als jij het ook nog een keer vraagt.'

'Oké.'

Ik wil hem pijn doen. Ik wil hem zoveel pijn doen dat ik er zelf van schrik. Als hij wegloopt, blijft Bella vertwijfeld staan. 'Toe maar,' roep ik. 'Ga met het baasje mee.' Ze kijkt van hem naar mij en terug en gaat dan zachtjes jankend zitten. 'Oké, kom maar met mij mee.' Ik klop op mijn bovenbeen en ze huppelt op me af. Dan klinkt de schrille fluit van Karel. Bella staat onmiddellijk stil en loopt gedwee terug, achter de baas aan.

9

Als de bel gaat, zit ik op Netflix. Wat deden alleenstaanden eigenlijk voor Netflix bestond? Een boek lezen. Televisiekijken. Ik ken helemaal geen alleenstaanden, hoewel er inmiddels vele moeten zijn. Ook ik ben zo'n vrouw die de gescheidenen altijd in de steek liet.

De bel gaat nog een keer. Nog steeds verroer ik me niet. Ik ben inmiddels ook mensenschuw geworden. Maar het zouden mijn kinderen kunnen zijn.

Het is Joep in zijn tennisoutfit. De teleurstelling moet van mijn gezicht af te lezen zijn, want hij zegt meteen: 'Sara, gaat het een beetje?'

Iedere keer wanneer iemand me die vraag stelt, schieten de tranen in mijn ogen. Joep slaat zijn getrainde armen om me heen en wiegt me heen en weer. 'Ach, meisje toch.'

Ik ken hem eigenlijk alleen maar als de man van Mirjam. 'De lul', zo noemt ze hem regelmatig. Hij ruikt naar rode wijn. Het is vrijdag. Hij komt natuurlijk recht uit de kroeg.

'Kom, we gaan even naar binnen.' Joep neemt de leiding. Zo'n man is het. Hij loopt door naar de keuken en vraagt of ik iets wil drinken. Een wijntje zou wel lekker zijn, antwoord ik. Hij kijkt speurend om zich heen. Ik veeg mijn ogen droog. Joep pakt de fles witte wijn uit de koelkast en schenkt hem in de wanstaltige wijnglazen die de Eisma's hebben achtergelaten. Hij ruikt er even aan en kreunt goedkeurend. 'Pinootje?'

'Albarino.'

'Aaah. Mooi hoor.'

We nemen allebei een slok.

'Ik was op de tennisbaan en daar hadden ze het over je. De mannen. En ik bedacht dat het toch wel stom is steeds over jou te praten, maar niet met jou.'

'Steeds?'

'Je kent het wel. En ik heb nogal wat ruzie gehad met Mirjam, over jullie geheimpje.'

'Ze was gewoon solidair. Als vriendin. Zoals jullie mannen dat ook zijn.'

'Dat weet ik wel. Maar toch. Het is anders als de vrouw het doet. Vreemdgaan, bedoel ik. En weggaan.'

'Dan word je bang.'

Hij komt naast me staan en kijkt me aan met zijn variant op de stoute glimlach. 'Misschien wel.'

'Wat wil je precies van me weten?'

'Jullie waren zo'n perfect stel. Zo vrij en bohemien. Ik was altijd een beetje jaloers op jullie. Er ging een rust van jullie uit. En Karel, wat een prachtkerel. Lekker uitgesproken en onaangepast. Geweldige kinderen. Hoe kun je daar zomaar van weglopen? Begrijp me niet verkeerd, ik wil je niet beledigen of zo, ik ben oprecht nieuwsgierig. Want ik heb een zwak voor je, dat mag je best weten.'

Ik kijk hem lang aan en voel geen enkele behoefte hem te vertellen hoe het echt zit. 'Kijk maar uit, Joep, voor deze gevaarlijke vrouw.'

'Ik kijk helemaal niet uit. En ik wilde ook zeggen, dat als je iets nodig hebt… Ik kan je een lijstje geven met briljante advocaten die gespecialiseerd zijn. En goeie accountants. Ik kan ook eens met je kijken naar je situatie, weet je, geheel vrijblijvend.'

Ik vul onze wijnglazen bij. Joep biedt me een sigaret aan. We roken bij de serredeur en hij legt een hand op mijn schouder. 'Ik schrok wel even hoor, net, toen je zo moest huilen. Ik leef echt met je mee, hè, en ik begrijp je. Het huwelijk kan een gevangenis zijn. We oordelen allemaal zo snel, maar alleen jij voelt wat je voelt…'

'Hou alsjeblieft die Happinez-praat voor je,' fluister ik en ik kus hem. Geen idee waarom. Om hem zijn zin te geven, waarschijnlijk. En omdat ik me zo verlaten voel dat zelfs de pik van Joep beter is dan alleen zijn.

Joep gromt en trekt mijn T-shirt omhoog. 'Goeiemorgen,' zegt hij en hij kneedt mijn borsten alsof het twee stressballen zijn. Hardhandig draait hij aan mijn tepels. Hij heeft duidelijk zijn inspiratie opgedaan op YouPorn. 'Echte tieten, I like.' Haastig sjort hij aan mijn joggingbroek. 'O, die kont. Hier heb ik me zo vaak op afgetrokken, jezus.'

'Rustig,' fluister ik en ik streel zijn rug. Hij heeft een goed lijf. Zijn borstkas is net zo strak geschoren als hun grasmat. Zijn handen gaan door mijn haren terwijl zijn tong als een buitenboordmotor door mijn mond raast. Op zijn voorhoofd verschijnen zweetdruppels. Ik maak zijn riem los en pak zijn pik. Ook die is geschoren. Hij steekt een vinger in me en zegt dat ik zo lekker nat ben. Dan draait hij me om, buigt me voorover en duwt zijn pik naar binnen. Dan begint het beuken. Ik denk aan eenden. Die weten niet beter. Joep kennelijk ook niet. Ik duw mijn kont omhoog en kreun mee. Het werkt. Ik hoor aan zijn luidruchtige ademhaling dat hij er bijna is. Hij pakt mijn haren en trekt mijn hoofd naar achteren. *Laat het gewoon gebeuren.* En dan, godzijdank, hoor ik zijn verlossende kreet.

'Sorry hoor, sorry,' hijgt hij.

Hij wast zijn pik met een stuk keukenpapier, stopt hem terug in zijn Calvin Klein-slip en doet zijn broek weer dicht. Ik veeg mezelf af en neem daarna een grote slok wijn.

'Ik wil niet dat je denkt dat ik langskwam om je even te pakken,' zegt hij.

'Ik denk nu niet zoveel.'

'En ik kom niet altijd zo snel.'

'Ach...' zeg ik.

'Anyway, ik meen het echt. Dat als er iets is, ik je kan helpen. Ik geef je mijn nummer.'

'Dat heb ik toch al?'

'Mijn andere nummer.'

'Wil je nog iets? Koffie of zo?'

Ik wil dat hij gaat en ik wil dat hij blijft.

'Hé, kom hier,' zegt hij en hij spreidt zijn armen. Ik vlij me tegen hem aan. Even staan we zo. Ik luister naar zijn ongeduldige hart. 'Hè, meissie…'

Hij weet ook niet wat hij zeggen moet. Dan zegt hij: 'Dit houden we geheim, toch?'

'Tuurlijk.' Alsof ik het ooit aan iemand zou vertellen.

'En het is niet heel aardig van me, maar ik moet het wel zeggen, om misverstanden te voorkomen: ik hou van Mirjam. En de kinderen. Ik ga nooit bij haar weg.'

'Maak je geen zorgen,' zeg ik en ik maak hetzelfde mond-op-slotgebaar als de makelaar. 'Van mij geen woord.'

Vies wijf.

10

Hoofdpijn, misselijk, grieperige spieren. Mijn tepels doen pijn, mijn kut schrijnt. Ik lig in bed en kijk op de wekker. Het is al elf uur. Niemand in huis. Een halfjaar geleden had ik daar mijn linkerarm voor gegeven. Ik zet de tv aan. Ik hoef de hond niet uit te laten, geen croissants bij de bakker te halen, eieren te koken en me te ergeren aan Karels gesnurk, dat zo luid is dat je het beneden aan de keukentafel nog hoort. Ik hoef geen rekening te houden met zijn gemoedstoestand, zijn veeleisendheid, zijn rituelen voor het schrijven, de peuk, de koffie, het poepen in stilte, de geur ervan; die is als zijn humeur, een laaghangende deken in het huis.

Ik heb me door zijn vriend laten neuken. Kan ik niet verdwijnen, met onder elke arm een kind, en een dikke vinger naar alles wat ik achterlaat? Ik wil weg, nog steeds, terwijl ik al weg ben, maar ik wil verder, veel verder.

In de keuken liggen de proppen keukenpapier naast de lege wijnglazen. Ik bedenk dat ik gister niet gegeten heb. Toen ik nog bij Karel was, fantaseerde ik vaak hoe het zou zijn zonder hem. Ik zag een huis voor me met altijd een boeket op tafel, alles aan kant, zonder de geur van sigaretten, de bedden opgemaakt, een fruitmand, jassen aan de kapstok. Ik zou koken voor mezelf, met groenten, en het opeten bij een kaarsje.

Ik wil mijn kinderen. Wie heeft bedacht dat na een scheiding de vader ze ineens voor de helft heeft, terwijl hij ten tijde van het huwelijk zo goed als niets met of voor ze deed? Ik heb ze gedragen, gebaard, gezoogd, getroost, gevoed, gebadderd, ik reed ze naar de eerste hulp, naar voetbal, naar turnen, haalde en bracht ze, ik fietste mee met gym, vulde de overblijftrommels, organiseerde partijtjes, pakte de koffers in, vertelde verhaaltjes, koelde hun wangen bij koorts, smeerde hun lijfjes in met zonnebrand. Ze horen bij mijn lijf, al zijn ze dan groot en boos.

Nu rest mij niets anders dan het steeds verversen van hun Facebookpagina, en op WhatsApp kijken of ze online zijn. 'Ik mis jullie,' app ik naar Sofie. Ik wacht, gespannen turend naar de cursieve letters. Ze is aan het typen. Dan, floep, is ze offline.

Op een woensdagmiddag staan ze samen voor de deur. Ik heb ze tien dagen niet gezien en ze lijken nu alweer groter. Sofie heeft haar haren in de punten geblondeerd en draagt een sweater met SWEET AS CANDY erop. Willem, zo lang en dun als een tak, verstopt zich in zijn hoodie.

'Hé, mam.'

Ze dragen allebei een rugzak.

'Niet huilen,' zegt Willem en hij vouwt zich om me heen. Sofie komt erbij.

'Kom binnen,' zeg ik met dichte keel en ik ga ze voor. Onderweg naar de woonkamer ruim ik hier en daar wat op en trek wat recht. De keuken is een grote puinhoop. In de ijskast staan alleen twee flessen wijn en een pak yoghurt. Ik loop al drie dagen in dezelfde joggingbroek. Vanochtend heb ik niet gedoucht. Op de salontafel voor de tv staat een halfvolle bak bami van de chinees.

Ze laten zich op de bank vallen en ik vraag of ze thee willen.

'Heb je ook cola?' vraagt Willem.

'Nee, maar ik kan het halen?'

'Haha,' zegt Sofie. 'We mogen nooit cola.'

'Douwe zei al, als je ouders gaan scheiden mag ineens alles,' zegt Willem.

'Pap is raar, joh.'

Ik ga tussen hen in zitten en trek ze naar me toe, mijn neus in de halzen die ruiken naar Axe Africa en gewassen haar.

'We hebben het erover gehad, Willem en ik, en we zijn niet meer boos op je. Of in ieder geval niet meer zo erg.'

'Soof zei: je moet het ook zien als een nieuw begin.'

'En we vonden het zielig voor je.'

'Maar we willen niet in twee huizen wonen. Dan word ik mental.'

Ik wil ze in alles hun zin geven. Als ze maar bij mij blijven. 'Papa en ik zullen een goeie regeling treffen. We gaan naar de mediator, die praat ook met jullie, en we zorgen ervoor dat jullie er zo min mogelijk last van hebben.'

'Jij praat ook al zo.'

'Hoe?'

'In van die scheidingstermen.'

'Pap zei dat het tijdelijk is. Dat jij het even zelf moet uitzoeken.'

'Misschien. De tijd zal het leren.'

Willem maakt een kotsgebaar. '*Keep on dreaming*, mam.'

'Ik ga ook zeker niet met een mediator praten,' zegt Sofie. 'Ik woon gewoon bij jou.'

'O ja, en ik dan?'

'Jij ook. Wij mogen dat zelf bepalen, zegt Dympre uit mijn klas. Haar ouders zijn ook net gescheiden.'

Willem staat op en loopt naar de keuken.

'Hij is gek, hoor,' zegt Sofie. 'Hij gaat iedere avond weg en dan komt hij stomdronken thuis.'

'Wie? Willem?'

'Duh. Nee, pap.'

'Heb je helemaal niks te eten?' schreeuwt Willem vanuit de keuken.

Ik haast me naar de Albert Heijn. Deze keer geen Bella bij de ingang. De hele kar gaat vol. Cola, kip, friet, sla, appelmoes, mayonaise, chips, appels, sinaasappels, kiwi's, brood, kaas, ham, muesli, pindakaas, ik vlieg langs de schappen.

Ik kom Mirjam tegen, die druk loopt te bellen. Later, gebaart ze, met een gestreste glimlach. Later komt nooit, weet ik. Het geeft niet meer. Het enige wat telt is dat ik weer moeder ben. Voor de rest mag Karel alles hebben. Het huis, het geld, de vrienden. Veel plezier ermee. Ik haast me naar het huis, dat ineens minder donker en deprimerend is, en ook maar een tussenstation, want ik moet op zoek, met hen, en ze mogen hun eigen kamer inrichten. In mijn hoofd loop ik al door de Ikea.

'Maar hoe zit het nou met die Derek?' Willem schuift de kip naar binnen alsof hij dagen niet gegeten heeft.

'Er is niks met "die" Derek.'

'Waarom stuurt hij jou dan zo'n appje?'

'Waarom zit jij aan mijn telefoon?'

'Nou niet zo gaan doen. Jij zit altijd aan onze telefoon.'

'Derek was dronken. Het was een geintje.'

'Niet. Alle berichten daarvoor waren verwijderd. Ik weet heus wel wat dat betekent.'

'Mam, je ging vreemd,' zegt Sofie. 'Net zoals iedereen in dit dorp. Zeg het gewoon.'

'Dit is iets tussen mij en je vader.'

'Trouwens, papa heeft al een vriendin, hoor.'

Willem geeft Sofie een schop onder tafel.

'Het is toch zo? Jij hebt het zelf gezien!'

Ik leg mijn bestek neer.

'Ik heb het niet gezien. Ik heb het gehoord.'

'Willem, kom op.'

Hij kijkt zijn zus woedend aan. Zijn hele gezicht is rood. Over dit soort situaties staat niets in de lijstjes 'Goed scheiden met kinderen'.

'Volgens mij gaan die dingen mij niets meer aan,' zeg ik zonder overtuiging.

'Yarden heeft er foto's van gemaakt.'

'Yarden? Is er iemand vernoemd naar een uitvaartmaatschappij?' Niemand lacht.

'Yarden zit bij Willem in de klas. Ze zagen pap zoenen met een of andere tjoempert in de parkeergarage onder de Deen.'

'Tjoempert?'

'Zo'n type, weet je wel, met te veel haar en te veel make-up.'

Ik kijk van Willem naar Sofie.

'Gewoon zo'n vrouw die er wel zin in heeft.'

'Het is niet uit te leggen. Je moet het snappen. Een tjoempert gaat op tafel dansen en zeggen dat ze geen onderbroek aanheeft.'

'En ze hebben dikke tieten.'

'Een slet. Maar dan oud.'

'Er zijn foto's van papa gemaakt?'

'Ze gaan het hele dorp rond. Dat je het nog niet wist?'

'En een filmpje,' stamelt Willem.

'Nee! En dat hebben ze ook naar jullie gestuurd?'

'Ja.'

'Hebben jullie het verwijderd?'

'Nog niet.'

'Doe dat. Alsjeblieft. Niet meer naar kijken.'

'Dat zei ik ook al,' zegt Sofie.

Ik zit op de wc. Mijn handen trillen. Waarom? Ik ben niet jaloers. Het belangrijkste is dat de kinderen bij me zijn. Toch kan ik het niet laten hem te bellen.

'Weet je dat er filmpjes rondgaan van jou met een of andere bimbo?' zeg ik zodra hij heeft opgenomen.

'Hé Saar, ook goedenavond. Nee, het gaat niet echt goed nee, maar lief dat je het vraagt.'

'Waarom zou ik lief tegen je doen?'

'Omdat je twintig jaar van me gehouden hebt? Omdat ik de vader van je kinderen ben? Omdat ik van je hou en je altijd terug wil, wat je ook uitspookt? Omdat je je schuldig voelt dat je mijn leven verneukt hebt?'

Hij is dronken, ik hoor het aan zijn stem. Dit is het moment om op te hangen.

'Hoe zit dat met die filmpjes?'

'Ben je jaloers?'

'Nee. Ik ben woedend. Twee weken heb je de kinderen gehad en dan weet je er zo'n godvergeven puinhoop van te maken…'

'Ja, fijn hè, voor jou.'

'Je moet ervoor zorgen dat die filmpjes verdwijnen.'

'Waarom? Het interesseert me geen reet dat mensen mij filmen. Ze doen maar.'

'Het kan uitlekken.'

'En dan? Gaat je imago er dan aan? Ben je dan ineens de bedrogen vrouw van een dronken schuinsmarcheerder?'

'Oké, dit gesprek heeft geen zin.'

'Niets heeft zin, Saar. Daarom. Laat gaan.'

Ik hoor iets vallen.

'Karel? Hallo? Gaat het?'

Aan de andere kant van de lijn klinkt gestommel.

'Jezus, Karel, wat doe je?'

'Niks aan de hand, schat. Ga jij nou maar weer lekker een bestsellertje schrijven. En je niet meer bemoeien met mijn leven. Jij bent weggegaan, prima, maar laat me verder met rust.'

Als de kinderen zich hebben teruggetrokken op hun nieuwe kamers en ik ze heb beloofd dat ze die mogen schilderen, stap ik op de fiets. Ik weet dat het onverstandig is. Ik weet dat ik alles alleen maar erger maak. Maar ik weet ook hoe Karel zich voelt, en dat in combinatie met drank en antidepressiva.

De achterdeur staat open en Bella veert op. Ik mis haar. Ik mis mijn huis dat door Karel is omgetoverd tot bruin café. Vroeger vond ik het leuk dat hij zo onaangepast was. Heb ik hem dan net zo lang gedomesticeerd tot ik er niets meer aan vond? Ik weet het niet. Ik weet wel dat hier voor me op de bank de ongedomesticeerde Karel ligt.

'Heb je de kinderen in deze puinhoop laten leven?' begin ik.

'Rot op, Saar.'

Ik loop naar hem toe en zie dat hij bloed op zijn shirt heeft. 'Wat is er gebeurd?'

'Niks.'

'Jezus, je bent nog puberaler dan Willem.'

Hij doet zijn armen voor zijn gezicht. Op zijn kin zit bruine tape.

'Wat is dit?'

'Ik ben gevallen.'

'Je moet naar het ziekenhuis.'

'Welnee. Ik heb het aan mekaar geplakt.'

'Met plakband. Het kan gaan ontsteken, Karel. Kom op, ik breng je.'

Bij de eerste hulp moeten we uren wachten. Karel zit al die tijd met zijn hoofd in zijn handen. Uit schaamte, vermoed ik. Ik krijg een appje van Joep. *Ik vond het heel bijzonder. Je weet me te vinden.* Zou hij het filmpje van Karel met de Tjoempert gezien hebben? En Mirjam?

'Het stelde niets voor hoor, met die meid,' zegt Karel.

Vanonder de tape op zijn kin drupt bloed. Ik vraag aan de baliemedewerkster of ik misschien een doekje kan krijgen, en wat jodium.

'U wordt dalijk geholpen,' snauwt ze.

Ik pak een dot toiletpapier uit de wc en geef het aan Karel. 'Je moet gewoon uitkijken met dat soort dingen.'

'Ja, zoals jij en Derek doen.'

'Er is niets met Derek.'

'Niets meer.'

'Nee.'

'Waarom Derek? Ik krijg het niet uit mijn hoofd. Het maakt me gek, de gedachte aan jullie...'

Ik denk aan Dereks hoofd tussen mijn benen.

'Ik heb Ilse gesproken, weet je dat? Ze is er ziek van. Maar Derek blijft. Hij wel. Ze vergeeft hem, ze gaan in therapie. Ik vergeef jou ook. Jezus, ik snap het zelfs. Kom terug, Saar. We hebben zoveel moois. Het wordt er echt niet leuker op hoor, in je eentje.'

Er valt een lange stilte, waarin de mislukking zwaar op ons drukt.

'Ik dacht altijd, als het iemand lukt, dan zijn wij het wel.'

'Ik ook, Karel.'

De deur zwaait open. Een arts roept Karels naam. We staan op en schudden hem de hand. Hij lijkt half Karels leeftijd. 'Meneer Van Bohemen. Ik ben een groot bewonderaar. Uw colums in *de Volkskrant* lees ik als eerste!'

'Dank je wel, jongeman.'

'En mevrouw, wilt u mee naar de behandelkamer, of wacht u liever hier?' Kennelijk leest hij mijn werk niet.

'Ik wacht hier.'

'Dat is Snoet,' hoor ik Karel zeggen.

De arts kijkt nog een keer vluchtig naar mij. Zijn hoofd wordt rood. 'Sorry,' zegt hij. 'O, wat gênant dit! Maar wel fijn om jullie samen te zien. Jullie zijn dus niet echt uit elkaar?'

Karel geeft hem zijn mysterieuze mediaglimlach. 'We varen over woelige baren,' antwoordt hij.

In mijn oude huis wacht ik tot ik hem op bed hoor ploffen. Ik negeer de aandrang om op te ruimen. Op het aanrecht ligt zijn telefoon. Ik zie dat er ineens een pincodeslot op zit. Ik probeer zijn geboortedatum en zit meteen goed. In WhatsApp staat de Tjoempert bovenaan. Anita Kuiper heet ze. Op haar profielfoto draagt ze een rood badpak. Grote tieten, blonde krullen.

Hé stukkie, nog plannen vanavond?

Kom maar hierheen, poes.

Daaronder Willem in de appgroep BijPap.

Pap, we slapen vanavond bij mam.

Oké jongens, veel plezier.

Boven klinkt gestommel. Even overweeg ik de trap op te lopen, de slaapkamerdeur open te gooien en iets dramatisch te roepen. In plaats daarvan ga ik naar buiten, met een opgetogen Bella achter me aan.

Mijn grootste fan

Ik rook, ik drink, ik eet uit plastic bakken, ik duik op vrouwen die ik Poes noem. Ik ben de man die is verlaten. Ik kijk in kille ogen. Een vrouw belt me en noemt zich mediator. Zover is het gekomen. Straks zitten we aan een tafel, ieder aan een andere kant. We rijden ernaartoe, ieder in een eigen auto. En we zullen weer vertrekken, ieder naar een ander huis. Het is zo wreed dat ik dood wil. Ik ben te laf om een mes in mijn eigen vlees te zetten, dus sloop ik mezelf door het allemaal nog erger te maken.

Ach, die arme man, ik hoorde het iemand zeggen. En ik denk het, iedere ochtend als ik in de spiegel kijk of naar de checklist voor het ouderschapsplan staar. Ik ben die arme man, die het er wel een beetje zelf naar gemaakt heeft, maar vertel me dan hoe het moet. Ik kan alleen de liefde bij mezelf levend houden en dan nog is het de vraag of het liefde is of hebzucht.

Tussendoor is Poes er, om me door de nachten heen te helpen nu zelfs de hond me verlaten heeft. Ze geeft haar lichaam en lacht om alles. 'Ik ben je grootste fan,' zegt ze als ik in haar kom, en we roken samen in bed. Gisteren zette ze haar godinnenkont op de checklist en nam me mijn leesbril af. Ze vlijde zich achterover en de rest laat zich raden. Zo heeft ieder nadeel toch nog zijn voordeel, om met mijn grote held te spreken.

11

Ik laat de mediator de column lezen. Karel zit erbij als een norse schooljongen. Als de mediator hem na het lezen vragend aankijkt, haalt hij zijn schouders op.

'Mevrouw, ik ben schrijver. Ik heb deze column al jaren, tot voor kort samen met Sara. We schrijven over ons leven, over de kinderen, onze relatie, het alledaagse. Daar hoort dit ook bij. En er is toch vrijheid van meningsuiting?'

'U hebt gelijk, u hebt de vrijheid om dit te schrijven. Maar ik wil u er wel van bewust maken dat het uw zaak geen goed doet. We zijn bezig met het maken van een ouderschapsplan en hiermee toont u aan op dit moment niet de beste ouder te zijn.'

'Ik ben nog nooit de beste ouder geweest. Dat is Saar, toch Saar? De beste?'

Ik kijk naar hem. Tegenover me zit een vreemde.

'Bent u bereid een goede ouder te zijn? Anders heeft het geen zin het co-ouderschap op te tuigen. Dat is toch nog steeds wat u allebei wilt? Co-ouderschap?'

Het is helemaal niet wat ik wil. Ik wil mijn kinderen bij mij. Ik wil dat ze één huis hebben, één kamer. En ik wil niet alleen zijn om de week. Maar tegenwoordig hoor je co-ouderschap te hebben, dus ik knik.

'Alleen het woord al!' roept Karel.

'U zegt niet de beste ouder te zijn en u hebt een aversie tegen de term. Kunnen we dan niet beter voor een klassieke zorgverdeling kiezen? De kinderen zijn al op een leeftijd dat ze zelf mogen kiezen, u woont redelijk dicht bij elkaar…'

'Hoe u het noemt maakt me niet uit. Ik wil mijn kinderen om de week. Ik ben misschien niet de beste ouder, maar wel hun vader.'

'Hoe ziet u dit, mevrouw Zomer?'

Co-ouderschap met Karel wordt een regelrechte ramp. De mediator geeft me hier de kans om alles naar me toe te trekken. Het is voor iedereen het beste als de kinderen hun laatste niet-volwassen jaren bij mij wonen. Maar als ik hem ook nog dit afneem, gaat hij helemaal naar de kloten.

'Ik denk dat we het moeten proberen.'

'Zullen we dan kiezen voor een proefperiode van een halfjaar? Onder voorwaarde dat meneer Van Bohemen stopt met drinken.'

Karel kijkt boos naar mij.

'U ruikt naar drank. Ik heb dit niet van uw vrouw, u komt zelf om elf uur 's morgens hier met een kegel.'

Karel staat op, zijn stoel krast over de stenen vloer. 'Het is nu wel genoeg geweest. U bent duidelijk op de hand van de vrouw. Dit noem ik geen mediation. Dit is "gum de vader zo snel mogelijk uit het leven van zijn kinderen".' En weg is de man, hij gooit nog net niet met de deur.

12

'Jij bent ook maar een mens, hoor Saar,' zegt Els, een vriendin uit mijn studietijd met wie ik de banden weer heb aangehaald sinds ik op Facebook las dat ze gescheiden is. We hebben die avond afgesproken in Amsterdam, in een hip café met een verschrikkelijke akoestiek, maar na twee vazen bier stoor ik me er niet meer aan. Els heeft een nieuwe scharrel via Tinder en leeft het Happy Single-leven. Haar verhalen over haar seksavonturen maken mij ook openhartiger dan ik eigenlijk wil zijn. Dus is ons gesprek een soort wedstrijd wie de meeste aandacht van mannen heeft en ik heb dat net een andere wending proberen te geven door op te biechten hoe slecht, hoe schuldig, hoe kut ik me voel, ondanks al die aandacht, die ik zelf enigszins heb overdreven. Zij ook, vermoed ik.

We bestellen nog een ronde bier. Ik aarzel even, tot Els zegt dat ik bij haar kan slapen. Haar kinderen zijn bij hun vader, de mijne ook. Ik haat logeren. Maar ik haat alleen thuiskomen meer.

'Ga je wel naar een goeie therapeut?' vraagt Els.

'Ik ben naar een astroloog geweest. En een kaartenlegger. Ik heb op een bed gelegen bij iemand die aan mijn buik voelde en zei dat ik een groot verdriet bij me draag. Er was een vrouw die op mijn hoofd trommelde met haar vuisten terwijl ik mijn naam moest schreeuwen.'

'O ja, dat heb ik ook allemaal gedaan. Maar dat is goed, dat is investeren in jezelf. Ik kom net terug van een FFTL-week.'

'Wat is dat?'

'From Fear to Love, bij Jens Donson. Hij is te gek. In één week krijg je een soort snelkookpantherapie. Hij heeft van alle werkende methodes één soort retraite gemaakt. Het is *life-changing*. Ik kan het je aanraden. Je gaat helemaal terug naar je gevoel en je intuïtie, dus weg van je angsten.'

'En wat levert het je dan echt op, zo'n week? Ik bedoel, praktisch gezien?'

'Je leert te luisteren naar jezelf, naar je behoeftes, naar je innerlijke kind.'

Ik schiet in de lach.

'Ja, lach maar. Het is dat innerlijke kind dat problemen schopt. Je angst, je wanhoop, je verlatenheid, het is allemaal het kind. In die week kom je in aanraking met die kindpijn, en met meditatie en rollenspellen ruim je dat allemaal op. Ik leef nu met een veel opener hart, ik weet dat ik er mag zijn met al mijn falen.'

'Hoe voelt dat dan, leven met een open hart? Mensen zeggen en schrijven zulke dingen, maar ik vraag me altijd af hoe dit in de praktijk werkt...'

Els kijkt me met stralende ogen aan. Ik weet niet of het door het bier komt, de grote hoeveelheden seks die ze beweert te hebben of toch door die week. 'Ineens is het alsof alles op me afkomt. In de goede zin. Ik bedoel, jij schrijft me een bericht waardoor we weer contact hebben, ik heb de heerlijkste seks, mijn kinderen floreren, het contact met mijn ex is goed. Omdat ik al die ballast kwijt ben. Ik ben de onverschrokken vrouw die ik altijd al wilde zijn.'

'Maar, wat voel je dan?'

'Ik ben zonder angst. Zonder verwachting, zonder schuld. Ik omarm het leven zoals het is. Hoe voel jij je nu?'

Ik ga staan en wiebel met mijn benen. Ik voel me alsof ik buiten het leven sta. Alsof iedereen weet hoe het moet behalve ik. Ik maak fout op fout en ik denk alleen maar: je bent niet goed genoeg, je hebt het laten mislukken. Dat ik liefde moet verdienen en die niet verdien. Ik ben een teleurstelling.

'Kut,' zeg ik.

'Ga dan,' zegt ze. 'Ik stuur je een linkje door. Het zal alles veranderen, ik meen het. Twee jaar geleden was ik als jij. Investeer in jezelf, voordat je ineens met een burn-out op de bank ligt. Maar nu bestellen we er nog een en gaan het ergens anders over hebben. Je blijft slapen, toch?'

Twee jongens bieden ons een drankje aan. De ene blijkt de scharrel van Els, die ze kennelijk heeft opgeroepen, de ander heet Stijn. Ze zijn nog geen dertig. Stijn heeft een blonde lok, het lichaam van een personal trainer en draagt een leren jasje over een te strak wit T-shirt. We praten over honden. Ik heb Bella, Stijns ouders hebben Dax. De jongens bestellen wodkashotjes. Ik ga naar de wc en Els komt me achterna.

'Welcome to the free world!' lacht ze.

'Het zouden onze kinderen kunnen zijn.'

'Ach welnee. Het zijn volwassen jongens. En vergeet niet dat je net zoveel in leeftijd scheelt met Stijn als met Karel, maar dan andersom.'

We plassen en verzamelen weer voor de spiegel.

'Ik heb me niet geschoren of zo...'

'Dat boeit die gasten niet zoveel. Maar als het zover komt, kun je bij mij even onder de douche stappen. Kom op, plezier maken!'

Stijn legt zijn hand op mijn onderrug en vertelt over zijn ambities. Hij is dj, fotograaf en trainer. Maar wat hij echt wil is reizen en gelukkig kan dat met zijn reeks aan beroepen. Daarna begint hij een verhandeling over wat hem zo aantrekt in oudere vrouwen. Die zeuren niet. Hebben een eigen leven. Zijn zelfverzekerder. Beter in bed. Hij is nog lang niet aan kinderen toe, of een relatie. Trouwens, volgende week draait hij op Ibiza, bij de opening van een nieuw restaurant. Van zijn oom. Ik streel zijn kont en luister nauwelijks. We nemen nog een drankje en Stijn vraagt of we coke moeten bestellen.

'Ik heb!' roept Els opgetogen.

We staan in een discotheek die tegenwoordig club heet en we dansen met onze blik op de dj gericht. Stijn heeft zijn armen om me heen geslagen en zoent mijn hals. Els danst alsof ze de goden oproept. Handen in de lucht en ogen dicht. Ze hebben coke op, een pil en een stuk of wat wodka. Ik probeer me te laten gaan op de muziek en niet te oordelen over mezelf. Ja, we zijn de oudsten. Ja, Els' borsten rollen bijna uit haar Marlies Dekker-beha. Ja, iedere keer als er zo'n ledlamp op mijn gezicht gericht wordt, duik ik weg. Ja, we zijn als de tjoemperts waar Willem het over had. Maar wat geeft het? We hebben lol. 'Lijkt godverdomme wel alsof we ons tussen de snipers in Aleppo bevinden. Wat een klereherrie.' Ik hoor het Karel zeggen. Denkbeeldig steek ik mijn middelvinger naar hem op. Met je cynisme. Ik dans met mijn kont tegen de lul van een zevenentwintigjarige. Hij vindt me mooi.

'Ik ga je straks zo nat likken,' fluistert hij in mijn oor.

'Waarom niet nu?' fluister ik terug.

'Nu?'

'Ja, nu!'

'Boefje,' lacht hij en we tongen met onstilbare honger.

~

Terwijl Stijn zich in het licht van een bewegende vissenlamp op mijn lichaam stort probeer ik niet te letten op de kitscherige porseleinen beeldjes van Els' elfjarige dochter. Ik staar naar zijn jonge huid en de keiharde spieren eronder. Was ik ook zo jong toen ik Karels kinderen baarde, een huis kocht, mijn lichaam aan hem gaf? Het lijkt eeuwen geleden en ik weet zeker dat ik toen niet over zoveel zelfvertrouwen beschikte als Stijn. Hij likt me overal en ik vergeet dat ik me niet heb geschoren. Dan draait hij me om, alsof het niets is, en zit ik op hem, mijn striae in het volle zicht. Stijn streelt ze met zijn duim en omvat mijn kont met grote gulzigheid. Ik pak zijn pik en steek hem in me. We neuken op het ritme van zijn armen en het bed kraakt. 'Je bent een duivelin,' zegt hij en ik antwoord dat dat klopt. Ik trek me omhoog aan de spijlen en plant mijn kut op zijn mond. Geen idee wat in me is gevaren, het is alsof ik alle jonge meisjes eruit wil neuken en Stijn vindt het prachtig. *Vies wijf*, zegt de stem in mijn hoofd.

We eindigen op het roze vloerkleed voor het bed als Stijn zich bezweet en hijgend op me laat vallen.

'Klaarkomen gaat hem niet worden, schat. Te veel dope. Kom.'

We kruipen het eenpersoonsbed in en ik leg mijn hoofd op zijn borst. Hij aait door mijn haren en dat ontroert me ineens.

'Je bent lief,' zegt hij en ik begin te huilen. Niet dat hij dat merkt. Ik doe het geluidloos en veeg mijn tranen af aan het dekbed, voordat ze zijn borst raken.

13

Ik word wakker van een golf braaksel die een uitweg zoekt en die ik neerkwak naast het bed, op een rood kleedje in de vorm van een hart. Om het halfuur spuug ik mijn ellende uit, samen met de paracetamols die Stijn me gaf. Ik smeek hem me naar huis te brengen. Ik wil geen seconde langer in de kinderkamer doorbrengen. Ik wil naar huis, mijn echte eigen huis, de gordijnen dicht, mijn eigen emmer naast mijn eigen bed.

'Ach, meid,' zegt Els terwijl ze me in de auto helpt. Haar borst bungelt uit haar kimono. Ze geeft me een paar Albert Heijn-tassen. Het liefst zou ik deze over mijn hoofd trekken. Stijn start en onmiddellijk open ik de zak.

Ik heb hem mijn oude adres gegeven. Als we parkeren zie ik Karel al naar buiten komen.

'We moeten weg hier,' stamel ik. Maar het is al te laat.

Karel opent het portier aan mijn kant en zegt: 'Jezus, wat is er met jou?'

'Ze is een beetje ziek geworden,' zegt Stijn.

'Sorry Karel, we gaan nu naar mijn eigen huis. Het was een foutje.'

'Katertje? Ik ben trouwens Karel, haar man.' Hij steekt zijn hand uit naar Stijn, die rode vlekken in zijn nek krijgt.

'Ja hoi, ik ben Stijn.'

'Ex-man,' snauw ik.

'Zal ik het vanaf hier overnemen, Stijn?'

Achter Karel staan inmiddels ook de kinderen. Stijn stelt zich keurig voor.

'Oh my god, mam,' zegt Sofie. Bella snuffelt aan mijn adem.

'Stijn moet naar het station,' weet ik nog uit te brengen voordat ik met mijn hoofd weer in de tas duik.

'Willem, neem jij je moeder, dan geef ik Stijn een slinger. Of wil je eerst nog koffie?'

'Graag,' zegt Stijn. 'Ik heb ook best honger, eerlijk gezegd.'

Sofie stopt me in haar bed. Ze zet een emmer naast me en geeft me een koud, nat washandje. 'En misschien moet je ook even je tanden poetsen,' zegt ze. 'Hier is mijn tandenborstel.'

Ik poets, en spoel de gal weg met water.

'Die Stijn hè, vertel me dat hij níét je lover is.'

'Hij is niet mijn lover.'

'Hij is twaalf, mam.'

'Het is een vriend van Els.'

'Ik weet niet eens wie Els is. En Stijn staat nu beneden een tosti te eten die pap voor hem gemaakt heeft. Pap staat zó te genieten dat hij een keer de normaalste is.'

Net op tijd buig ik me naar de emmer.

Ik word wakker omdat iemand keihard mijn naam roept en me op mijn wangen slaat. Als ik mijn ogen open, kijk ik recht in die van Karel en enkele seconden geloof ik dat het allemaal een droom was. Ik ben nog helemaal niet weg. Karel en ik zijn nog steeds bij elkaar. Ik zit vast in dit huwelijk, dit is *Groundhog Day*, we gaan weer helemaal opnieuw beginnen.

'Godverdomme, Saar. Je was volkomen out!'

'Ik sliep gewoon.'

'Dat was geen slapen meer. Ik wil dat er een dokter komt.'

Heel langzaam komt het besef. Het is al gebeurd. Ik ben bij hem weg.

'Nergens voor nodig. Ik heb gewoon een heel heftige kater.'

Het ergste is achter de rug. Er was een Stijn vannacht en die heeft me hier gebracht.

'Hoe laat is het?'

'Halfacht. Je moet iets eten. Ik heb kippensoep voor je.'

'Zelfgemaakt?'

'Nee, zo ver ben ik nog niet. En waarom zou ik, als er ook Struijk bestaat? Kom...'

Hij pakt mijn kussens en zet me rechtop. Daarna geeft hij de kom met bouillon en een lepel aan.

'Ik maak me zorgen om je,' zegt hij terwijl hij erop toeziet dat ik eet.

'Nergens voor nodig. Ik kom een keer met een kater thuis... Als dat alles is.'

'Je komt op mij niet heel gelukkig over.'

'Dit is ook niet de gelukkigste fase in mijn leven.'

'Zelfs ongelukkig in ons huwelijk vond ik je gelukkiger.'

'Karel, ik kom niet terug. En ik wil ook niet dat ieder contact tussen ons uitdraait op dit. Ik vind het pijnlijk.'

'Weet je wat ik pijnlijk vind? Dat je wordt thuisgebracht door een student, kotsend en wel omdat je je in een of andere midlifecrisis bevindt. Dat je alles kapotmaakt omdat je zo nodig jezelf moet vinden of zoiets. En hoe moet het dan straks? Zitten we allebei alleen oud te worden. Krijgen we kleinkinderen. Het is ook zo'n cliché. Wij zijn toch mensen die het wel kunnen? Samen? Dat is toch het mooiste? Kunnen wij niet die uitzondering zijn?'

Ik sla het dekbed van me af. Sofie heeft blijkbaar mijn broek uitgetrokken. Ik weet dat Karel naar mijn benen kijkt. De benen die ik vannacht om Stijn heb gevouwen.

'Ik ga.'

'Eet eerst je soep.'

'Nee. Ik moet weg.'

'Ik breng je.'

'Sorry, liever niet.'
'Ik laat je niet rijden in deze staat. En ja, dat bepaal ik.'

We drinken koffie in mijn oude keuken. Ik kan het niet uitstaan dat dit nu zijn huis is.
'Heb je nog heel even? Ik wil iets met je bespreken,' zegt hij.
Ik knik en negeer het rommelen van mijn ingewanden. Het valt me op dat het hier netter is. Er staat een flesje huisparfum en de kranten liggen op een rechte stapel. Het gootsteenputje is niet gevuld met resten spaghetti en sigarettenpeuken. Zou Anita Kuiper ingetrokken zijn?
'Ik heb het er gister ook met de kinderen over gehad…' begint Karel.
Ik zet me schrap. Hij is uit op wraak. Ik ken hem. Hij is een schorpioen. Hoe dan ook zal hij eerder een nieuwe relatie hebben dan ik.
'Oké, luister. Ik ben gestopt met drinken. Roken nog niet, dat raadde mijn counselor me af, maar…'
'Counselor?'
'Ja. Ik ben bij Brijder, die verslavingskliniek in Alkmaar, geweest. Naar aanleiding van een of andere test die de huisarts me gaf en daaruit kwam dat ik een problematische drinker ben.'
Ik onderdruk een lach.
'Lach maar, ik weet het. Ik heb niet naar je geluisterd, wrijf het er maar in.'
'Ik wrijf helemaal niks in. Ik ben verbaasd. Maar goed, ga verder.'
'Drie dagen al. En het valt me eigenlijk ontzettend mee. Ik ben helder, heb veel meer energie en ik slaap beter. Ik doe ook een cursus bij hen en ik heb dus een counselor met wie ik gesprekken heb. Mijn doel is mijn drinken beheersbaar te maken. Alleen op feestjes, of wanneer ik het echt verdiend heb. Maar eerst ga ik zes weken cold turkey. Dan is het uit mijn systeem en kan ik daarna met een schone lei beginnen.'

'Met drinken?'

'Met af en toe een glaasje.'

Ik neem een slok koffie. Mijn handen zweten.

'Ik wil ook tegen je zeggen dat het me spijt. Ik heb het verpest. Het afgelopen jaar… Ik ben er niet voor jou en de kinderen geweest. Ik begrijp nu dat je niet anders kon. En ik ben je dankbaar. Door me te verlaten heb je me doen inzien dat ik totaal op het verkeerde pad zat. Destructief, ik maakte alles wat ik liefheb kapot. Ook mijn werk. Ik bedoel, leuk hoor, die columns en schnabbels, maar mijn roman, die kwam maar niet van de grond. Diep vanbinnen was ik jaloers op je, en ook doodsbang je kwijt te raken. Nu dat uiteindelijk is gebeurd, nu mijn grootste angst waarheid is geworden, zie ik in dat ik daar zelf op aangestuurd heb. Ik verwijt je niets. Zelfs je verhouding met Derek niet. Nogmaals, je kon niet anders.'

Hij kijkt me gespannen aan. Er wordt nu iets van mij verwacht. Ik hoor te juichen, hem te omhelzen en te zeggen hoe trots ik op hem ben.

'Goh,' is het enige wat ik kan uitbrengen.

'De kinderen zijn dolblij.'

Ik reik naar het gele vaatdoekje en haal het langs de kraan. Mijn kraan. Mijn doekje. Mijn kinderen. Hij gaat het me afnemen. Ik dacht dat ik me niet eenzamer kon voelen, maar het kan wel. Als de wapens uit je handen worden geslagen. Ik kan het niet uitstaan. Eerst denk ik dat het is omdat mijn vele smeekbedes en tirades niet genoeg waren. Kennelijk moet eerst alles beschadigd worden: mijn liefde, mijn kinderen, mijn huis, mijn huwelijk, mijn leven, al die jaren die ik gaf. Is dat allemaal te helen met een cursus Minder Drinken?

Ik rook een sigaret met hem mee, terwijl we zwijgen, onze blikken afgewend. Ik wist niet dat ik het in me had, zo'n grote woede. In gedachten pak ik het vleesmes, en plant het tussen zijn ribben.

'We zullen zien,' mompel ik met hoge adem.

'Ik snap heus wel dat ik me eerst moet bewijzen.'

'Er is heel veel kapot,' zeg ik en ik bedoel het anders dan het klinkt. Het is geen verwijt, maar een constatering. Ik heb het gevoel uit losse onderdelen te bestaan. Mijn hart ligt hier op de vloer. Ik hou niet meer van hem. Of hij nu wel of niet drinkt. Ik haat hem misschien wel. En ik doorzie zijn strategie, misschien doet dat juist zo'n pijn.

'Ben je er voor mij, in dit proces?' Hij fluistert het.

Ik stel mijn antwoord uit. 'Hoe zie je dat voor je?'

'We zetten onze scheiding on hold tot ik dit heb afgerond. Mijn counselor wil ook graag met jou praten. Of we nu gaan scheiden of niet, ik blijf de vader van onze kinderen en ik wil het vanaf nu volledig oppakken. Ik heb jou daar heel hard bij nodig.'

Een verzoening die op de ontwapening volgt. Zoals bij Oprah of Dr. Phil. Pak de schuld, zuiver je geweten en vraag om hulp.

'Ik weet het niet,' zeg ik. 'Ik ben op. Leeg...' Ook ik ga nu in clichés praten. Het is een spel. Wat hij kan, kan ik ook. Wie het eerst bij de slachtofferrol is.

'Kan je niet of wil je niet?'

Wil niet, natuurlijk. Ik wil door met mijn leven. Ik heb zoveel moed bij elkaar moeten schrapen om weg te gaan. Ik wil dat niet nog een keer.

'Karel, ik wil je niet iedere dag opnieuw afwijzen. Wij zijn voorbij. Ik vind het echt fantastisch als je stopt met drinken, maar dat doe je voor jezelf, en voor de kinderen, maar niet meer voor mij.'

'Aha.' Hij snuift, klemt zijn kaken op elkaar. Nu is het zijn beurt om hulpeloos met het gele doekje te wrijven. 'Vlak jezelf niet uit, hè. Jij kwam hier vanochtend kotsend aan.'

'Dat staat er los van. En sorry daarvoor. Maar ik heb jou niet nodig om mijn problemen op te lossen.'

'Dat denk je maar. Maar... oké.' Hij gooit het doekje met een ferm gebaar in de gootsteen. 'Ik ga het evengoed doen, en we kijken wel over een paar weken waar we staan.' Op zijn voorhoofd staan kleine druppeltjes zweet.

‘Ik ga denk ik naar huis lopen,’ zeg ik en ik pak mijn tas van tafel.
‘Ik kan je wel brengen, of Willem brengt je.’
‘Ik vind het wel lekker, beetje frisse lucht.’
‘Gaat niet meevallen hoor, op die hakken.’
Ik loop naar de kinderen, die zich samen op Sofies kamer hebben verschanst. Ze staren me vol verwachting aan.
‘En? Heeft papa het verteld?’
‘Yes.’
‘Goed, hè?’
‘Heel erg goed van hem.’
‘Dat is wat je wilde! En wij ook natuurlijk.’
‘Heeft hij ook verteld van de vakantie?’

‘Vakantie?’ vraag ik als ik weer beneden ben.
‘Maak je geen zorgen hoor, we gaan in “mijn” week. Ik wilde je nog wel vragen of je het goed vindt dat we iets langer gaan. Tien dagen of zo. Mirjam en Joep hebben ons uitgenodigd in Frankrijk. Joep heeft een maand een huis gehuurd in de Provence.’

Verlaten, steeds weer opnieuw

Ik heb mezelf bij de lurven gegrepen. Mooi. 'Lurven'. Wat zijn het? Ik heb altijd gedacht dat het oksels waren. Maar nee. Lurven bestaan niet. Aangenomen wordt dat de oorspronkelijke betekenis 'vodden', 'lorren' of 'kladden' was.

Ik zag op een ochtend het verdriet in de ogen van mijn kinderen, die in de keuken stonden, hun rugzakken om. 'We gaan, pap,' zeiden ze, en ze gingen. Verlaten werd ik, steeds weer opnieuw, het is de geschiedenis van mijn leven en ik vroeg me af wat ik hier nog deed, op deze verdomde planeet, want zelfs mijn schrijflust was vertrokken. Ik was alleen in de puinhoop die ooit mijn huis, mijn huwelijk, mijn gezin was. Mijn grote talent voor zelfmedelijden kon het hart ophalen. Ik daalde af naar een bodem zo zwart dat ik er bang van werd. Ik googelde 'pijnloze dood' terwijl ik rode wijn dronk en mijn longen vast opblies met de zoveelste sigaret. De dood als makkelijkste uitweg. Op de bodem zag ik weinig andere wegen. Snelwerkende slaapmiddelen, die had ik in huis. Een plastic zak ook. Er werd me aangeraden iemand te bellen die ik vertrouwde. Ik wist niemand, behalve degenen die mij niet meer vertrouwden. Bella de hond zat naast me, geduldig maar met smekende ogen. Ze legde een poot op mijn knie. Een poot van God misschien wel.

14

Ik app Mirjam, maar krijg geen antwoord. Dat is heel normaal, zegt Els. Degene die verlaat, verliest vaak alle getrouwde vrienden. Bovendien ben ik nu een single vrouw, en dus een bedreiging. Ik bel Mirjam, ze neemt niet op. Ik ga naar de Albert Heijn om vijf uur, en zie haar niet. Dus bel ik aan op een moment dat ik zeker weet dat ze thuis is. Joep doet open en lijkt zich dood te schrikken.

'Hè, wat gezellig! Mir is in de keuken.'

Ik groet hun horde kinderen, die onderuitgezakt liggen te gamen, en loop achter Joep aan.

Terwijl Mirjam me kust verschijnen er rode vlekken in haar nek.

'Kijk eens aan! De keukenprinses!' Ik zeg het te hard, te geforceerd grappig.

'Ach,' zegt Mirjam, 'ik ga tegenwoordig eerder naar huis...'

'Hoe is het?'

'Goed.' Ze draait zich om, haar rug gebogen, turend in een kookboek. 'Beetje slechte timing, Saar, sorry.'

Joep heeft zich uit de voeten gemaakt.

'Ik blijf niet lang.'

Ik doe wat wij jarenlang bij elkaar thuis deden. Ik pak een glas, trek de ijskast open en schenk mezelf in.

Mirjam zucht en bijt op haar lip. Ze draait het gas onder de pannen uit.

'Ik heb geen keuze,' zegt ze en ze loopt om me heen alsof ik een besmettelijke ziekte draag. 'Joep en ik hebben zoveel ruzie gehad door jullie scheiding, we gingen er bijna ook aan onderdoor.'

Zo is het. Het is erop of eronder.

'Ik heb vijf kinderen. Ik hoop dat je het begrijpt.'

'Natuurlijk.'

Ze heeft gekozen voor het andere kamp. Uit lijfsbehoud. Mensen zijn zo bang voor uitsluiting, dat ze andere maar vast uitsluiten. Blijf bij de groep, het is een dierlijk instinct.

'Gelukkig.'

'Wat leuk dat jullie naar Frankrijk gaan.'

'Dat heeft Joep geregeld. En de kinderen vinden het enig. Ik snap dat je het kut vindt. Ik zei dat ook tegen Joep, maar hij zei: Saar redt zich wel. Hij is gewoon bang voor twee tegen één. Maak je geen zorgen, lieverd, jouw kids zijn veilig bij mij.'

Ik maak me geen zorgen. Dat is niet waarom ik hier ben. Ik had hier niet naartoe moeten gaan, niet moeten vragen naar wat ik al wist. Ik hoor er niet meer bij. Ik ben de eenling die het evenwicht verstoort. De ongewenste situatie.

'Karel is wel veranderd. Hij is niet meer zo nors. Ik vond hem altijd zo arrogant, maar nu... Iedereen heeft met hem te doen, hij loopt zo met zijn ziel onder zijn arm.'

Ik zet mijn glas op het keukeneiland.

'Hij is gestopt met drinken, wist je dat al?'

Ik knik.

'Dat is toch wat je wilde?'

'Ja.'

'Nou dan. Strijk eens over je hart, Saar. Je bent zo koud geworden.'

Ik staar haar nog even aan voor ik me omdraai en wegloop zonder Joep en hun leger aan kinderen gedag te zeggen, naar buiten, over het witte kiezelpad naar mijn auto. Karel is gestopt met drinken. Hij haalde de angel uit mijn vlees. Wat zeur ik nog? Was mijn wens dat hij zou stoppen niet slechts een kaart in mijn mouw, een troef waarmee ik hem de schuld kon geven van het mislukken van ons huwelijk? Is het niet gewoon mijn schuld? Heb ik het ergens onderweg opgegeven? Op de dag dat ik met Derek afsprak in hotel Schiphol? Nu ben ik de spiegel voor getrouwde vrienden, die zich bij het zien van het door ons aangerichte slagveld wentelen in de zelfgenoegzaamheid van de goede relatie. Ze kijken elkaar aan en hebben ineens weer een gespreksonderwerp. Desnoods ruzie. Maar mijn scheiding heeft hen wakker geschud uit de winterslaap. Affaires zijn beëindigd, apps gedeletet, mailboxen geleegd, de huwelijkse voorwaarden erop nageslagen. Als ik mijn portier open klinkt mijn telefoon.

Thuis bel ik het onbekende nummer terug.

'Ja, goeiemiddag, met Diana van de redactie van *Pauw*. Ik heb u gebeld naar aanleiding van de columns van uw ex-man. Hebt u die van vandaag gelezen?'

'Nee,' zeg ik naar waarheid. De kranten liggen ongelezen op een stapel bij de voordeur.

'Ik kan het u even mailen of appen?'

'Waar gaat het over?'

'De column is trending op social, hij heeft heel wat snaren geraakt. Ik wilde eigenlijk vragen of u in onze uitzending hierover zou willen praten.'

'Wat is er precies zo heftig aan?'

'Het gaat over zelfdoding. Het is nogal taboedoorbrekend, zeggen deskundigen, en er is een hashtag "praat erover" gestart, met twintigduizend tweets van mensen die ook weleens aan zelfdoding hebben gedacht.'

Zonder iets te zeggen hang ik op.

15

Toen ik de column las, voelde ik uitsluitend woede. De aansteller. De aandachtzieke klootzak. De manipulatieve lul. Mijn ouders bellen, vrienden bellen, zijn broer belt. Er moet iemand bij hem zijn, zeggen ze. Hij kan het niet alleen. Hij moet in therapie, of opgenomen worden. Ik zoek in mezelf naar een greintje mededogen. Ik zeg dat het vast een opwelling was, een waarschuwing, hij is nu gestopt met drinken, hij heeft voor het leven gekozen, dat schrijft hij. Hij, hij, hij, hij, hij, hij. Ik probeer het bij de kinderen weg te houden, maar klasgenoten beginnen erover.

Willem en Sofie waken aan zijn zijde. Ze laten hem geen seconde alleen. Een bekende psychiater praat met hem. De mediation is tijdelijk stopgezet. Hij moet op adem komen. Ik krijg een bericht van hem waarin hij schrijft dat het beter is een tijdje geen contact te hebben. Hij werkt keihard aan zijn herstel en het accepteren van onze breuk. Ik hoef me geen zorgen te maken, hij drinkt niet en hij gaat ook heus niet de hand aan zichzelf slaan. Hij lijdt simpelweg aan een gebroken hart en dat heeft tijd nodig. En afstand.

Mijn ouders noemen me harteloos. Ze herkennen me niet meer terug, zeggen ze.

'Je moet echt uitkijken…' zegt mijn vader en hij perst dan zijn kaken op elkaar.

'Wat je vader bedoelt is dat je zo boos bent. En daarmee heb je uiteindelijk alleen jezelf. Het is een rotgevoel, toch?' zegt mijn moeder.

Boosheid is gif dat mijn hele lichaam verzuurt. Ik kan nauwelijks nog ademhalen.

'Ik kan niet zomaar ineens niet meer boos zijn.'

'Ik maak altijd een wandelingetje.'

'Ja, of ik ga in de tuin werken.'

'Yoga helpt ook heel goed, dat doe ik tegenwoordig en het is zo zalig. Alles loslaten, pijn, verdriet, woede, angst. Misschien moet je eens meegaan.'

Mijn ouders bedoelen het vast goed.

'Ik heb hem wel een bericht gestuurd, als je het niet erg vindt...' zegt mijn vader. Hij plukt aan zijn neus.

'Je vader heeft het er moeilijk mee omdat hij zelf, weet je wel, omdat hij het heeft meegemaakt. Als kind.'

Ik pak zijn hand. 'Natuurlijk vind ik dat niet erg, pap.'

'Het raakt me zo,' zegt hij. 'Die kinderen. Hij daar in zijn eentje. En waarvoor? Waarom? Straks met een andere man wordt het precies zo, hoor. Of nee, erger, want dan heb je twee getraumatiseerde kinderen en een ex waar je ook de zorg voor hebt.'

'Ik hou niet meer van hem, dat lijkt me reden genoeg.'

Ik schrik er zelf van.

'Wat een onzin. Zoveel mensen houden niet meer van elkaar, of denken dat.'

'Ik was in ieder geval erg ongelukkig in ons huwelijk, op het laatst.'

'En, ben je nu gelukkiger?'

'Ik hoop dat uiteindelijk wel te worden.'

'Ik hoop het ook voor je, meisje,' zegt mijn moeder en ze gebaart naar mijn vader dat hij zijn kop moet houden. We drinken nog een koffie en praten over de buren en hun kinderen, die de hele dag in de tuin lopen te krijsen.

Bij de deur pakt mijn moeder me vast. Het valt me op dat ze bij iedere ontmoeting kleiner lijkt.

'Weet je, lieverd, op een dag kom je erachter dat het al heel wat is als iemand van jou houdt. De kunst is je dan over te geven aan zijn liefde. Overgave. Niet meer vechten, niet meer verzetten. En dan zul je merken dat het heel makkelijk gaat, heel vanzelf.'

'Dat gaat me met Karel niet meer lukken.' Ik druk een kus op haar zachte wang.

'Ik hoop wel met iemand, want ik vind het zo'n rotidee, dat je daar maar zit in je eentje.'

'Vast wel,' zeg ik met een glimlach.

De hele weg terug huil ik. Ik ben alleen. Misschien komt er nooit meer iemand. Misschien blijf ik altijd zo boos. Misschien hebben ze gelijk en had ik nooit weg moeten gaan. Misschien zullen mijn kinderen me dit nooit vergeven. Misschien ben ik een mislukte vrouw, de enige die het niet kan: blijven op een zinkend schip, redden wat er te redden valt, gewoon doorgaan zoals Mirjam doorgaat, met oogkleppen op vakanties boeken en de onlust negeren. Het gaat vanzelf over. Hoelang heb ik dat niet gedacht? En het gebeurde maar niet. Het werd erger, het werd walging, en soms haat. En ik heb een verhaal voor mezelf bedacht waarin ik wel weg moest, omdat met hem niet te leven viel. Maar misschien was ik het wel die alles verkeerd deed.

16

Hij is je aan het gaslighten, appt Els terug. We hebben lotgenotencontact, zoals zwangeren naar elkaar toe trekken, en de thuismoeders op het schoolplein. Vrouwen doen dat. Op zoek gaan naar iemand in hetzelfde schuitje, waar mannen tot in lengte van dagen dezelfde vrienden houden met wie ze hun persoonlijk leed zelden bespreken. Maar ik weet niet zeker of ik Els echt leuk vind, met haar therapeutische taal. Toch googel ik 'gaslighting' en kom uit bij een column van Jeffrey Wijnberg in de *Vrouw*.

Een beproefde, gekmakende manipulatietechniek, wordt in het Engels aangeduid als 'gaslighting', afkomstig van het toneelstuk 'Gaslight' uit 1938: de ogenschijnlijk trouwe echtgenoot drijft zijn vrouw tot waanzin door de gaslichten in het huis te dimmen om vervolgens te ontkennen dat er iets mis is met de verlichting. Zijn doel is om zijn vrouw als psychiatrisch patiënt te laten opnemen zodat hij kan beschikken over haar vermogen.

Wie als gaslighter aan te merken is, mag je zelf ontdekken. Hij of zij is niet alleen te vinden in de hoogste machtsposities, maar kan ook je levenspartner of collega zijn.

Kenmerkende acties zijn:
1. Dommetje spelen: 'Ik snap niet waar je het over hebt. Ben je wel uitgerust?'
2. Twijfel zaaien: 'Jouw fantasie gaat met je op de loop.'

3. *Bagatelliseren: 'Doe niet zo overgevoelig.'*
4. *Ontkennen: 'Totale onzin wat je nu beweert.'*
5. *Spontane dementie: 'Kan ik me niets van herinneren.'*
6. *Vingerwijzen: 'Jij zoekt gewoon ruzie.'*

Het is elf uur 's avonds. De kinderen zijn bij Karel, die wonder boven wonder nog steeds niet drinkt, wat ik eigenlijk niet uit kan staan.

Omdat je bang bent dat hij zonder jou ineens de perfecte vader wordt, appt Els.

Nee. Omdat ik weet dat hij het doet om mij te treiteren, denk ik.

De narcist zal te allen tijde zijn macht uitoefenen om te zorgen dat hij on top of mind is, ook al is de relatie beëindigd. Hij houdt het lijntje vast en zal eraan trekken als je hem dreigt te vergeten, appt Els.

Het voelt als een zak Werther's Echte leegeten, dit gepsychologiseer. Ik kan er niet mee stoppen, hoewel ik weet dat het niet goed voor me is.

Buiten is het een zwoele avond. Ik vermoed dat de terrassen vol zitten. Ik zou daar ook moeten zijn. Rosé drinkend met vriendinnen. In plaats daarvan zit ik hier, binnen in het huis dat ik haat. Ik zal hier nog maanden zitten, misschien wel jaren, nu onze scheiding op pauze is gezet. In de wachtkamer. Over twee weken al gaat hij met de kinderen op vakantie. Ze gaan zelfs vliegen, want met Karels nieuwe medicijnen is zo'n stuk rijden onverstandig.

Ik staar naar het scherm van mijn computer. Ik hoor nu te schrijven, maar ik kom niet verder dan *Vies wijf.* Ik tik het duizend keer. Misschien word ik gek. Ik drink rode wijn en googel dingen als 'mijn man is een narcist', 'ik verliet mijn man', 'mijn man dreigt met zelfmoord'.

Jij moet ook op vakantie gaan, appt Els. *Ik ga naar een yogaretraite op Kreta. Ga mee!*

'Alleen op vakantie', tik ik in de zoekbalk. Duizenden singlereizen zijn het resultaat. 'Vier samen met andere singles gezellig vakantie op een ongedwongen manier'. Klinkt als de hel. Aan de andere kant, in mijn eentje aan een tafeltje aan zee, omringd door stellen en gezinnen, wetende dat mijn kinderen op een ander strand dartelen met mijn ex-man en mijn ex-vrienden is ook een onverdraaglijke gedachte, net als thuisblijven.

Op mijn telefoon klik ik de link van de From Fear to Love-week aan die Els me stuurde.

Ongeacht je religieuze leerstellingen, is er iets onmiskenbaar therapeutisch aan het breken met het normale leven en naar binnen kijken. Dit is een van 's werelds meest lonende plaatsen om precies dat te doen. Verander jezelf op de enige constant actieve vulkaan ter wereld, zie uitbarstingen en voel dat alles leeft en verbonden is, zelfs stenen, zelfs bergen, zelfs het zand waarop je ligt. Jens Donson heeft een masterdiploma in Transpersoonlijke Psychologie. Hij is de bedenker van Transforming Fear To Love, waarin hij al twintig jaar over de hele wereld lesgeeft. Hij heeft duizenden mensen op een reis van diepe metamorfose gezet door ze in het licht te zetten. Hij gebruikt zijn talent nog steeds om anderen te helpen hun volledige potentieel te openen en te realiseren. Sluit je aan bij hem en zijn assistenten voor een onvergetelijke levensveranderende week om voor altijd te ontgiften van je angst.

Verlost worden van mijn angst; als ik íéts wil, dan is dat het. Hij is er altijd, verstopt onder mijn huid, om me plotseling te bespringen. Ik ken volkomen normale, verklaarbare angsten, zoals wat ik nu voel, als ik denk aan mijn kinderen die straks met hun labiele vader in de lucht zweven, boven Parijs, op weg naar Nice, waar ze tien dagen lang in auto's zitten bij mensen als Karel en Joep die het niet zo nauw nemen met regels en limieten, en waar vorig jaar nog een aanslag was. Misschien duiken ze van een rots in ondiep water, of vluchten ze veel te laat voor een bosbrand.

Maar de zinloze angst, die er altijd is, ook al is iedereen veilig, en die trilt onder mijn ribbenkast en soms mijn ademhaling overneemt, die me bevriest en me terugbrengt naar de doodsangst die ik voelde onder die struik, naast het pruttelende fonteintje... Van die angst zou ik graag af willen.

De retraite duurt een week en precies in de week dat de kinderen naar Frankrijk zijn is er nog plek, waarbij wel uitdrukkelijk wordt vermeld dat het bijna vol zit. Inschrijven is niet moeilijk. Ik hoef alleen maar BOOK aan te klikken en met PayPal tweeënhalfduizend euro over te maken.

In het gastenboek schrijft iemand dat haar vriendschappen en relaties zich verdiept hebben sinds de workshop. Een ander is van zijn eeuwige rugpijn af, de derde slaapt beter en de meesten noemen het een *life-changing experience.*

Ik ben bang, woedend en moe. Ik zou willen dat er echte antwoorden te vinden waren op mijn vragen. Hoe moet ik verder in dit leven? Ben ik een slecht mens omdat ik mijn man en kinderen in de steek liet? Maak ik de juiste keuze? Ik wil weer een leuk mens zijn, want ik denk dat die wel ergens in me zit.

Maar meer nog dan ik een antwoord op deze vragen wil, wil ik niet hier zijn, alleen, terwijl Karel met Joep en Mirjam witte wijn drinkt in Frankrijk met uitzicht op onze joelende kinderen in het zwembad. Ik gun ze van alles, maar de pijn van de afstand, dat ik er niet meer bij hoor, wil ik zo veel mogelijk vermijden. Dus ik doe het. Ik geef mezelf dit cadeau en als het kut is, kan ik er altijd nog over schrijven.

II

17

Mijn kamer in hotel Ideal is op de twaalfde verdieping en heeft een balkonnetje dat uitkijkt op het Piazza Giuseppe Garibaldi. Klonk op Booking.com heel romantisch, maar is in werkelijkheid een bouwput waar automobilisten zich toeterend een weg banen, terwijl ze scheldende voetgangers van hun sokken rijden. 'Het slechtste deel van Napels, wat mij betreft' en 'Vermijd indien mogelijk' lees ik op TripAdvisor. Ik open het kleine flesje prosecco uit de minibar en ga op bed zitten.

Ik heb vaker alleen gereisd, maar dat was altijd voor werk. Een bezoekje aan mijn Franse uitgever, of naar de Buchmesse, de London Book Fair. Maar dan werd ik altijd onthaald als een prinses, en zat er iemand op mij te wachten in de lobby, om me naar afspraken te begeleiden, en was ik blij als ik even een halfuurtje voor mezelf had om wat te slapen of zomaar iets te kopen. Er was ook een partner om te bellen en op de hoogte te houden. Die is er officieel nog steeds. Ik hoef hem maar te bellen en hij komt. Een druk op de knop en het is allemaal weer hetzelfde als het altijd was. Mijn angst wil af en toe pauze. Even voor een paar uur niet in scheiding liggen, niet overladen worden met twijfels en vragen of de afgelopen jaren nu werkelijk zo ongelukkig waren. Misschien waren het de gelukkigste. En kom ik daar pas achter als alles kapot is en Karel met Poes aan een tweede leg begint.

Ik laat het minibad vollopen met warm geel water; buiten is het zeventwintig graden. Ik vouw mijn stramme lijf in de kuip en haal adem zoals ik van de therapeuten geleerd heb: vijf seconden inademen, vijf seconden vasthouden, vijf seconden uit. Ik word zo slaperig dat ik zelfs geen puf meer heb om het bad uit te klimmen. Ik kan hier eeuwig blijven liggen met mijn prosecco. Niemand die het wat uitmaakt.

Iedereen denkt dat alleen degene die wordt verlaten pijn en verdriet heeft, terwijl de verlater opgelucht feest viert. We zijn allemaal zo bang voor afwijzing dat we vergeten hoe vreselijk afwijzen is. Het juk van woede en schaamte dat je moet dragen. Terwijl je ook liefdesverdriet hebt. Jouw dromen ook in duigen liggen. Dit ook niet is wat je had verwacht van het leven. En je vaak niet anders kon. Niemand weet hoeveel slapeloze nachten en paniekerige dagen eraan vooraf zijn gegaan. Het toneelspel, hoe jij je best doet en de kansen die je geeft, de vanzelfsprekendheid van verwaarlozing; niemand die het ziet, de eenzaamheid. Alleen jij. Jij moet het doen. Jij zult de kinderen beschadigen. Jij zult verguisd worden. Jij gaat het maar een tijdje alleen uitzoeken, want je bent besmettelijk. In de steek gelaten zijn, daar heeft de verlatene patent op, hoewel degene die verlaat vaak al veel eerder in de steek gelaten is.

Twee uur lang zwerf ik door de stad, ik kan niet kiezen waar ik ga eten. Ik drink een biertje op een plein en tripadvisor mijn omgeving tot ik alle restaurants virtueel heb uitgekamd. Uiteindelijk haal ik een pizza en eet die op de hotelkamer op. Ik ben in Napels, ik ben alleen en vrij om te doen wat ik wil. Ik had mezelf ingebeeld, zittend op een terras in zo'n smal straatje, met waslijnen waaraan witte overhemden en bloemetjesjurken wapperen, misschien zou er wel een Italiaan bij me komen zitten, daar staan ze tenslotte om bekend, die me uiteindelijk mee zou tronen, de stad door, waarna ik hem op mijn hotelkamer zou uitnodigen. Maar ik lijk onzichtbaar.

Ik kleed me uit en ga naakt op bed liggen, mijn armen boven mijn hoofd. Ik ruik mijn eigen zweet. Misdadigers zijn we, denk ik. We hebben het enige waar we echt om geven, ons gezin, kapot gestampt. Wij. Allebei. Karel met zijn zelfingenomen gezuip, ik met mijn vreemdgaan en doen alsof het allemaal op een dag vanzelf goed komt. En ik wil niet terug naar hem, maar ik wil terug naar de tijd zonder twijfels.

'Ik ben in dit huishouden eigenlijk de kapotte stoel die om een of andere duistere reden nooit vervangen wordt. Af en toe ga je erop zitten en dan ga je meteen onderuit. Maar je gaat die stoel nooit maken, of wegdoen, voor beide ben je te lui.'

Dat zei Karel over zichzelf bij de relatietherapeut. Ik verzette me toen hevig tegen deze uitspraak. Nu denk ik dat hij gelijk had. Ik heb hem jaren niet willen zien. Ik gedoogde hem. Wat wij met elkaar deden had niets met liefde te maken.

'Hou je van Sara?' vroeg de therapeut. We moesten tegenover elkaar zitten en elkaars handen vasthouden. De zijne waren nat. De mijne steenkoud.

'Natuurlijk,' zei Karel. 'Zij is mijn zuurstof. De motor van ons gezin. Ze kan alles. Geld verdienen, koken, leuk zijn met gasten. Saar is perfect.' In dat laatste klonk cynisme, maar dat pikte de therapeut niet op.

'Voel je zijn liefde?' vroeg ze mij.

Ik dacht na. Hoe voel je dat? Hij was er. Als die kapotte stoel. Hij vertelde me over zijn somberte, zijn angst, zijn kwalen, zijn antipathieën. Ik schoof een appeltaart in de oven, om het gezellig te houden, zijn grauwe aura die het huis vulde te bezweren. 'Jij blijft altijd maar aan de oppervlakte,' zei hij. De diepte, dat was zijn terrein, en die bewaakte hij zorgvuldig. Maar voelde ik zijn liefde? Nee, eigenlijk niet. Hij zei het, vaak zelfs en soms als een verwijt. 'Ik hou wel van je.' Maar hij liet het me niet voelen. Hij ging niet mee op familieweekend. Niet naar de uitreiking van het Gouden Boek. Hij luisterde niet. Hij deed niks. Hij neukte me en ik liet dat toe, omdat hij dagen niet te genieten was als ik weigerde. Dat ik niet klaarkwam zag hij niet als een probleem. Lang geleden deed ik nog weleens alsof, maar zelfs die moeite deed ik niet meer.

'Soms,' antwoordde ik.
'Hou jij van Karel?'
Ik keek naar hem. Dat moest. Elkaar recht in de ogen aankijken. Het deed bijna pijn. Zijn strenge ogen, bloeddoorlopen en vochtig. De nicotineaanslag op zijn tanden. Ik wist niet meer of ik ooit wel van hem hield. Ik vond hem interessant. De beroemde schrijver. Het straalde op mij af. Een bohemiengezin, daar droomde ik van. En ik wilde veilig zijn.
'Ja,' antwoordde ik. 'Hij is de vader van mijn kinderen.'
'Maar wat maakt dat je van hem houdt?'
Ik had het gevoel dat ik vuurrood werd. Karel keek me geconcentreerd aan.
'Hij heeft humor. En ik hou van zijn intelligentie.'
Ik zag zijn ingehouden glimlachje.
'Voel je haar liefde?' vroeg de therapeut aan Karel.
Hij rekte zich uit en vulde zijn borstkas met lucht. 'Nee,' zei hij. 'Ik weet dat het er is, that's it. Ze zorgt voor me, en ze daagt me uit, maar ze is geen warme vrouw. Althans, niet meer. Ik hunker enorm naar haar, haar lijf, haar aanraking, haar kussen, maar ze beantwoordt mijn verlangen sporadisch. Soms is ze een soort robot. Eentje die volledig haar eigen gang gaat.'
Ik sluit mijn ogen en leg mijn handen op de brandende knoop net onder mijn middenrif. Hij heeft gelijk, denk ik. Ik ben een robot. Ik speel de moeder, de vrouw, de schrijfster. Misschien speel ik zelfs de vrouw die in scheiding ligt. De echte Sara ben ik al heel lang geleden kwijtgeraakt. En deze, die hier op bed eenzaam en vertwijfeld ligt te wezen, ben ik meer dan zat.

18

Ik ben niet de enige die anderhalf uur te vroeg in de haven is, waar de boot naar Stromboli vertrekt. Het plasticstoelenterrasje zit halfvol met backpakkers, stelletjes en chique Italianen die zich nog steeds kleden alsof ze in een Fellini-film spelen. De Italianen vertoeven in de schaduw, de toeristen hebben de zon opgezocht en smeren zich in met dikke witte zalf.

'Hi! You look like you're going to Jens Donson?' zegt een grote, blonde vrouw in een witte jurk. Op haar neus een bril die mijn kinderen de uilenbril noemen. Haar huid is witter dan het wit van de terrasstoelen.

'Yes,' antwoord ik en we schudden handen.

'Hi, I'm Diane, so nice to meet you. Kom bij ons zitten!'

Ze wijst naar haar tafel, waaraan nog drie vrouwen zitten en een man in een Hawaïblouse, die zich voorstelt als Harold. Hij, Diane en een prachtige vrouw genaamd Violet komen uit Groot-Brittannië, een dikke vrouw op blote voeten, die Helene heet, is Duits.

'Wat een internationaal gezelschap,' kraait Diane en ze vertelt me dat als ik iets wil eten of drinken, ik dat binnen moet halen.

'Ik zou het maar doen,' zegt Helene, 'want we moeten straks vijf uur op de boot.'

Diane en Harold zitten al aan het bier. 'Want het is bijna over met de pret.'

'Ik laat me niet vertellen wat ik allemaal niet mag,' zegt Harold. 'Het is verdomme ook mijn vakantie.'

Ik haal ook maar een biertje, al is het nog geen halftwee, en twee broodjes. Als ik bij hen aan tafel ga zitten, is Helene aan het woord.

'Tandi is een schat, echt. Ik ga eigenlijk steeds voor haar. Zij heeft mijn hart geopend, niet Jens. Ik vind hem erg goed, maar ook autoritair, je komt niet echt bij hem binnen, zeg maar. Maar Tandi... wauw, *she's amazing*.' Helene gaat twee keer per jaar naar From Fear to Love. 'Puur om mezelf bij de les te houden. Ik zie het echt als onderhoud aan de machine die ik ben. Het is een soort bloedtransfusie, alles gaat weer stromen: je energie, je inspiratie, je liefde.'

'Ik kan wel wat stroming gebruiken,' grinnikt Harold en hij staat op om een volgend biertje te halen. 'Willen jullie ook?'

'En hoe kom jij bij From Fear to Love terecht?' vraagt Violet mij. Haar schoonheid is imponerend. Ze moet model zijn geweest. Net als ik denk: ze zal wel de hele dag aan yoga doen en volkoren couscous eten, steekt ze een sigaret op.

'Een vriendin raadde me aan om een weekje ertussenuit te gaan en dankzij een tip van haar vond ik dit.'

'En wat precies sprak je zo aan?' vraagt Helene terwijl ze haar vuile voet masseert.

Dat weet ik eigenlijk niet meer. Ik wilde niet alleen zijn. Ik had een paar glazen wijn op. Ik drukte op BOOK en dankzij PayPal zit ik nu hier, in een bloedhete Napolitaanse haven met wildvreemden die me op het eerste gezicht teleurstellen. Een bij elkaar geraapt armoedig zootje.

'Ik lig in scheiding,' kwak ik eruit. 'En ik had geen zin alleen te zijn terwijl mijn ex met onze kinderen op vakantie is.'

'O dear!' roept Diane.

'Dan zit je hier goed,' zegt Helene en ze legt de hand waarmee ze net haar voet masseerde op mijn knie.

Ik ben ineens doodmoe. Eigenlijk heb ik juist heel veel zin om alleen te zijn. Opgevouwen in een stoel, onder een deken, met mijn ogen dicht.

'Ik geloof erin dat we hier moeten zijn,' gaat Helene verder. 'En iets van elkaar moeten leren. Toeval bestaat niet. From Fear to Love gaat je helen, let maar op. Als je straks teruggaat ben je een ander, sterker mens, met meer compassie met jezelf.'

Harold komt terug met een dienblad vol bier en zet het op tafel. 'Laten we drinken nu het nog kan.' Hij heeft een klein hoofd, waarop een te grote zwarte bril staat die zijn verdrietige ogen vergroot.

We proosten, niemand is blijkbaar bang om straks zeeziek te worden. 'Ik hoop dat er tenminste nog een man bij komt,' zegt Harold en hij slaat zijn bier in twee teugen achterover. Ik doe alsof ik mijn broodje eet, trek kleine plukjes van de droge korst en sabbel er een beetje op. Mijn buik is een blok beton, mijn slokdarm lijkt gesloten, alles hoopt zich op onder mijn hart en gaat liggen gisten op mijn middenrif, dat van staal lijkt. Hier op het terras heb ik het gevoel dat alles in mijn hals blijft steken omdat een onzichtbare hand mijn keel dichtdrukt. Ik schaam me en ik weet niet waarvoor. Om stoer te doen vraag ik of iemand een sigaret voor me heeft.

'Ik weet zeker dat aan het eind van deze week niemand van jullie meer rookt,' zegt Helene met de blik van een heilige.

De draagvleugelboot die ons naar het eiland zal brengen heeft geen zitjes op het dek en op de ramen zit een aangekoekte laag zout, waardoor je niet naar buiten kunt staren. We nestelen ons in de stoelen met water en chips. Diane heeft een kussen bij zich en deelt lavendeldoekjes uit. Harold wordt onrustig omdat de bar dicht is. Violet komt naast me zitten en wikkelt zich in een grijze reuzensjaal. Tien minuten later weet ik waarom. De airco blaast vrieskou. Ik ben het slechtst voorbereid van iedereen. Mijn telefoon is leeg, mijn boek zit in de koffer die onder alle andere koffers in het voorruim ligt. Ik trek het gordijntje voor het raam en vlij mijn hoofd tegen de muffe stof. Ik sluit mijn ogen en luister naar het gebonk van de boot op de golven.

Beelden van vakanties van vroeger: de kinderen met emmers en schepjes. Tijdloos gedobber in een zwembad, het geluid van krekels, het gepruts van Karel met een barbecue. Hoe ik hem ooit sloeg met een theedoek waarop de kinderen in koor in huilen uitbarstten. Waarom sloeg ik hem? Ik heb ook weleens een theepot naar zijn hoofd gegooid, en een strijkplank van de trap. Allemaal in de jaren waarin ik mezelf gelukkig achtte. Was ik het ook echt? Ik was aan het werk, aan het koken, halen, brengen en boodschappen doen. Ook op vakantie. Niet omdat het moest van iemand, of omdat Karel niets deed – hoewel hij niets deed. Maar zo heb ík hem gemaakt. Ik heb het gevoel alsof ik al een half leven op de vlucht ben. Daarom vergeet ik altijd alles, of raak het kwijt. Ik heb haast. Haast om weg te komen, haast om terug te gaan, haast om niet stil te hoeven staan. En nu zit ik vijf uur op een boot naar een eiland waar ik niet af kan. Een vulkaan. Is het toeval dat ik hiervoor heb gekozen? Of is mijn hele leven een opmaat naar deze week, zoals Helene zojuist beweerde? Ik weet het niet, ik weet niets meer.

Ik open mijn ogen en draai mijn nek. Hij kraakt. Naast me ligt Violet in diepe slaap. Niet zoals ik, met mijn mond halfopen en een kin die direct overgaat in mijn hals, maar mooi en vredig, en zonder rimpels. Diane leest een boek met een leesbril op het puntje van haar wipneus. Helene staart voor zich uit met een koptelefoon op. Af en toe glimlacht ze. Harold staat juist op en loopt naar de witte ijzeren deur die zowel nooduitgang is als naar het rokersdek leidt. Voorzichtig sta ik op, klim over de benen van Violet en volg hem.

Buiten klappert de wind. Harold zit tegen de stalen wand en staart naar het opspuitende zeewater. In de verte ligt het Italiaanse vasteland. Als ik bij hem ga zitten geeft hij me meteen een sigaret. Met zijn andere hand omklemt hij een blik bier. 'Het is beter hier,' zegt hij. 'Ik raak echt in paniek daarbinnen. Ik moet altijd in contact staan met mijn omgeving, het water zien. De zon, de kustlijn. En eigenlijk heb ik grond onder mijn voeten nodig.'

Ik inhaleer diep en zeg terwijl ik de rook uitblaas: 'Ik ook.'

'En toch,' vervolgt Harold, 'zijn we hier, op een boot, en straks staan we op een vulkaan. Best stoer van twee mensen die vaste grond nodig hebben.'

Ik kijk hem glimlachend aan. Mijn haren waaien alle kanten op. Hij heeft iets van een resusaapje.

'Hoe ben jij hier verzeild geraakt?' vraag ik.

'Op dezelfde manier als jij, vermoed ik. Ik moest íéts. Mijn buurvrouw zei: je moet er hoognodig tussenuit. We gingen samen googelen, et voilà, here I am.'

'Waarom moest je ertussenuit?'

'Ik wilde dood. Of wilde, ik wíl dood. Het leven en ik zijn op elkaar uitgekeken.'

Ik glimlach niet meer.

'Niet dat ik het lef heb eruit te stappen of zo,' zegt hij snel. 'Ik breng mijn dagen drinkend en rokend door. Ik neem aan dat het dan snel ophoudt. Ik zorg wel voor mijn kat, maar verder… Het hoeft allemaal niet meer van mij.'

'Heb je geen vrouw, of kinderen?'

Hij schudt zijn hoofd. 'Af en toe een scharrel. Ik heb ook nooit meer gewild eigenlijk. Ja, nu zou ik het wel leuk vinden, maar ik zou evengoed dood willen. En dat kun je een vriendin niet aandoen.

Hij lacht er hard bij.

'Maar ik bedacht net dat ik nu ook weer niet wil sterven op een boot, midden op zee. Daarom heb ik die paniekaanvallen. Ik wil dood, maar ik ben er ook extreem bang voor. Althans voor pijn. Of misschien voor de angst. Zo bang dat het me totaal verlamt.'

'Dan is het een wonder dat je hier zit,' zeg ik.

'De buurvrouw heeft me naar het vliegveld gebracht. "Er moet iets gebeuren," zei ze.'

Hij haalt zijn magere schouders op en grinnikt even.

'En jij? Zo mooi en jong. Waarom zit jij niet in een vliegtuig naar Ibiza om op de tafels te dansen?'

'Om eerlijk te zijn, ik ken die angst. Ik heb pas geleden mijn man verlaten en dat was nogal een drama.'

'Wat een lul,' mompelt Harold.

'Een lul? Waarom?'

'Wie laat zo'n vrouw nou gaan? Ik heb nooit iemand gehad, dus ik kan er niet over oordelen, maar het lijkt me dat je hem niet zomaar verlaat. Een echte man laat het niet zover komen. Punt.'

'Je kunt toch ook gewoon niet meer van iemand houden?'

'Vast. Ik hou van mijn kat. Ik doe er alles aan om haar gelukkig te maken. En zij maakt mij blij door even op mijn schoot te komen liggen, of een kopje te geven. Alleen haar aanwezigheid is genoeg.'

'Met alle respect, dat kun je niet vergelijken met de liefde voor een partner.'

'Is dat zo? Ik hou meer van mijn kat dan ik ooit van een vrouw heb gehouden. Of misschien is het andersom. Ik krijg meer liefde van mijn kat dan ik ooit van een vrouw heb gekregen.'

'Heb je weleens van iemand gehouden?'

'O ja, ik ben verliefd geweest, maar dat werd altijd kapotgemaakt door eerst mijn verlegenheid en daarna mijn angst. Ik ben heel goed met vreemden, maar als ze dichtbij komen, als ze verwachtingen hebben, als ze een toekomst gaan invullen... Dan ren ik weg. Daarom heb ik ook geen baan.'

'Hoe kom je dan aan een inkomen?'

'Ik zit achter mijn computer en gok op voetbalwedstrijden. Ik heb een formule geschreven en met behulp van online data win ik bijna altijd.'

'Dus je bent rijk?'

'Multimiljonair. Maar wat heb je eraan? Ik geef geld aan de kattenopvang. Ik heb een huis in Spanje, maar ik ben er nog nooit geweest. Ik kocht het op eBay.'

We roken en praten tot de boot en de golven lijken te kalmeren. Ineens is het weer warm en klinkt er opgewonden Italiaans gekakel.

'Here we go, girl,' zegt Harold. We staan op om onze spullen te pakken en ons bij de groep te voegen. Op de kade staan mensen met koffers, daarachter kleine witte huisjes en een zwart strand aan de voet van de puntige vulkaan. Het is van zo'n rauwe schoonheid dat mijn hart een sprongetje maakt. Het eerste sprongetje in maanden, in jaren misschien wel. Op de pier staan onze koffers klaar en we groeperen ons bij de Piaggio-taxi's waarop VULCANO HOTEL staat, zoals ons in de e-mail van From Fear to Love is opgedragen.

Diane, Violet en ik kraaien als kleine kinderen. We willen ijs, Campari, Aperol spritz en zwemmen in de glasheldere zee. Ik ben blij dat ik niet alleen ben, en mijn enthousiasme kan delen met deze vreemden die me ineens niet meer zo teleurstellen. We giechelen in de driewielertaxi, nerveus als we zijn over wat ons staat te wachten, maar ook opgelucht dat we er zijn, dat het schitterend is, met een sfeer die ons doet denken aan vakanties met onze ouders, de tijd dat honden en kinderen nog gewoon losliepen op straat, gadegeslagen door de bejaarden en mensen die zomaar wat rondhingen en kletsten, en iedereen elkaar kende. Ik neem het in me op, het zwarte strand, bezaaid met rode parasols, de rustige zee aan de voet van de vulkaan, de vlagen warme mediterrane wind, totdat de Piaggio afremt voor een wit gebouw, waarop alle vlaggen van de wereld wapperen.

'Vulcano Hotel,' zegt de chauffeur nors terwijl hij uitstapt en onze koffers voor de ingang neerzet. Violet geeft hem vijf euro fooi waarna ze zuchtend zegt: 'Hier gaat het gebeuren, onze grote transformatie.'

Ik pak de kleine koffer die ik speciaal voor deze week heb gekocht en volg de bordjes waarop RECEPTIE staat. Ik wil maar een ding duizend uur slapen.

19

Mijn kamer is naast die van Diane en kijkt uit over de Middellandse Zee en op Strombolicchio, een klein vulkaaneilandje dat als een soort kathedraal boven het water uitsteekt en waarop een witte vuurtoren staat. Ik ruim mijn kast in, die naar ceder ruikt, en zet mijn toiletspullen in de badkamer. Voor de deur heb ik een eigen terrasje, van de buren gescheiden door paars bloeiende bougainville. In de ijskast van de kamer staan twee flessen water en een fles groen spul waarvan ik denk dat de vorige gasten het vergeten zijn. Ik laad mijn telefoon op en check mijn berichten. Eentje is van mijn zus. Een hele rij vraagtekens en daaronder een bestand dat verschrikkelijk traag downloadt. Langzaam komen de gezichten in beeld van twee mannen die over een grote tafel gebogen staan, omringd door kinderen. Ik herken Karel. En Joep. Mijn kinderen met slaperige hoofden. Willem lacht en eet een croissant. Sofie hangt met haar dunne benen over de stoel. Op de achtergrond een groot zwembad en palmbomen. Karel heeft een rode zakdoek om zijn hoofd geknoopt, Joep draagt een roze Vilebrequin-zwembroek. Beiden hebben een ontbloot bovenlijf. Dat van Karel tanig bruin, dat van Joep rozig en gespierd. Ik moet denken aan een Heugatapijttegel. Onze halfbakken seks flitst door mijn hoofd.

Mijn zus is aan het typen. Dan komt haar bericht binnen. *Volkskrant zomerbijlage, rubriek Ontbijtrituelen. Patser.*

Ik staar naar de dolgelukkige vakantiegezichten. Karel zegt: 'Ik sta om zes uur op, ga dan twee uur schrijven en bak daarna eieren met tomaat en spek voor iedereen. Sinds ik niet meer drink, stroom ik over van inspiratie en energie.'

Hij ziet er inderdaad goed uit. Beetje een intellectuele Keith Richards. Ik blijf ernaar staren, steeds verder inzoomend op mijn kinderen, Karel, Joep. Op wat er op tafel staat, op de blauwe kozijntjes, het hoekje van het zwembad. En terug naar de benen van Sofie, die ik op zou willen eten, terugduwen in mijn lichaam.

Er wordt op mijn deur geklopt.

'Ga je mee?' vraagt Diane. Ze draagt een hooggesloten bloemetjesjurk van dik katoen, haar ogen zijn doorschijnend blauw. Ze heeft het gezicht van een haas.

Ik laat haar de foto zien. 'Dit zijn mijn kinderen. Sofie en Willem. En mijn ex.'

Ze bekijkt ze aandachtig. 'Prachtig,' zegt ze. 'You must be very proud.'

'O, ja,' antwoord ik.

'Ik verloor mijn zoon.' Ze zegt het zonder enige emotie, starend naar het scherm van mijn telefoon.

'Ach,' is het enige wat ik uit weet te brengen.

'Hij pleegde zelfmoord. Hing zich op in zijn kamer, hij was net begonnen aan Cambridge.'

Ik leg mijn hand op haar arm. 'Diane...'

'Hij liet geen briefje achter,' gaat ze snel verder, nog altijd met die vlakke stem. 'Niemand zag het aankomen. Ook ik niet. Terwijl hij en ik... We waren één. Ik heb hem in mijn eentje opgevoed. Altijd hard gewerkt om hem het beste te geven. Te compenseren dat zijn vader ons verliet. Ik weet niet of dat er iets mee te maken heeft. Dit soort vragen houden me dag en nacht bezig. Ik denk dat ik daarom hier ben. Om vergeving en rust te vinden. Als me dat niet lukt, wat heeft mijn leven dan verder nog voor zin?'

Ik draai de deur van mijn kamer op slot. Ik kan haar nauwelijks aankijken. Alsof haar verlies besmettelijk is. Wat kan ik nog tegen haar zeggen dat niet al duizend keer gezegd en geschreven is?

'Sorry, ik weet gewoon even niet…'

'Geeft niet. Het is al twee jaar geleden. En ik wilde je niet laten schrikken. Het spijt me, we hadden het over jouw beeldschone kinderen, maar die foto herinnerde me aan hem. Ieder kind herinnert me aan hem. Vaak op een goeie manier, hoor. En jouw kinderen hebben dus een vader die leuke dingen met ze doet. Jij zal hem wel een klootzak vinden, en vermoedelijk is hij dat ook. Maar hij is hun vader. En hij is er.'

We lopen naar de eetzaal langs een terras met een wit Mariabeeld, omgeven door jasmijn en oleander. Diane zegt hoe benieuwd ze is, dat een vriendin die vorig jaar is geweest haar heeft opgegeven, omdat die meent dat ze depressief is.

'Ik ben niet depressief,' zegt ze. 'Ik voel alleen niets. Behalve dat ik zo nu en dan omver word gereden door een vrachtwagen vol verdriet. Ze vindt ook dat ik eenzaam ben. Maar ik ben liever alleen. Meestal.'

We gaan de trap op en horen een man praten.

'O god, we zijn te laat.'

Diane pakt mijn pols en samen sluipen we de zaal in. De stoelen staan in een kring. Er zijn er twee vrij. Daarop liggen mapjes, met onze namen erop. De man stopt met praten. Diane onderdrukt een giecheltje.

'Welkom Diane. Welkom Sara. Wat jammer dat jullie te laat zijn. Maar dat geeft me wel mooi de gelegenheid te benadrukken dat ik te laat komen absoluut niet tolereer. Te laat komen is een teken van groot disrespect. Van minachting. Van chaos. Van een rommelig functionerend brein. Van gebrek aan prioriteiten stellen. Bij mij te laat komen is een oorlogsverklaring. Diane en Sara, jullie krijgen een tweede kans, maar laat dit deze week nooit, en ik herhaal nooit, weer gebeuren.'

Ik duik ineen op mijn stoel en stamel sorry en de belofte dat het niet meer zal gebeuren.

'Hij klinkt als de voice-over van *Game of Thrones*,' fluistert Diane voordat ze luid haar excuses aanbiedt.

Jens Donson draagt een wit hemd, een beige harembroek en een soort sokgympen met tenen. Op zijn bruine borst een ketting van ronde, blauwe stenen. Hij heeft brede kaken en zijn dunne witte haar is gemillimeterd. Een huid als een oude leren tas. Met de handen op zijn heupen staart hij ons aan. Minutenlang. Alle tien deelnemers kijken naar de grond. Ik tel twee mannen. Een donkerharige man die zijn zonnebril zelfs hier binnen opheeft en Harold.

Jens schraapt zijn keel. Dan begint hij zacht, meelevend te praten: 'Het is belangrijk om duidelijk te zijn. Direct je grenzen aan te geven. Zoals ik net deed. Op tijd zijn is een gebaar van liefde en empathie. Met te laat komen misbruik je de tijd van anderen. Diane en Sara, ik ga niet weer opnieuw beginnen maar ik neem aan dat de anderen jullie zullen vertellen wat ik zojuist gezegd heb over mezelf. Ik wil nu graag verder met het programma dat morgen van start gaat. Vannacht om twaalf uur gaat de wifi uit. Ik neem aan dat jullie allemaal het nummer van de retraite hebben achtergelaten bij dierbaren, voor noodgevallen? Jullie krijgen straks een uitgebreide maaltijd, verzorgd door Tandi, mijn assistente, die al tien jaar met mij meereist. Zij kookt voor jullie, met een beetje hulp van de keukenploeg van het hotel.'

'I love it,' kirt Helene.

'Helene hier weet hoe heerlijk Tandi kookt en ik zou er maar van genieten als ik jullie was, want morgen begint het vasten en dat zal voor sommigen zwaar zijn. We drinken dan alleen nog de juices, eten de bowls van Tandi, die jullie voorzien van alle noodzakelijke voedingsstoffen en jullie systeem reinigen. Om los te komen van angst is het belangrijk eerst los te komen van *believes*. Een van de meest dwingende believes is dat mensen behoren te eten op gezette tijden. En dat eten dient te vullen, en lekker hoort te zijn, of "gezellig". We beginnen dus met het loslaten van eten. Jullie kunnen straks met Tandi doornemen hoe ver het mag gaan. Als je suikerziekte hebt, of een eetstoornis, zwanger bent, medicijnen slikt, alles waarvan je denkt dat het voor Tandi belangrijk is om te weten, geef het door. De sappen worden op jou afgestemd. Tegen het einde van deze week gaan we weer dingen toevoegen, maar vanavond is jullie laatste echte maaltijd.'

Harold steekt zijn hand op.

'Ja, Harold?'

'Een stomme vraag misschien, maar mogen we daarnaast wel alles drinken?'

'Je bedoelt alcohol?' vraagt Jens.

'Koffie?'

'We drinken geen alcohol. Geen koffie. Geen zwarte thee. Geen frisdranken. En we roken geen sigaretten.'

'Maar gewoon bij je kamer, in je eigen tijd?'

'We gaan niks controleren, maar ik adviseer je met nadruk het niet te doen,' zegt Jens. 'Omdat het je proces verstoort. Je hebt veel geld betaald, een lange reis gemaakt. Je hebt een hulpvraag en die beantwoorden we. Mocht je besluiten het proces zelf te saboteren, dan kun je net zo goed meteen naar huis gaan.'

'Vanavond ook niet meer?' Harolds schouders zitten tegen zijn oren.

'Dit is geen weekje Mallorca, Harold. Ik heb de indruk dat jouw angstalarm nu op volle toeren draait...'

'Ik wist gewoon niet... Het stond niet op de site, that's all.'

'Op de site staat dat we je helpen je angsten om te buigen naar liefde, naar openheid en vrijheid. Duizenden mensen gingen je voor, Harold, vertrouw ons nu maar.'

'Ik heb heel veel liefde voor alcohol, dus dat is mijn probleem niet.'

We lachen allemaal, behalve Jens.

'Morgen gaan we van start met de kennismakingsronde. Daarin mag je je liefde voor alcohol uitgebreid bezingen. Voor nu: eet. En vooral: proef. Probeer je te focussen op de smaken, de structuur, op het kauwen en slikken. Tandi staat daar klaar om jullie wat meer te vertellen en al jullie vragen omtrent eten te beantwoorden.'

Jens buigt naar ons, zijn handen gevouwen. Wij doen hetzelfde, en begeven ons dan gedwee richting het buffet. Helene blijft achter om Jens lang en uitgebreid te omhelzen. Ik hoor haar doen alsof ze schaterlacht.

Met haar dunne goudbruine hand wappert Tandi boven de bruine schalen met curry's en salades. Haar armbanden klingelen. Zangerig vertelt ze over zelfgekweekte pompoenen en aubergines, limoenen en tomaten van het eiland, de bouillon en sauzen op basis van kelp, het glutenvrije brood van het bakkertje naast de kerk, speciaal voor FFTL gemaakt. Het ruikt fantastisch en dat komt volgens haar door de *home-grown* specerijen die zoveel intenser geuren dan die in de winkel. Zij leerde het koken van haar half-Indiase moeder, het is haar favoriete hobby, naast het lichaamswerk dat ze voor Jens doet en waarmee we deze week kennis zullen maken. Halverwege haar verhaal knuffelt ze lang met Helene, waarbij ze elkaar in de ogen staren en elkaars wang strelen. 'Het is altijd zo bijzonder om cursisten te zien terugkomen.' Helene straalt. Ze draagt vanavond eenzelfde harembroek als Jens en Tandi.

'Zijn er nog vragen?'

Diane steekt haar hand op.

'Je hoeft je hand niet op te steken. Je mag gewoon zeggen wat je op je hart hebt.'

'Ik kan heel slecht tegen koriander,' zegt Diane.

'Dan is de pompoen-linzencurry helemaal iets voor jou, want die bevat geen koriander. De rest wel, maar je proeft het nauwelijks. Wist je dat koriander een heilzame combinatie van vitamines en mineralen bevat? Het helpt om zware metalen uit het lichaam te verwijderen. Het is echt een ontgifter. Misschien moet je een beetje proberen. We zijn hier tenslotte om onze angsten te overwinnen.'

'Maar ik krijg er hartkloppingen van.'

'Ah, dat is goed om te weten. Dan hebben we iets om mee aan het werk te gaan.'

We vullen ons bord en krijgen er een soort grijze pannenkoek bij. Ik schuif naast Harold, die zich op de hoek van de tafel heeft verschanst, tegenover Diane en Violet. Tandi en een serveerster schenken thee in mokken en delen die uit.

'Fucking hell,' zegt Violet zacht.

'Geen koffie,' zegt Diane. 'Dat vind ik nog het moeilijkst.'

'Nobody said it was easy,' zingt Harold.

Helene ploft naast me en vouwt haar benen onder haar kont. 'Vind je ze niet fantastisch?'

'Ik vind Jens wel een beetje autoritair,' zeg ik. De anderen knikken. Ik scheur een stukje pannenkoek af en doop het in mijn curry.

'Hij is duidelijk,' zegt Helene. 'Je weet wat je aan hem hebt. Als je het op kan brengen je over te geven aan zijn les, dan... Ik weet niet goed hoe ik dat in woorden moet vatten, maar het is gewoon een totale bevrijding. Een omwenteling. Voor ik hierheen ging zat mijn hart in een wielklem, althans zo voelde het. En als die klem eraf gaat, man, wat er dan gebeurt...'

Je hart in een wielklem, dat is een goede beschrijving van hoe ik me voel. Maar de eerste ontmoeting met Jens heeft de klem eerder aangedraaid dan losser gemaakt.

'Hij is een soort kruising tussen de Dalai Lama en Donald Trump,' zegt Violet met haar mond vol zoeteaardappelpuree. Ook Helene lacht.

~

Ik lig op mijn bed en staar naar de vleugels van de ventilator. Ik zou moeten schrijven. Dat is althans het excuus voor deze week: interessant voor een verhaal. Misschien doorbreek ik dan mijn schrijfimpasse. In mijn hoofd tik ik perfecte antwoorden op Karels columns. Maar zodra ik mijn MacBook openklap, ben ik leeg en doof. Ik heb geen woorden, geen zinnen, geen inzichten, geen grappige uitsmijters. Ik ben omgeven door prachtige karakters, de dialogen werpen zich in mijn schoot en ik lig hier te woelen in het zweet.

Ik herinner me een middag dat ik in het gras lag, toen ik twaalf was, of dertien, en ik me nog onderdeel van een geheel voelde. Ik besefte dat ik op de aardbol lag en net zo goed gras was als dochter en leerling en later waarschijnlijk moeder en echtgenote. Hoe uniek en tegelijkertijd doodnormaal het leven was. Na die avond op het feest heb ik me nooit meer zo gevoeld.

'Neem de leiding,' zegt mijn therapeut Gonda steeds, maar ik heb geen idee hoe dat moet. Als ik het vraag, antwoordt ze dingen als 'Plant je speer op het dorpsplein' of 'Stop met volgen'. Ik denk bij alles: laat mij maar. Laat mij het oplossen, wegpoetsen, wegduwen, negeren of slikken. Ik kan het hebben. Dat is zeker. Ik kan een hoop hebben. Saar, die redt zich wel, laat die maar rommelen. Dus ik rommel wat, ook hier. Ik luister naar de verhalen van de anderen. Ik eet een pompoencurry. Ik lig op bed te huilen en drink de thee van Tandi. Ik weet niet hoe het verder moet, dus ik rommel mijn tijd door in de hoop dat ik iemand opval terwijl ik mijn best doe niet op te vallen.

Op retraite

Snoet doet wat vrouwen van veertig tegenwoordig doen: ze gaat op retraite. Dat hadden we natuurlijk aan kunnen zien komen, de kinderen en ik. De dag dat er een boek van Byron Katie of Coelho het huis in wordt gedragen, is de dag waarop je moet weten dat je huwelijk in gevaar is. Het antwoord op de vraag 'er moet toch meer zijn?' wordt eerst gezocht in deze slechte boeken, daarna pas in een zogenaamd tijdelijke pauze van de relatie. Dat er geen antwoord is, omdat er ook niet meer is, daar nemen ze geen genoegen mee. Het móét er zijn. Een goudmijn is het, de leugen. En dus is daar de retraite à raison van drieduizend euro. Poes investeerde dat geld in haar borsten.

Ze kan het ook aan mij vragen. Nee lieve Snoet, er is niets meer. Dit is alles wat we hebben. Elkaar en de kinderen. Als je goed kijkt naar wat er altijd voor je staat, hoe gek je ook doet, dan zie je de liefde. Gratis en voor niks.

20

We zitten in een ruime kring op het dakterras. De zon is net uit de zee omhoog gekropen. Iedereen ruikt naar slaap. Ik ben al ruim een uur wakker en heb stiekem de helft van de mueslireep die ik op de boot kocht gegeten.

'Goedemorgen allemaal. Ik hoop dat jullie goed geslapen hebben. Heeft iedereen het sap gedronken dat voor jullie deur stond?' Jens legt zijn voeten over zijn bovenbenen en wiebelt heen en weer. Naast hem staat een draadloze geluidsbox.

'We zitten hier aan de voet van de vulkaan. Probeer dat eens te voelen. De energie. Het vuur.'

Ik probeer het, maar ik voel vooral koud steen en pijn in mijn onderrug.

'Over zes dagen staan we daar, op die kokende krater. Zonder spoor van angst.' Jens heeft zijn meditatiestem opgezet. 'Jullie hart gevuld met liefde.'

Tandi trippelt op haar tenen om ons heen, en deelt matjes en kussens uit.

'Maak het jezelf gemakkelijk. Neem zoveel matjes en kussens als je wil en zoek een plekje waar jij je goed voelt. Ga liggen, zitten, staan. Rol je op als een foetus. We gaan zo van start met een *soft meditation* en het is belangrijk dat je niet wordt afgeleid door je lichaam.'

Ik rol mijn matje uit en ga liggen, een kussen onder mijn hoofd en onder mijn knieën. Het begint al warm te worden. Tandi zet houten mokken met water neer. In mijn ooghoeken zie ik dat

Harold een terrasstoel pakt en met zijn rug naar ons toe gaat zitten.

'Sluit je ogen. Je hoeft niets te doen. Alleen maar tot je door laten dringen waar je bent. Op een vulkaan, daar waar de aarde soms uit zijn voegen barst van liefde.'

Mijn handen liggen op mijn buik die borrelt. Net onder mijn middenrif zit een knoop. Jens zet met zijn telefoon de muziek aan. Ik hoor de stem van Lionel Richie en dat is een aangename verrassing, want ik verwachtte moeilijk Indiaas gechant. Naast me hoor ik Diane haar best doen zo diep mogelijk te ademen.

'Vijf seconden in, vijf seconden vasthouden, vijf seconden uit. Haal adem met je lendenen, je flanken, je baarmoeder, je blaas. Zet alles open. Pomp dat bloed door je lijf. Wees de vulkaan.'

Hou je kop, jezus. Laat me luisteren naar Lionel.

'*Why in the world would anybody put chains on me, I've paid my dues to make it.*'

'Tandi gaat jullie aanraken, op de plek waar je pijn, je angst zit. Als je dit niet wil, kruis dan je armen over je borst.'

Ik wil om me heen kijken. Wie wil er niet aangeraakt worden? Maar ik adem. Mijn oogleden trillen. Ik kan het niet eens, gewoon rustig liggen en denken dat ik een vulkaan ben. Mijn darmen doen hun best, ze maken zo'n herrie dat ik blij ben dat er muziek op staat. Ik hoor de fluisterende aanwezigheid van Tandi. Ze doet iets bij Diane, die kreunt en dan begint te sniffen.

'It's okay,' zucht Tandi. 'Laat het los.'

'*That's why I'm easy, easy like Sunday morning.*'

Een warme hand op mijn middenrif. Ik ruik Tandi's haren. Ze ademt luidruchtig met me mee. 'Je bent niet alleen,' prevelt ze. 'Stop met vechten. Geef het op.' Ze drukt haar vingertoppen in de knoop. 'Je hebt zoveel geheimen. Ze blokkeren je.' Daarna legt ze haar zachte handjes op mijn wangen en maakt met haar vingers een kruisje op mijn voorhoofd. Ik tril en voel de tranen achter mijn ogen prikken. Het is het vroege tijdstip, de hongerige maag, het gemis van mijn kinderen. Of de paar seconden aandacht van een vreemde. Het is Nick Cave, die nu over het dakterras 'Into My Arms' zingt en het is ook zo makkelijk om iemand hiermee aan het huilen te krijgen, maar ik huil, als een klein kind, met horten en stoten, want ik wil naar huis, het huis dat ik kapot heb gemaakt. Ik voel me godverdomme zo totaal alleen.

Ik haat mezelf om dit zelfmedelijden, naast een vrouw wier kind zelfmoord pleegde en een man die alleen maar dood wil.

We zitten weer rechtop. De haren in de war, alle ogen rood. Het was een huil-of-ik-schietmeditatie. De man met de zonnebril heeft hem afgezet. Hij is de enige met een vlekkeloos gezicht. Zijn ogen zijn bruin en ik vermoed dat hij lekker ruikt. Harold zit nog steeds in zijn terrasstoel. Jens begint bij hem.

'Wil je je even naar de groep richten, Harold?'

Langzaam draait Harold zich met stoel en al om.

'Hoe voelde dit voor jou?'

'Mooie muziek,' zegt Harold. 'Ik heb vooral van de muziek genoten.'

'Waar raakte Tandi je aan?'

'Ik wilde dat niet.'

'Wil je met ons delen waarom niet?'

'Ik hou daar niet van.'

'Van aangeraakt worden?'

Harold schudt zijn hoofd.

'Oké. Helene?'

'Ik kan even niet delen, sorry. Ik ben zo... Mijn gevoel, mijn gedachten, het is een warboel nu.'

Ik ben als de dood dat ik de volgende ben. Snel verzin ik een leugen.

'Sara?'

'Tandi legde haar hand op mijn buik. Hier. Het herinnerde me aan mijn kinderen. Dat ze bij mij horen. Ik voelde ineens een vreselijk gemis.'

Gelukkig draait Jens zich meteen naar de man zonder zonnebril.

'Hans?'

'Mijn hoofd,' antwoordt Hans. Hij recht zijn rug en haalt zijn handen door zijn haar. 'Ik zit te veel in mijn hoofd. Eigenlijk voel ik niets. Ik denk alleen maar.'

Tandi deelt thee uit. Er zitten veel aansterkende kruiden in en Jens belooft dat het helpt tegen de hoofdpijn. We zijn allemaal slap van de honger. Na een plaspauze legt Tandi alle kussens aan de kant en gaat Jens klaarstaan voor wat actie. Hij zet een dancenummer op en wij moeten bewegen. Helene weet precies hoe dat moet, de rest staat wat onhandig te hupsen, terwijl ze krampachtig proberen elkaar niet aan te kijken. Harold zit nog steeds met gesloten ogen in zijn stoel. Straks moeten we gaan vertellen waarom we hier zijn, en ik weet dat nog minder goed dan gister.

Diane begint en vertelt het verhaal over haar zoon. Ze eindigt met haar verlangen naar vergeving en rust. Helene staat op om Diane een knuffel te geven en de rest van de groep volgt. Ze ondergaat het als een standbeeld. Daarna vertelt Violet over haar leven als model, de relatie met haar gewelddadige cokeverslaafde vriend met wie ze heeft gebroken nadat ze had ontdekt dat hij vreemdging met zo ongeveer iedereen uit haar omgeving. Hans blijkt een investeerder, rijk geworden met mobiele telefonie, en is na een cokepsychose uit zijn hotelraam gesprongen, wat hij wonderwel overleefde. Op aanraden van zijn vader, die Jens twintig jaar geleden heeft ontmoet in India, is hij hier.

Het is inmiddels bloedheet en de batik doeken die boven ons hangen houden de zon niet meer tegen. Liters water drinken we, duizelig en misselijk van de honger. We horen verhalen over anorexia, extreme drang naar perfectie, burn-out en veel, heel veel gebroken harten. Een oudere vrouw lijdt onder de slaande ruzie tussen haar dochters. De volgende is getrouwd met een alcoholist die onlangs een hersenbloeding heeft gehad en binnenkort weer thuiskomt, gehandicapt en woedend. Ze haat hem, zegt ze tien keer achter elkaar, tot Jens op de grond slaat en zegt: 'No, you don't. Je houdt van hem. Je hebt je hele leven aan hem gegeven en je bent bereid ook de rest van je leven op te offeren voor hem. Dat is geen haat. Dat is liefde. Degene die je haat zit hier. Recht tegenover me. Vertel dat verhaal. Bespaar me de *rubbish*.'

Dan is het lunchpauze. Harold en ik hebben onze introductie nog niet gedaan.

'Jij begint straks,' zegt hij en hij beent dan weg. Zijn oranje Hawaïblouse is doorweekt van het zweet.

Een assistente geeft ons een koud nat doekje dat naar citroen en komkommer ruikt, Tandi staat klaar met houten kommen vol fruit. Ik loop achter Diane aan naar het strand, gevolgd door Violet en nog drie vrouwen wier namen ik alweer vergeten ben.

In het zand eten we het fruit, zwijgend, terend op ons laatste restje energie.

'Wat een hel,' grinnikt Violet. We lachen allemaal krachteloos.

'Ik moet echt dat water in.' Diane trekt haar jurk uit en rent in slip en beha de zee in. Ik kijk naar mijn voeten, bezaaid met zwart zand. Ik weet niet of ik dit kan volhouden. Ik voel me zo breekbaar als spinrag.

'Ik vind hem zo goed,' stamelt de vrouw met de gehandicapte man. 'Het was echt *spot on*. Ik ben er helemaal hyper van.' Ook zij wurmt zich uit haar gemakkelijke kleding en gaat joelend achter Diane aan. Ik schuif door naar Violet met haar prachtige lichaam. Ze peutert een minipakje sigaretten uit haar beha en steekt er een op.

'Wat een verhaal,' zeg ik.

Ze knikt. 'Toen ik het vertelde dacht ik ook: mijn hemel, wat een sneu leven eigenlijk. En tegelijkertijd, in vergelijking met de anderen stelt het weinig voor.'

'Het is geen wedstrijd.'

'Toch wel. Je zit daar, wachtend op je beurt, en je bent vooral bezig met: hoe ga ik het zo vertellen, dat iedereen luistert? Hoe kan ik iets toevoegen aan al het leed dat al is rondgegaan? Of ben ik de enige die zo denkt?'

'Ik zat daar en ik dacht: waarom ben ik niet op een gewone vakantie gegaan?'

Violet schiet in de lach. 'Dat ook! Waar is het fout gegaan met ons? Vraag je je dat nooit af? Ik wel. Iedere nacht zoek ik naar het antwoord. Heel lang leefde ik gewoon. Met af en toe een feestje of iets leuks en verder vond ik alles prima. Tot ik ineens niet meer kon slapen en het gevoel had dat ik langzaam gewurgd werd door vragen en twijfels.'

'Ik heb weleens gedacht dat ik een psychische afwijking heb,' zeg ik. 'Van de een op de andere dag gekregen. Een virus in mijn hersenen waardoor ik alles wat ik heb ging betwijfelen en me overal buitengesloten voelde.'

'Misschien is dat wat ons verbindt,' zegt Violet. 'Wij zijn de buitengeslotenen. Aliens. En we doen dit soort groepen om ons weer onderdeel van iets te voelen.'

'Er wordt heel veel geld verdiend aan eenzaamheid.'

'De eenzaamheidsindustrie. Die houden wij draaiende.'

'Terwijl we helemaal niet eenzaam zijn,' zeg ik en ik ga met mijn handen door het zwarte warme zand.

'Ik ken je niet, maar ik heb de indruk dat jij enorm veel moeite hebt met toegeven dat je ongelukkig bent.'

Ze kijkt me aan met haar knappe gezicht.

'Het valt me in ieder geval op dat je steeds alles relativeert of afdoet met een grap. Maar ik zie het, omdat ik het herken. Als je alles hebt waarvan mensen vermoeden dat het gelukkig maakt, mag je niet ongelukkig zijn.'

'Ik heb alles wat een mens gelukkig maakt weggegooid.'

'Welnee. Je bent aan het scheiden. Je hebt vast gedaan wat je kunt. Je gaf hem je mooiste jaren.'

Ik slik en neem een slok water.

'Ik praat ook tegen mezelf, hè,' gaat Violet door. 'Ik kan er zo verdomd verdrietig van worden dat ik mijn jeugd, mijn schoonheid, mijn ziel en een groot deel van mijn zuurverdiende geld aan die vent heb gegeven. En de mensen om me heen maar zeggen: jij bent sterk, jij redt het, je bent zo mooi, wees blij dat je niet financieel afhankelijk bent, maar ondertussen zijn die jaren weg en heb ik geen kinderen gekregen. Ik ben alleen en word iedere dag ouder. Daarom ben ik hier. Ik wil antwoorden vinden: waarom is mijn leven zo verlopen? Waarom val ik alleen op megalomane eikels? Hoe moet het verder?'

'Dat gaat die megalomane eikel van een Jens ons deze week vertellen,' zeg ik en gelukkig schiet Violet in de lach.

Terug op het dakterras vertel ik de groep dat ik schrijver ben, moeder van twee kinderen en zojuist mijn man heb verlaten.

'Is dat alles?' vraagt Jens.

Ik haal mijn schouders op en knik.

'Waarom heb je hem verlaten?'

'Hij drinkt buitensporig veel. Tijdens onze laatste ruzie sloeg hij me. Toen besloot ik dat het genoeg was.'

'Hou je nog van hem?'

Ik denk lang na. De zon verdwijnt achter de vulkaan. Mijn onderrug doet pijn en mijn billen zijn verdoofd van het zitten op de grond. 'Ik hou van hem als de vader van mijn kinderen. Ik heb respect voor hem en gun hem het beste.'

'En nu een echt antwoord.'

'Ik denk het niet. Ik wil niet met hem naar bed. Ik mis hem nooit.'

'Hoelang waren jullie samen?'

'Ik ontmoette hem toen ik studeerde. Ruim twintig jaar geleden.'

'Waarom ben je hier, Sara?' vraagt Jens, feller nu.

'Zoals ik net zei: omdat ik in een moeilijke scheiding zit en even wat aandacht voor mezelf nodig heb. En omdat mijn kinderen met hem op vakantie zijn.'

'Ik geloof je niet. Je zoekt iets. Je hele leven al. Er is een grote leegte in je hart. En nu je kinderen weg zijn, openbaart die zich.'

De hele groep staart me aan. Harold zit met zijn hoofd in zijn handen.

'Wat zoek je bij ons?' Jens staat op en loopt naar het midden van de kring. Hij heeft een hekel aan me, denk ik. Mijn hongerhoofdpijn neemt groteske vormen aan.

'Antwoorden?' stamel ik. De zenuwen gieren door mijn lijf. Ik doe gewoon vaak wat mensen zeggen dat ik moet doen.

'Juist,' zegt Jens. 'Antwoorden. Dat is wat we willen. Antwoorden op onze vragen. Een *quick fix*. Een leraar die je vertelt wat je moet doen om weer gelukkig te worden. Wel, mensen, dat ben ik niet!' Hij schreeuwt nu. 'Ik ben hier om jullie te ontmaskeren!'

Hij gaat achter me staan en legt zijn handen op mijn schouders.

'Ik confronteer jullie met jullie angsten, jullie leegtes, jullie preoccupaties, jullie donkere kanten. Want pas als de donkere kant licht krijgt, kan de genezing beginnen.'

Als dit op zijn website had gestaan, was ik hier nooit naartoe gekomen.

21

Ik lig op het dak. De hemel is bezaaid met sterren. Boven het kegelvormige silhouet van de vulkaan hangen zware wolken. Af en toe beeft de grond, of dondert het in de verte. De Stromboli is altijd actief. Pas wanneer het stil is, moet je uitkijken, zei de chauffeur van de Piaggio-taxi.

Jens eindigde zijn tirade met de opdracht ons in te beelden dat we als een vulkaan zijn. Onverzettelijk en trots aan de buitenkant. Vruchtbaar aan de voet, begroeid met gras, citroenbomen, overdadige bloemen. Er zijn dode vulkanen, sluimerende vulkanen en heel actieve vulkanen. Ik weet niet of ik dood ben of sluimerend. Actief ben ik niet, dat is Karel – een ongeremde eruptie van bullshit. En ik lig hier en ben te slap om op te staan. In plaats van dat ik me inbeeld een vulkaan te zijn, denk ik aan eten. Gegrilde kip met rozemarijn en zeezout. Friet met mayonaise. Een hotdog met curry en uitjes. Vers wit brood met een zachtgekookt eitje. Pindakaas met sambal. Paprikachips. Lasagne. Een pizza Margherita. Ik denk niet dat Tandi dit op haar culinaire repertoire heeft staan.

Harold komt het dakterras op en gaat naast me zitten. Hij haalt een fles rode wijn en een stuk kaas uit zijn tas.

'Pecorino,' zegt hij. 'We zitten godverdomme in Italië. Daar mogen we best een beetje van genieten.'

Ik bedenk dat ik nauwelijks naar hem geluisterd heb in het kringgesprek. Niemand waarschijnlijk, na de monoloog van Jens.

'Hoe zijn we hier terechtgekomen, Sara?' Harold snijdt een stuk van de kaas en geeft het aan mij.

'Dat vroeg ik me ook af, toen hij zo tekeerging,' zeg ik.

'Het is de eenzaamheid,' zegt Harold. 'Het viel me tijdens de introductieronde op dat we allemaal eenzame sukkels zijn. De meesten zijn gescheiden, of zitten in een ongelukkige relatie.'

'Dat is de grootste vorm van eenzaamheid.'

Ik zuig op de zoute kaas. Het maakt me stoned van genot.

'Ik denk dat een buitenstaander zijn de grootste eenzaamheid is. Het onvermogen te zijn zoals de anderen.'

'Zijn we niet allemaal anders?'

'Ja, maar de meesten van ons kennen de codes. Ik niet. Ik heb altijd het gevoel dat ik een andere taal spreek, die niemand verstaat. En ik versta hen niet.'

'Heb je dat nu ook?'

'Nee,' zegt Harold beslist. 'Maar ik denk dat jij net zo bent als ik. Met iets meer aanpassingsvermogen, omdat je moeder bent, en vrouw en dochter. Ik denk dat jij, net als ik, niet leeft, maar overleeft.'

'Doen we dat niet allemaal?' zeg ik. 'We overleven, en doen het grootste deel van de tijd alsof.'

'Alsof wat?'

'Alsof we leven. Alsof we geïnteresseerd zijn. Alsof we houden van. Alsof we seks willen. Alsof we het leuk hebben.'

'Daarin zit het verschil, denk ik.' Harold reikt me de fles wijn aan. 'Ik doe nooit alsof. Ik vind er geen klap aan, en daarom doe ik niet mee.'

Ik neem een flinke slok en zeg: 'En ondertussen zitten we hier onder de sterren, met heerlijke wijn en zoute kaas en voel ik me eenzaam noch ongelukkig. Ik hou trouwens heel veel van mijn kinderen. En mijn ouders. En mijn werk. O ja, en van eten en drinken. Onze hond. Wandelen en naar het strand gaan. Van dansen, hoewel ik dat te weinig doe.'

'Van seks,' zegt iemand aan de andere kant van het terras. Harold en ik draaien ons tegelijk om. In het donker zijn vaag de contouren van een man te onderscheiden. Ik heb hem niet boven horen komen.

'Wil je ook wijn?' vraagt Harold.

'O ja,' zegt de man.

Het is de man met de zonnebril, wiens naam ik alweer vergeten ben.

'Mag ik?' vraagt hij en hij wijst naar het ligbed waar ik op zit.

'Tuurlijk.'

Hij ruikt lekker, zoals ik al dacht. Naar citroen en kruidnagel.

'Ik hou ook niet van seks, als ik eerlijk ben,' zegt Harold terwijl hij ons een sigaret geeft.

'Ik denk dat het het enige is waar ik van hou,' zegt de zonnebril. Opeens schiet me te binnen dat hij Hans heet. Hij breekt de filter van de sigaret. Daarna slaat hij Harold op de schouder. 'Fijn dat we een dealer in ons midden hebben.'

'Ik heb seks, maar ik voel er nooit zoveel bij.'

Beide mannen kijken me verwonderd aan. Ik weet zelf ook niet precies waarom ik dit zeg. Het is de wijn. De eerlijkheid van de anderen. Of ik wil Hans provoceren.

Hij recht zijn schouders. 'Hoe bedoel je?'

'Ik heb vaak seks. Zomaar. Meestal omdat de man dat wil, of ik wil iets van de man. Maar ik voel er nauwelijks iets bij.'

'Ik heb zelden seks,' zegt Harold. 'Ik vind het doodeng en als het er een keer van komt, is het me een partij gepruts.'

Hans streelt de fles met zijn lange gebruinde vingers en ik neem me voor er niet in te trappen, in zijn geur en zijn mooie handen. En toch ga ik rechtop zitten en duw mijn borsten vooruit. Harold kijkt me aan terwijl hij zijn bril hoger op zijn neus schuift. Dit is de taal die hij niet verstaat.

'Ik denk dat alles wat ik doe met seks te maken heeft,' zegt Hans. 'En macht is seks, of andersom. En geld is seks. Drank, eten, coke: eigenlijk is het allemaal seks, als je er goed over nadenkt. Alle oorlogen, alle strijd in de wereld, het gaat uiteindelijk allemaal over seks. Of de angst voor seks.'

'Of de angst voor vrouwen en hun seks,' zegt Harold.

'Dat ook.'

Ik neem nog een slok. De fles is bijna leeg. Hans zwaait zijn been over het ligbed en gaat half liggen. Ik zit nu tussen zijn benen. Harold duikt in elkaar en zuigt aan zijn peuk of zijn leven ervan afhangt.

'Waar is iedereen?' vraagt hij om het gesprek een andere wending te geven. Maar we luisteren niet, Hans en ik.

'Hoe komt het eigenlijk dat je nooit iets voelt? Weet die man dat?' vraagt Hans.

'Nee.' Ik zeg het met kracht. Ik wil hem pijn doen. Dat hij twijfelt aan alle seks die hij ooit had.

'Maar je komt wel klaar?'

'Zelden. Eerlijk gezegd nooit. Ik kan het wel, maar niet met een man.' Ik denk aan Joep die zijn pik in me stak en zei: 'Zo, dit heb je even nodig.' Het brave onhandige gebef van Stijn de student. Karel op me, zwoegend, met zijn ogen dicht en zijn mond halfopen. 'Dit vind je lekker hè, mijn pik diep in je.' Derek met zijn brute gevinger. Ik doe het expres, het niks voelen. Mij hebben ze niet, hoelang ze ook aan mijn clit likken.

Ik zie Hans denken: wacht maar tot je mij hebt gehad, dan wil je niks anders meer. Ik ken die blik en ik heb het vaak genoeg gedacht: misschien met deze van zelfvertrouwen blakende man dat het wel lukt.

'Waarom doe je het dan, steeds weer?' vraagt hij.

'Ik weet het niet. Ik kan enorm verlangen naar een lichaam, om te worden aangeraakt. En gezien. Naar iemand die het goedmaakt.'

'Wat goedmaakt, dear?' Harold aait me even over mijn knie.

Ik haal diep adem, ik voel me licht en zwaar tegelijk. Het is het gebrek aan eten. De wijn op een zo goed als nuchtere maag. Jens die me wees op mijn leegte. Het is het delen van de alledaagse narigheid, tegenover twee mannen te zitten die beiden een einde aan hun leven hebben proberen te maken. Er is niet zoveel meer te verliezen. Ik heb er behoefte aan een pact te smeden. En ik wil Hans raken, omdat hij me doet denken aan de man die me buiten mijn leven zette.

'Mijn verkrachting,' zeg ik en ik wankel even, hoewel ik zit. Nooit eerder sprak ik het zo uit.

'Godver,' vloekt Hans.

'O dear,' zegt Harold. 'Net nu de wijn op is. Ik haal even een nieuwe fles.'

We lachen, op zo'n onhandige manier, zoals je ook op begrafenissen lacht. Ik hoef niet meer, wil ik roepen, maar hij is al weg. En nu ben ik alleen met mooie Hans, die ik gelukkig al op veilige afstand heb weten te manoeuvreren met mijn ontboezeming.

'Het klinkt erger dan het is,' zeg ik. Dat is niet waar, want het was erg. Ik heb er nog steeds nachtmerries over. Ik denk er bijna iedere dag wel een keer aan, beginnende bij de angst dat ik mezelf maar wat heb wijsgemaakt, dat ik van een beroerde eerste keer een verkrachting heb gemaakt, en altijd weer eindigend bij de ijskoude conclusie dat het waar is. Ik ben verkracht. *Vies wijf.*

'Ik denk weleens dat alle keren dat ik seks heb een manier zijn om het om te draaien, dat moment goed te maken. Alsof ik zoek naar een bewijs dat het ook anders kan. Of misschien geef ik de mannen maar meteen wat ze willen, uit angst.'

Hans zit er een stuk minder geil bij nu. Hij lijkt verslagen.

'Heeft Harold die sigaretten hier ergens liggen?' vraagt hij.

We zoeken allebei in het licht van de maan, en ik wil dat hij iets aardigs zegt. Voordat de schaamte komt. Ik heb net aan twee vreemden iets verteld wat niemand weet, zelfs Karel niet. Het voelt meer als vreemdgaan dan al mijn neukpartijen. Maar tegelijkertijd ben ik bang, bang om door ze verstoten te worden – die vrouw, dat is er zo eentje, daar moet je voor uitkijken.

'Ik moet echt iets eten, geloof ik.'

'Heb je de maan gezien?' zegt Hans. Ik kijk. De maan is mooi, bijna vol, en hangt boven de top van de vulkaan. Het geluid van krekels maakt de stilte nog ongemakkelijker.

Als Harold weer terug is drinken en roken we vreugdeloos en in stilte verder. Ik vrees dat ik iets kapot heb gemaakt en ook dat ik dat met opzet deed. Om iets te doorbreken. Om Hans op afstand te houden. Om iets tegenover twee zelfmoordenaars te kunnen zetten.

'Ik weet niet hoeveel vrouwen ik heb gehad,' zegt Hans.

'Dit gaat niet om jou,' zegt Harold meteen snibbig.

'Ik weet het, maar laat me uitpraten. Ik denk meer dan driehonderd. En ik heb zelden iets meer gevoeld dan de drang om hen te neuken. Te veroveren, binnen te halen, te overwinnen. Zodra het me gelukt was en ik erbovenop lag, ebde de drang weg. Ik kwam klaar, en werkte ze direct de deur uit. Soms kwam ik ze later tegen en herkende ze niet eens. De avond dat ik uit het raam sprong had ik twee nachten liggen snuiven en neuken met een meisje dat maar niet weg wilde gaan. Uiteindelijk heb ik mezelf volkomen paranoia door het raam gegooid. Maar wat ik dus wil zeggen, Sara…'

Hij lijkt te stikken in zijn woorden. Zijn vuist slaat tegen zijn voorhoofd.

'Ik ben ook misbruikt.' Het komt eruit als kots.

'O jezus, maar…'

Hans gebaart dat Harold zijn bek moet houden.

'Op mijn twaalfde. Gymleraar. It's such a fucking cliché. Maar wat ik echt wil zeggen, Sara, is dat ik weet hoe het voelt. Om niks te voelen. En het wel de hele tijd op te zoeken. Je bent niet alleen. Dat je dat weet.'

Ik sla mijn armen om hem heen. 'Twee fucking clichés,' zeg ik en ik leg dan even mijn neus in zijn hals.

'Aandachtshoeren,' zegt Harold en hij neemt een slok wijn. 'En ik heb niet eens zo'n excuus voor mijn *pathetic life*. Soms zou ik willen dat er zoiets was gebeurd. Dat ik eraan kon werken en ernaar kon wijzen.'

Eerst lachen we. Dan zegt Hans: 'Je hebt geen idee, Harold.'

Ik wil meer praten, het liefst de hele nacht, nu ik het eindelijk gezegd heb. 'Heb jij er ooit met iemand over gepraat?' vraag ik.

'Met mijn vader,' zegt hij. 'Die heeft me daarna naar een andere school gestuurd. Hij zei: als je er niet aan denkt, is het op een gegeven moment ook niet meer gebeurd. En jij?'

'Niemand weet het. Ik besloot zelf dat door het geheim te houden, het niet echt was. Maar naarmate ik ouder word, wordt het eigenlijk alleen maar echter. Soms is er een geur, een flikkering. Het geluid van stromend water. Ik hoor hem zo vaak, in mijn hoofd Dan zegt hij dat ik een leugenaar ben.'

Hans staat ineens op. 'Het is laat.' De luiken die hij even op een kier zette, zijn weer dicht.

De stilte tussen ons is ineens onbehaaglijk. Het zijn onze innerlijke stemmen die ons het zwijgen opleggen. Het uitspreken maakt het echt en we willen terug naar de wereld waar het niet waar is.

Harold en ik komen ook overeind.

'Welterusten,' zeggen we en we omhelzen elkaar voorzichtig. Harolds handen beven een beetje. 'Slaap lekker, Sara. Ik weet niet zo goed wat ik nog moet zeggen, behalve dat ik me plaatsvervangend schaam voor mijn soortgenoten.'

'Ik ook,' zegt Hans. 'Voor wat het waard is. Kom. Ik loop even met je mee.'

'Ik kan dat kleine stukje prima alleen lopen.'

'Weet ik. Maar ik doe het toch.'

Op de trap pakt hij mijn hand, die onmiddellijk zweterig wordt.

'Maak je geen zorgen, ik ga je niet versieren. Ik vind het alleen niet netjes om je alleen naar je kamer te laten gaan, na zo'n verhaal.'

Ik pak zijn hand steviger vast. Versierde hij me maar wel. Daarmee zouden we de diepe schaamte die ons nu verstomt, laten verdwijnen. Voor eventjes.

Dreun voor je harses

Ik leef een nieuw leven. Hier, in het gouden licht van de Provence met haar pleinen, platanen en petanque. Ik bouw een spit en gril kippen, wandel met onwillige pubers langs riviertjes en vang een vis met mijn blote handen. Om vijf uur sta ik op om te schrijven terwijl de zon wakker wordt. Ik haal croissants en baguettes en maak een praatje met de oude mannen. Ik zwem en blaas flamingo's op. Ik leer mijn vrienden eindelijk echt kennen en ook mijn kinderen. De liefde van dit land en de mensen die er wonen nemen de zware deken weg die op mij lag. Ik ben weer een vader die de kinderen vertelt over de sterren en die troost als er een knie open ligt. Ik proef, ik hoor, ik ruik, ik zie, ik voel en ik weet. Dat ik dankbaar ben. Wat heerlijk is dat: diepe dankbaarheid. Alles wat ik heb, is mij door Snoet gegeven. Mijn kinderen, mijn vrienden, mijn liefde, mijn inspiratie en nu dus deze dreun voor mijn harses. Een uitbarsting die alles anders maakte en mij weer tot daden aanzette.

Het mooiste op het spel zetten, mijn liefde heeft dat gedurfd en pas nu zie ik daar de schoonheid van in. Ik dwaal langs de wijngaarden en mis het delen. Snoet zit op een vulkaan zonder bereik. Ik kan haar worstelingen hier voelen. En alleen maar beloven dat ze vanaf nu aan mij een goeie heeft. Welke kant het ook op gaat.

22

De thee van Tandi helpt niet tegen de hoofdpijn. De paracetamol die ik in mijn tas vond ook niet.

Vandaag gun ik mezelf drie kussens om op te liggen. Eentje druk ik tegen mijn borst.

'Mooi,' zegt Jens. Hij loopt als een gorilla over het terras. 'Doe nu jullie ogen dicht.'

We ademen in door onze neus en uit door onze mond. Ik ruik gebakken knoflook. Om me heen beginnen al mensen te snikken.

'Je lichaam is aan het ontgiften en dat brengt grote emoties met zich mee. Voel het. Alles mag er zijn. Woede. Onmacht. Wanhoop. Angst. Geilheid. Walging. Verlangen. Stel je je hart voor. Een groot pompend orgaan dat beweegt, ook als jij stil bent, dat klopt zonder oordeel. Je gedachten sturen het. Voel wat je gedachten je hart aandoen. Hoe het klopt als een razende omdat je denkt aan verwaarlozing, verlatenheid, onrecht, seks. Laat die gedachten komen en gaan. Probeer ze niet te verbinden aan een gevoel. Kijk ernaar. Waar gaat de gedachte heen? Naar je buik? Je nek? Je kut, je pik? Je knieën? Weet dat gedachten niets zijn. Mindfucks. Je kunt ze niet pakken, ze gaan over denkbeeldige situaties, ze hebben niets te maken met jou, hier, op de vulkaan, met de zee aan je voeten, de blauwe lucht boven je. Wie ben je zonder die gedachten? Een mens die ligt en ademt.'

David Bowie zingt. 'Love me love me, say you do.' Ik voel het in mijn borsten. De hunkering. Tegelijkertijd is er het gênante beeld van een wonderlijke verzameling onhandige mensen die op een dak liggen te knuffelen met een kussen. Ik hoor een hoge stem jammeren: 'I'm so sorry...' Jens fluistert iets tegen haar. Ik denk dat ik nu een miljoen euro over zou hebben voor een kop koffie en een roombotercroissant.

'Zo koud,' zegt Tandi als ze mijn voeten pakt. Ze wrijft over mijn voetzolen met haar duim en knijpt dan op een plekje bij mijn grote teen. Het doet pijn. 'Daar zit het. Al je pijn.'

Dan ineens is ze bij mijn hoofd. Haar haren kietelen mijn wangen. Ze streelt mijn oorlelletjes.

'Open je hart. Breek de muur af. Stel je voor dat er een bundel licht recht in je hart schijnt. Dwars door de muur. Hoe voelt dat? Is het warm? Doet het pijn? Verblindt het je?'

Ik probeer het, maar steeds weer denk ik aan vannacht en hoor mezelf te biecht gaan. *Vies wijf.*

Ik schrik op als Jens op een gong slaat.

'Come on, people, let's dance!'

Ik durf niet naar Hans te kijken. De schaamte is te groot.

'Zoek verbinding. Kijk elkaar aan. En lach.'

Helene komt op me afgedarteld, haar wangen nog nat van de tranen. Ze pakt mijn handen. Haar borsten zwieren alle kanten op. Het is onmogelijk er niet naar te kijken. Hans staat stil en beweegt alleen zijn knie. Harold zit weer in zijn tuinstoel. Ik vlucht voor Helene door naar Diane te hupsen, die onhandig met haar rok staat te zwaaien.

'Probeer met je lichaam uit te drukken wat het contact met je doet!' roept Jens.

Ik ga op de grond zitten en verberg mijn hoofd tussen mijn armen. Diane doet hetzelfde en grinnikt: 'O, dit is hilarisch.' We gluren naar de anderen. Sommigen spreiden hun armen en zwaaien naar de zon, anderen omhelzen zichzelf. Helene trommelt op haar borst en reikt daarna naar Jens, alsof ze hem haar hart toewerpt. Tussendoor tippelt Tandi, een uitheemse elf die kleine kneepjes en klopjes uitdeelt en daarna zelfvoldaan glimlacht.

'Ik wil cafeïne,' giebelt Diane.

Jens zet de muziek uit en vraagt ons weer te gaan zitten. Zelf neemt hij plaats in het midden van de kring, met kaarsrechte rug en zijn benen in volmaakte kleermakerszit gevouwen. Hij sluit zijn ogen tot we stil zijn.

'Dear guests. Hoe gaat het? We doen een heel snel rondje. Eén woord.'

'Vrijwel dood,' zegt Harold.

Honger. Hoofdpijn. Gejaagd. Moe. Verdrietig. Dankbaar. Alle woorden die ik had willen zeggen zijn al door anderen genoemd.

'Schaamte,' zeg ik.

'Woede,' zegt Diane.

'Verdoofd,' zegt Hans.

'Lelijk,' zegt Violet, de knapste van ons allemaal.

'Thank you,' zegt Jens en hij maakt een kleine buiging met gevouwen handen. 'Het valt me op dat de meesten van jullie iets negatiefs ervaren. Dat is niet erg, dat is normaal. Al jullie vertrouwde patronen worden hier doorbroken. Vandaag gaan we werken aan angst, de bron van alle negativiteit die jullie ervaren. Tijdens de middagbijeenkomst zullen we jullie individuele angsten te lijf gaan. Nu gaan we een oefening doen die velen van jullie erg beangstigend zullen vinden. Weet iemand wat *bonden* is?'

'Ik weet wat bondage is...' zegt Hans.

Jens vindt het niet grappig, want hij kijkt Hans venijnig aan.

'Ik wil dat jullie je opdelen in paren. En omdat we slechts drie mannen in de groep hebben, stel ik voor dat de heren samen gaan, om ongemakkelijkheden te voorkomen.'

'Excuse me? Over ongemakkelijk gesproken...' zegt Harold.

Jens negeert Harolds protest. 'Bonding is een heel mooie manier om de cyclus van schaamte en zelfdestructie, die leidt tot angst, depressie, verslaving, eenzaamheid en steeds weer falende relaties, te doorbreken. We hebben nooit van onze ouders geleerd hoe we onze pijn kunnen helen en transformeren naar moed, liefde of genezing.

We zijn dus allemaal gewonde kinderen, maar we negeren deze wonden, meestal door *controlled behaviour* zoals te veel drinken, roken, drugs gebruiken, seks of steeds in nieuwe relaties te duiken. Te vluchten in videogames en televisie. Of door anderen te beheersen en te controleren met woede, manipulatie of chantage. De wonden maken dat we te veel in ons hoofd zitten, tobben, geen contact meer hebben met ons lijf en met onze medemens. Tandi, please?'

Tandi gaat tegenover Jens zitten. Het verbaast me hoeveel mensen in de groep werkelijk geloven in wat Jens zegt. Ik kan onmogelijk mijn aandacht houden bij de spirituele woordenbrij die uit zijn mond rolt. Ik schuifel naar Diane.

'Pak elkaar bij de handen, ga tegenover elkaar zitten en kijk elkaar diep in de ogen.'

Dianes handen zijn zacht en gemanicuurd. We kunnen elkaar niet aankijken zonder onderdrukt te lachen.

'Stel je nu voor dat de persoon tegenover je je moeder is. Hoe goed je relatie met je moeder ook was, ze heeft beslist fouten gemaakt. Je angsten gevoed, je intimiteit onthouden. Ze manipuleerde je, ze gebruikte je, ze was er niet als ze er moest zijn.'

'Jens, wat als je moeder dood is?' vraagt iemand.

'Dat maakt niet uit. Dan kun je nog steeds boos op haar zijn.'

'Ik mis haar vooral.'

'Dan vertel je haar dat. Misschien ben je boos omdat ze dood is. Doodgaan is het ultieme verlaten.'

Diane en ik kijken elkaar allang niet meer in de ogen, bang dat we ons lachen echt niet meer in kunnen houden.

'Mag je je ook iemand anders voorstellen?' vraagt de vrouw.

'Ja, maar vraag je af waarom je zo'n moeite hebt dit met je moeder aan te gaan. Je moeder heeft je op deze aarde gezet, zij zadelde je op met grote angsten, zoals de angst voor afwijzing, voor intimiteit, verlating, conflict, angst voor de dood, voor pijn. Als ik de muziek aanzet, gaan jullie liggen en rolt de linker persoon op de rechter. Daarna ruilen we van positie.'

'O dear lord,' zucht Diane.

En dan ligt ze op me. Ik ruik haar transpiratie, vermengd met een poederige geur. Haar borsten op de mijne. 'I'm sorry,' stamelt ze de hele tijd en ik weet niet of dat onderdeel is van haar moederprojectie, of dat ze zich verontschuldigt voor de positie waarin we ons bevinden.

'Je kunt "mama" zeggen,' zegt Jens. 'Vertel haar wat je voelt. Breathe. Hier is je moeder. Zonder oordeel. Ze ligt onder je en luistert. Ja, leg je armen maar om je partner heen.'

Diane begint zachtjes te schudden. 'Je hebt me nooit aangeraakt,' snikt ze.

Ik probeer mijn aandacht te verleggen naar andere dingen. Het Italiaanse geschreeuw in de steeg naast het dakterras. Geïrriteerd gefluister verderop. Kennelijk weigert iemand de oefening te doen. Ik weet bijna zeker dat het Harold is.

'En jouw manipulatieve maniertjes. Hoe je altijd maar zielig doet, terwijl je iedereen voor je karretje spant.' Diane begint harder te praten. Te schreeuwen zelfs, op tien centimeter van mijn oor. Er schreeuwen er meer, dwars door de hartstochtelijke huilers heen. Mijn lichaam verstijft. Laat het zo snel mogelijk voorbij zijn. Laat haar ophouden met schelden, schokken en duwen. *Vies wijf.* Ik zoek de tunnel. Geen paniek. Ademen. Het is zo voorbij. Dit is Diana.

Ze probeert haar armen om me heen te wringen. Ze klinkt hol en bestudeerd, ze wil laten zien dat ze het begrijpt, ze is het braafste meisje van de klas. Straks zal ik op haar gaan liggen en hetzelfde toneelstukje opvoeren. Zoals al die keren dat ik op of onder iemand lag. En toch ben ik jaloers op de anderen. Hun overgave, het vermogen hierin op te kunnen gaan zonder wantrouwen. Ik verdwijn en word een lichaam dat doet wat ervan wordt verwacht.

Wanneer ik even later op Diana lig, wier gezicht nog steeds rood is van woede, probeer ik van haar mijn moeder te maken. Het is niet moeilijk bij mijn frustraties te komen. Ik ben altijd slechts een pion geweest in haar perfecteplaatjesimperium. Daarin passen geen verkrachte, gescheiden, ingestorte dochters. Het was een van de eerste gedachten na die avond bij de vijver. Hiervoor is thuis geen plek. Ze zullen het opvatten als falen. Ze kunnen het niet aan, deze lelijke pijn, de schande is niet te dragen. En ik kan de blik in haar ogen niet aan, de teleurstelling. Maar wat had ze kunnen doen? Maken niet alle moeders een prinses van hun dochter, een schoonheid met de opdracht haar maagdelijkheid zo lang mogelijk te bewaren?

Ik denk dit, maar ik huil niet, ik schreeuw niet, ik lig als een plank op Diane, me bewust van ons zachte vlees, moeder op moeder, dochter op dochter.

Lieve Sara, soms moet je mannen gewoon even laten begaan.

Hoe bedoel je, mam?

In bed. Ze hebben het nodig. En als je het niet geeft, gaan ze naar een ander. Meestal is het zo voorbij.

Maar hoe zit het dan met wat wij nodig hebben?

Zorg er nu maar voor dat hij bij je blijft. Dat is wat je nodig hebt. Een gelukkig huwelijk.

~

Na afloop van de sessie lopen Diane en ik de smalle, hete straat uit, langs de kleine witte huisjes begroeid met oleander en hibiscus. Katten doen een siësta in de blakerende zon. We sjokken bergopwaarts, en volgen onze neus. De geur van vis en gebakken knoflook lokt ons naar de wijnbar aan het eind van de straat.

'Toen ik deze retraite boekte, was ik er zo van overtuigd dat een week vasten weleens goed voor me zou zijn,' zegt Diane. 'En nu ik hier ben, wil ik de hele dag maar één ding: eten. Ik denk eten, ik droom eten. Het is als drugs.' Ze lacht. 'Ik kan slecht tegen regels. Zodra iets niet mag, krijg ik er enorme zin in.'

'Jij liet je wel even helemaal gaan, tijdens het bonden…' zeg ik.

'Ik doe mijn best. Als ik iedereen zo om me heen hoor kreunen en janken, dan laat ik me een beetje meeslepen, maar het beklijft niet echt. Maar jij dan.' Ze lacht ineens harder. 'Je lag daar maar. Volgens mij was je aan het aftellen tot het voorbij was.'

De wijnbar bestaat uit een bloemrijke tuin vol zitjes, en een grote bar onder de pergola. Daar zien we Violet zitten, verzonken in haar telefoon.

'Welkom in het paradijs. Met wifi en al,' zegt ze als ze ons ziet.

We gaan bij haar zitten aan een houten tafel onder de citroenbomen en bestellen zonder de kaart te checken het menu van de dag. 'En witte wijn,' zucht Diane.

'Ik weet niet of we nu blij moeten zijn met wifi,' zegt Violet, haar blik weer vastgezogen aan haar telefoonscherm. Diane haalt haar iPhone uit haar tas. 'Eens kijken of hier nog iets te tinderen valt.'

Aarzelend pak ik ook de mijne. Ik weet dat er weer een stukje van Karel in de krant staat. Wil ik dat lezen? Nee. Ga ik dat lezen? Ja, natuurlijk. Zoals ik ook de vakantiefoto's van de kinderen op Instagram en Facebook bekijk tot mijn maag zich omdraait. Met zijn allen op een jacht, Willem en Sofie in zee, op een jetski, poserend in een levensgrote opblaasflamingo, op een terras bij kaarslicht met grote flessen rosé. Ze doen alles waar Karel normaal gesproken een hekel aan heeft. En ik weet waarom hij dit doet. Om mij te krenken. Ze zien er zo goed uit: blij, ontspannen, bruin. Op een van de foto's draagt Karel een aanstellerig leren kookschort en wordt innig omhelsd door Joep. Thuis kookte hij nooit.

Zou hij nog steeds niet drinken? Ik bekijk alle foto's nog een keer, om hem te betrappen met een glas. En dan zie ik in de verte, op dat Provençaalse terras, een schim met blonde krullen. Het moet haar zijn. Poes. Bij mijn kinderen. De serveerster brengt de wijn precies op tijd.

'Alles goed?' vraagt Diane.

Ik staar hoofdschuddend naar mijn telefoon.

'Ik zie aan je schouders dat er iets niet in orde is. Je zit helemaal in elkaar gedoken.'

'Het zijn de vakantiefoto's van mijn kinderen,' zeg ik. 'Dat wijf is er. Ik zie haar. Kijk.' Ik draai de telefoon hun kant op en wijs naar de schim.

Beiden staren ingespannen naar het scherm. Diane zet haar bril op.

'O, het is een poedel,' zegt ze.

'En bedankt hè, wifi!' zegt Violet. Ze heft haar glas en bekijkt nogmaals de foto's die de hashtag 'happylife' dragen.

Ik werk me door de antipasti. De honger die ik net nog had, lijkt verdwenen.

'Je moet maar zo denken, ze leven tenminste nog,' zegt Diane opeens fel.

En ze heeft gelijk. Het is fijn dat de kinderen het leuk hebben. Het is goed dat ze met hun vader zijn. Diane heeft geen kind meer. En haar kind had geen vader. Violet heeft niet eens een kind. Ik schaam me voor mijn gezeur. Ik had erbij kunnen zijn. Daar kunnen zitten, aan die tafel, rosé zuipend en lachend. Ik had er een column over kunnen schrijven, over mijn rare man die plots opbloeit achter de barbecue, over onze hervonden liefde onder de Zuid-Franse zon. Ik had nog steeds dat plaatje kunnen zijn. Lekker gek gezin. Zo kan het ook.

'Weet je wat mij altijd weer verbaast? Dat totale gebrek aan solidariteit onder vrouwen. Zo'n poedel...' zegt Violet.

'Poes, noemt hij haar.'

'Oh my god,' zegt Diane.

'Hoe dan ook,' vervolgt Violet, 'wij denken altijd dat we in een soort strijd verwikkeld zijn met mannen, maar eigenlijk zijn het vrouwen waar we voor moeten oppassen. Niet mannen ondermijnen ons, maar wijzelf. Wat moet die poes met jouw man? Waarom? Hij is stukken ouder en getrouwd. Ze wil hem, omdat hij van jou is.'

'Ik heb hem verlaten,' zeg ik.

'Dat maakt niet uit. Hij is aantrekkelijk voor haar omdat hij van jou is. Zijn huwelijk bewijst dat hij in staat is tot een langdurige relatie. Jij bent een leuke, mooie vrouw. Dat maakt hem nog begerenswaardiger. Dan straalt iets van die leuke vrouw op haar af. Wij vrouwen, wij willen niet zoveel met elkaar, maar wel heel veel van elkaar.'

'Ik wil hem niet meer, dat is het punt niet.'

'Daar gaat het niet om. Het gaat erom dat je midden in een proces zit met hem en je kinderen. En dat zo'n wijf daar niet tussendoor moet lopen kloten.'

'Ik ben het niet met je eens,' zegt Diane. 'Zijn relatie is zijn verantwoordelijkheid. Nu doe jij precies hetzelfde als wat je andere vrouwen verwijt, namelijk haar de schuld geven.'

'Ik ben naar bed gegaan met de man van mijn vriendin. Ik ben ook zo,' zeg ik.

Even zijn ze stil.

'Hij stond ineens voor mijn deur, toen ik net een paar dagen apart woonde. Alsof hij aanvoelde hoe slecht ik me voelde. Ik heb me geloof ik op hem gestort. We neukten op het aanrecht. Daarna ging hij weer.'

'Je had hem eruit moeten trappen,' zegt Diane snibbig.

'Ik weet het.'

'In plaats daarvan gaf je hem precies waar hij op uit was,' zegt Violet.

'Ik was zo eenzaam, ik denk dat ik het zelf ook wilde.'

'Je wilde troost. Dat is iets anders dan genaaid worden.'

'Voor mij niet, denk ik.'

'Voel je je niet vreselijk schuldig tegenover je vriendin?' vraagt Diane.

'Soms. Maar ik heb zoveel schuldgevoel. Ik heb het leven van Karel en mijn kinderen op zijn kop gezet. En dat van mijn minnaar. Die verhouding duurde bijna twee jaar. Zijn huwelijk ligt nu ook in puin.'

'Oké. Dus daarom ben je hier. Je bent de nasmeulende ruïnes ontvlucht om boete te doen,' zegt Violet.

Ik begin te snikken. 'Dus ik ben zo'n vrouw die een mes in je rug plant. Ik verdien niet beter. Ik heb ook nog met een student geneukt die mijn zoon had kunnen zijn.'

Violet geeft me een glas water. Diane staart naar het hare, haar mond een streep.

'Ik weet hoe je je voelt, Sara,' zegt Violet. 'Ik ken die eenzaamheid. De hunkering naar iets lijfelijks wat niets betekent. Waar jij de controle over hebt in plaats van andersom.'

Ik knik. 'Om eerlijk te zijn kon ik de afgelopen jaren met iedereen seks hebben, behalve met mijn man.'

'Daar heb ik over gelezen,' zegt Diane. 'Je man is je broer geworden, of je vader, en daar walg je van.'

'Misschien is dat het. Ik heb lang gedacht dat ik het plaatje dat ons gezin was in stand kon houden door die affaire.'

'Wat is dat toch, dat je bereid bent je eigen geluk op te offeren voor de buitenwereld?' vraagt Diane.

'Het is het plaatje dat er bij ons wordt ingeramd,' zegt Violet. 'Ik vind mijn leven nu vrij betekenisloos omdat ik geen gezin heb. Wij alle drie zijn ieder op een andere manier ons gezin kwijtgeraakt. Een gezin is niet alleen de eenheid van man, vrouw, kinderen, het is ook de droom waar je mee opgroeit, waar het leven je naartoe leidt. Als die droom in duigen ligt, wat moet je dan? Hoe vaak wordt jou gevraagd: ben je getrouwd, heb je kinderen? Wat ben je als vrouw waard als je dat niet hebt, of hebt laten mislukken?'

Diane plukt aan haar rok, starend naar haar voeten. 'Niets,' zegt ze dan. 'Ik leefde voor hem. Mijn kind. Ik blijf er maar aan denken. Wat ik anders had moeten doen. Waarom hing hij zichzelf op? Waarom nam hij me niet in vertrouwen? We deelden alles, waren een eenheid. Misschien niet dat plaatje van jullie, maar wel een plaatje. Nee, geen plaatje, het was écht. Ik word zo boos als die twee mannen, hoe heten ze ook alweer...?'

'Hans en Harold,' zeg ik.

'Als die twee het over zelfmoord hebben. Alsof het niets is. Ik heb het gezien, het stille lichaam van mijn zoon. Zijn zwarte hals. Zijn handen. Zo wit en stijf. Zo koud. Dan sta je naast je kind, je hebt het gevoed, gewiegd, het blijft altijd je baby. Recht uit je lijf. En dat kind zegt: fuck you, met je leven. Met alles waar jij voor gevochten hebt. Fuck you. Het was waardeloos. En de groeten.'

Violet geeft haar een servetje. We zien het voor ons, Diane gebogen over haar dode kind. We huilen nu alle drie.

'Wat ik eigenlijk wilde zeggen,' zegt Diane, 'is dat het waar is, dat verhaal van het plaatje. Ik was zo trots dat hij naar Cambridge ging. Dat was me maar mooi gelukt in mijn eentje. Ik zag zijn lijden niet. Ik wilde het niet zien. En hij wilde niet dat ik het zag. Omdat hij zo graag wilde voldoen aan mijn verwachtingen, mijn plaatje. Maar dat is dus niet vol te houden. Dat eindigt met de dood.'

23

'Angst is onze grootste vijand. Angst veroorzaakt oorlogen, maar ook depressies, verslavingen, stress, kanker, impotentie, relatieproblemen, burn-outs. Al jullie problemen zijn terug te voeren op angst. Het begint al bij je geboorte, als je hulpeloos en afhankelijk ter wereld komt, behept met alle angsten van je ouders. Als je huilt om je moeder. De diepe angst om achtergelaten te worden, om te sterven van de honger, liggend in je eigen uitwerpselen. Die kinderangst sla je op in je ziel. Je leert je aan te passen aan de verwachtingen van anderen, want als zij niet van je houden, ga je dood. Dan zul je eeuwig branden in de hel. Nooit geliefd zijn. Niks betekenen. Het zijn je ouders die je met deze angsten hebben grootgebracht.'

Het is vijf uur. De paar glazen wijn van de lunch hebben me slaperig gemaakt. In het midden van de kring liggen bergen vaal geworden kussens, een paar honkbalknuppels en bokshandschoenen. Jens ijsbeert om ons heen.

'Het voorportaal van angst is woede. Maar woede is ook het gif van onverwerkt verdriet. Normaal gesproken kent de angsttrigger drie responsen: Fight. Freeze. Flight. Vechten. Verstarren. Vluchten. Meestal verstarren we, onderdrukken onze woede en gaan door met leven. Of we vluchten. Letterlijk, of in drank, drugs en seks. Ook omdat vechten in onze cultuur niet geaccepteerd wordt. Wat we deze middag gaan doen, is vechten. We beginnen met een korte ronde om jullie angsten te bespreken en daarna gaan we over tot het lichaamswerk.'

Jens slaat voortdurend met zijn vuist in zijn hand, om ons alvast op te fokken. Hij haalt zijn neus steeds op als een cokesnuiver en praat gehaast.

'Noem eerst de persoon die jouw woede triggert, daarna je grootste angst. Hou het bij steekwoorden, alsjeblieft. Hans, wil jij beginnen?'

Hans leunt met zijn ellebogen op zijn knieën. Hij heeft zijn zonnebril weer op.

'Mijn gymleraar,' zegt hij. 'En ik denk dat mijn grootste angst is te worden vastgepind.'

'Hoe bedoel je dat?'

'Vastzitten. Aan een baan en een huis en een vrouw en kinderen. Dat iedere dag hetzelfde is.'

'Bindingsangst dus. Helene?'

'Ik ben boos op mijn ouders en mijn grootste angst is uitstoting.'

'Sara?'

Ik heb geen idee. Ik zeg dat ik boos ben op Karel, wat op het moment ook zo is. Op mijn ouders ben ik nooit echt boos.

'Jij hebt toch ook een ervaring met seksueel geweld?'

Ik kijk naar Harold, die een verbaasd gezicht trekt. Hans zit verborgen achter zijn inktzwarte glazen.

'Ja, ik zie jullie kijken,' zegt Jens. 'Mij ontgaat niets. Ik wil goed werk afleveren, dus het heeft niet zo heel veel zin dingen voor de groep te verzwijgen.'

'Luister je ons af?' zegt Harold.

'Ik luister niemand af. Alles buiten jullie hotelkamer is openbaar terrein. En ik verwacht totale transparantie van jullie. Anders heeft wat we hier doen geen zin.'

'Iedereen heeft recht op geheimen, Jens. Je kunt ons niet verplichten dingen te doen en te delen die we niet willen,' zegt Harold.

'Nee. Maar ik mag dan op mijn beurt wel vragen wat je hier doet, als je niet op een totaal niveau aan jezelf wil werken. Het werkt bovendien zeer demotiverend voor de anderen, die zichzelf wel overgeven aan de training. Dus Sara? Hans was zo moedig zijn aanrander te noemen…'

'Verkrachter,' corrigeert Hans.

'Je bent toch boos op hem?' vraagt Jens.

'Jawel,' zeg ik.

'Maar je bent bozer op de man die jarenlang van je heeft gehouden?'

Wat wil deze man van me? 'Ik dacht dat we het bij steekwoorden moesten houden.'

'Je antwoord verbaasde me, that's all.' Jens glimlacht zelfgenoegzaam. 'Maar goed: je grootste angst.'

'Afwijzing,' zeg ik terwijl door mijn hoofd duizend angsten razen. *Vies wijf*, galmt het. *Vies wijf!* Ik wil hier niet over praten. Ik wil niet dat iedereen hier ziet wat ik werkelijk ben. Een besmeurd, beschadigd wezen, dat zo dom was zich te laten grijpen. Ik wil de discussie niet, de vernedering, niet de twijfel in hun ogen zien. Mijn eigen twijfel is al meer dan genoeg. Ik wil er ook niet aan denken, de beerput van haat en pijn opentrekken. Waarom begon ik hierover vannacht, uitgerekend tegen twee mannen, terwijl het me zo lang gelukt was het voor mezelf te houden?

We mogen de oefening niet met dezelfde partner doen als vanmorgen, om subgroepjes te voorkomen, zegt Jens. Daar is het een beetje laat voor. De subgroepen zijn er al: de blinde volgers onder aanvoering van Helene, de stille braveriken van wie we de namen steeds vergeten en de rebellen. Het gaat vanzelf, in iedere klas, op iedere werkvloer, in iedere familie, overal waar mensen met elkaar zijn. Gelukkig gebaart Hans of ik met hem wil sparren. Ik pak mijn kussen, een honkbalknuppel en een paar bokshandschoenen.

'Heb jij met Jens gepraat?' vraag ik.

'Natuurlijk niet. Maar hij heeft zijn spionnen. Harold is vanmiddag op het matje geroepen.'

'Waarom?'

'Omdat hij zich niet sociaal opstelt en anderen belet vrij te stromen.'

Ik grinnik. Rechts van ons staat Harold een kussen omhoog te houden, terwijl een van de stille braveriken er zachtjes tegenaan slaat.

'Dat kussen is jullie grootste vijand,' zegt Jens. 'Je gaat een doorbraak forceren, waarin alles geoorloofd is, behalve uiteraard je partner pijn doen. Ik wil dat je ook benoemt wat je doet. Tandi en ik geven nu een kleine demonstratie.'

'Dit kussen is mijn moeder,' zegt Tandi. Ze wijst naar de grond. Jens legt het kussen neer. Tandi zakt door haar knieën en heft de knuppel. Dan haalt ze krachtig uit.

'Ik vermoord je!' krijst ze met hoge stem.

'Het is belangrijk dat je je woede niet alleen met je lichaam, maar ook in taal uit,' zegt Jens.

'Ik leg mijn handen om je keel. Ik haat je. Smerig kutwijf.' Tandi's kleine handjes wurgen het kussen.

'Benoem wat je ziet,' zegt Jens.

'Ik zie je ogen uitpuilen, lelijke heks. Nu heb je niks meer te zeggen, hè? Je tong bolt op. Ik ga je doodsteken!'

Iedere pees van haar kleine lichaam is gespannen. Ze blijft tierend op het kussen inbeuken. Ik draai mijn hoofd weg. Dit is te pijnlijk om naar te kijken.

Diane roept of ze alsjeblieft op wil houden. 'I'm sorry. Maar ik ga dit niet doen. Walgelijk vind ik het. Je moeder afslachten, godverdamme.'

De hele groep mort.

'Het is niet echt,' begint Helene.

'Luister,' sust Jens. 'Ik snap dat dit schokkend is. Maar wat Helene zegt, het is niet echt. We vermoorden onze vijand in onze fantasie. De fantasie is vrij, alles mag daar. En door dit te doen, bevrijd je jezelf van zoveel pijn en woede. Pas daarna kunnen we weer gaan opbouwen. Deze doorbraak is een essentieel onderdeel van deze week.'

'Het zal wel, maar ik kan dat niet. En ik vind het ziek,' zegt Diane.

'Hier zit dus jouw blokkade,' zegt Jens. 'Bij woede. Maar het zit wel in je. Ben je niet woedend op je zoon? Dat hij je achterliet met zoveel vragen en verdriet?'

We staan allemaal in de freeze-modus. Dianes wangen zijn vuurrood.

'Natuurlijk. Maar dan ga ik hem niet nog een keer afmaken,' stamelt ze.

'Om eerlijk te zijn, ik kan dit wel hoor, maar als ik het doe, moeten jullie wel weten dat ik het voor de vorm doe,' valt Harold haar bij. 'Het is nep. Ik doe het om jou te plezieren, Jens, en om ervan af te zijn. Maar ik geloof hier niet in.'

Jens plukt aan zijn bovenlip, de knuppel in zijn andere hand. Ik denk aan de scène uit *The Untouchables* waarin Robert De Niro iemands hoofd inslaat met een knuppel.

'Ik begrijp niet,' lispelt Jens, 'dat jullie Tandi zo voor schut zetten. Ze stelt zich hier heel kwetsbaar op. Are you okay, Tandi?'

Tandi knikt, haar ogen gesloten.

Jens loopt een rondje terwijl hij snuivend nadenkt. Beneden horen we een groep Italianen lachen.

'Het is aan jullie. Geven jullie het een kans, willen jullie loskomen van je oudertrauma, van de pijnpatronen, van je hulpeloze kindwoede? Wie dat niet wil, kan nu weggaan.'

Doodse stilte. Niemand beweegt. Ook Diane en Harold niet.

'We slaan ons er wel doorheen,' fluistert Hans.

Ik neem me voor te gaan als Harold en Diane gaan. Met mij kun je alle kanten op. Rebelleren, braaf doen wat er gezegd wordt, als ik er maar bij mag horen.

'Als ik maar niet hoef te schelden,' zegt Diane.

Hans houdt het kussen voor zijn buik. 'Sla maar,' zegt hij. 'Ik kan wat hebben, ik doe dit ook met bokstraining.'

Uit de luidspreker klinkt Eminem:

'Fuck that! Do that shit! Shoot that bitch!
Can you afford to blow this shit? Are you that rich?
Why you give a fuck if she dies? Are you that bitch?
Do you really think she gives a fuck if you have kids?'

'Stel je voor dat dit zijn hoofd is. En dat je het tot moes mag rammen,' zegt Hans.

Ik haal uit, mijn vuist landt met een plofje in het kussen. Om ons heen beginnen mensen te vloeken. Ik sla nog een keer. Mijn armen zijn nu al pap. Iemand pakt mijn schouders vast.

'Die klootzak daar heeft de mooiste jaren van je leven genomen. En hij heeft je laten gaan. Zomaar. Alsof je niets waard bent, liet hij je van hem wegglijden.' Jens is heel dicht bij mijn oor. Hij knijpt me.

Ik plant mijn vuist iets harder in het kussen.

'Grijp hem! De klootzak! Ben je het niet waard om voor te vechten? Maar nee, hij steekt meteen zijn pik in een ander wijf! Voel die woede stromen! De kracht! Je bent een bom! Een strijder! Schop hem! Sla hem! Bevrijd jezelf!'

Een regen van speeksel op mijn wang. Ik kan niet meer slaan, ik kan alleen maar door mijn knieën zakken en snikken als een kleuter, met snot en speekseldraden. Ik stoot klanken uit die ik nooit eerder hoorde. Ik heb ook geen idee over welke man dit precies gaat In mijn fantasie heb ik mijn verkrachter duizenden keren afgemaakt. Met messen of stalen pijpen. Ik heb zijn strot doorgesneden, zijn pik eraf gehakt, met de stalen pijp zijn hersens tot pap geslagen. Maar nu... Ik voel slechts een enorm verdriet. Om het kleine meisje dat ik ooit was. Ik zie Karel weer uithalen, zijn grote hand. Wat willen ze van me hebben? Ik roep het ook en tegelijk schaam ik me zo diep dat ik mijn ogen niet meer durf te openen. Wat willen jullie van me? Ik gaf alles. Mijn hart. Mijn kut. Kinderen. Wat is er nog meer te geven? 'Liefde,' hoor ik Karel zeggen. 'Op jouw liefde zit een rem.' En dat is waar. Ik verlang ernaar, maar ik kan er niet bij.

'Dit is zo mooi,' zegt Jens. 'Nu ben je bij je verdriet. Nu ben je begonnen met loslaten.' Hij loopt door, om een ander in het gezicht te brullen.

Hans komt naast me zitten en ik leg mijn natte kop in zijn hals. Ik wil hem opeten.

'Stil maar,' zegt hij en hij streelt met beide handen mijn hoofd en mijn nek. Dit gehuil heeft met een doorbraak niets te maken, weet ik. Ik heb Karel geen moment gevisualiseerd en ik voelde helemaal niets stromen noch ervaar ik een enorme bevrijding. Ik kus zijn sleutelbeen en lik mijn eigen zoute tranen op. Een briesje steekt op en ik ruik de zee. Ik hef mijn mond naar die van Hans en hij beantwoordt mijn kus voorzichtig.

'Dit is een bijzonder ongeschikte locatie hiervoor,' fluistert hij. Hij pakt mijn hoofd en drukt een zoen tussen mijn wenkbrauwen.

Dan is het zijn beurt. Ik hou het kussen omhoog en zet me schrap.

'Ik snij je strot af,' zegt hij. Ik staar naar zijn geheven arm, zijn gebeeldhouwde spieren, en vraag me af of hij de woede speelt. Hij rukt het kussen uit mijn handen en begint te steken.

'Hoe voelt dat, als iemand het leven uit je beukt?'

Hij heeft duidelijk geen aanmoedigingen nodig.

'Klootzak, ik druk je ogen in je kop!'

Ik sta erbij en weet niet wat ik moet doen. Ik kijk naar de anderen. Bijna iedereen huilt, schreeuwt, schopt en slaat. Sommigen liggen verstrengeld op de grond. Anderen wurgen een kussen of slaan briesend op elkaar in. Diane zit met haar handen op haar oren in een hoek. Al deze vrijgelaten agressie is niet om aan te horen.

Hans' gezicht is inmiddels paars. Hij gooit het kussen op de grond en begint met zijn hiel in een denkbeeldig gezicht te trappen. 'Ik schop je arrogante smoel kapot.'

Jens loopt zelfvoldaan over het door hem aangerichte slagveld. 'En nu, lieve, lieve mensen, neem je je slachtoffer in je armen. Toe maar. Pak hem of haar vast.'

We rapen ons kussen op. Tandi trippelt met manden bloemen tussen ons door.

'Was zijn gezicht. Zijn voeten, zijn handen. Verzorg de wonden. Kijk naar zijn lichaam. Het is stil nu. Hij of zij kan je niet meer raken. Je voelt nu alleen nog maar liefde.'

Ik kijk naar het kussen in mijn schoot. Het is een versleten, goedkoop ding. Ik aai het, omdat iedereen dat doet. Helene is erbovenop gaan liggen, een bevende berg gespeeld verdriet. Violet houdt haar kussen vast als een baby, en geeft het kleine zoentjes.

'Leg zijn lichaam in het graf. Als je nog energie hebt, graaf het graf.' Jens wiegt heen en weer met zijn handen op zijn borst gevouwen. Tandi deelt de bloemen uit.

'And now, the time is near, and so I face the final curtain,' zingt Frank Sinatra.

'Really?' fluistert Hans en ik hoor Harold in de verte lachen.

'Blijf nog even bij me, alsjeblieft,' zegt Jens. 'Je begraaft niet alleen de persoon die je zo vaak heeft gekwetst. Je begraaft ook je innerlijke criticus, de stem die je tegenhoudt en kleinmaakt, die zegt dat je lelijk bent en niet goed genoeg. Je begraaft als het ware ook een stukje van jezelf, het stuk waarvan je je hebt ontdaan, het zwarte, je angst, je woede, je verdriet. Wat begraaf jij, Helene?'

'Mijn eeuwige honger!'

Jens haalt diep en luidruchtig adem.

'En jij, Violet?'

'Mijn angst om alleen oud te worden.'

'Harold?'

'Ik heb geen idee, sorry. Echt niet. Nee wacht… een kussen. En dat gaat best moeilijk, want de vloer is betegeld.'

'Sara?'

'Mijn zelfhaat,' zeg ik.

24

Violet vraagt of ik mee ga zwemmen. Het is donker, de bijna volle maan schijnt op zee. Ik ben moe en heb een uur gedoucht, ondanks het uitdrukkelijke verzoek om zuinig te zijn met water, dat op mijn badkamerdeur hangt. Ik trek mijn bikini aan, sla een handdoek om en volg Violets elegante heupen.

'Zou Jens hier ergens achter een rots liggen?' vraag ik.

Violet lacht. We zijn de enigen in het kleine baaitje.

'Het was heftig vanmiddag, Sara. Ben je nu blij dat je het hebt gedeeld?'

Ik trek mijn handdoek strakker om mijn borsten.

'Ik heb het niet gedeeld, dat deed Jens.'

'Misschien wilde hij je helpen.'

Ik weet niet of ik opgelucht ben. Hier naast Violet voel ik me meer een verrader. We hebben het over intieme kwesties gehad, en het was logischer geweest als ik haar en Diane in vertrouwen had genomen. Het delen van geheimen is de smeerolie van vriendschap.

Violet laat haar handdoek in het zand vallen. Ze is naakt. Ik kan het niet laten naar haar mooie lichaam te staren.

'Het had mij ook kunnen gebeuren. In de modellenwereld liepen genoeg klootzakken rond. Maar ik ontwikkelde een manier om de dans te ontspringen. Ik werd een van hen, *one of the boys*. Ik ronselde meisjes voor ze. Daar schaam ik me nog steeds diep voor. Ga ik ook niet in de groep vertellen.'

'Kijk maar uit, want de oren van Jens zijn kennelijk overal,' zeg ik.

Ik doe ook mijn handdoek af. Voorzichtig lopen we over de kiezels het water in.

'Hoe ging dat dan, meisjes regelen?' vraag ik.

'Als ik werd uitgenodigd voor hun private party's in hotelsuites of villa's, dan nam ik een paar beginnende modellen mee. Die meisjes vonden het prachtig. Wie wil er nu niet naar zo'n decadent feestje, waar de belangrijkste fotografen, stylisten en agenten rondlopen? Zo werd ik de vrouw die altijd met de mooiste meiden aan kwam zetten. Ik dronk wodka met de mannen, terwijl de meisjes mee naar de slaapkamer gingen. Aan mij zaten ze niet, want ik was hun dealer. In vlees. En de dealer wil je niet wegjagen.'

'En jij had het vanmiddag over gebrek aan vrouwensolidariteit,' zeg ik verontwaardigd.

'Ik spreek uit ervaring. Wij zijn onze eigen ergste vijand.'

Violet duikt en verdwijnt in het zwarte water. Al snel is het oppervlak weer spiegelglad. Ik tuur naar het rimpelloze water en zie niets. Geen bubbeltjes, geen spoor. Ik zwem op goed geluk achter haar aan. Ze blijft lang weg. Te lang voor mijn gevoel en net als ik denk dat ze onder mijn ogen aan het verdrinken is, komt ze weer boven.

'Heerlijk!' hijgt ze.

'Ik was even bang dat je verzopen was!'

'Ik kom altijd weer boven. Jij ook,' lacht ze.

Ze zwemt op me af en omhelst me. Haar borsten raken de mijne. Ik deins een beetje terug.

'Maak je geen zorgen, ik ben niet lesbisch,' giechelt ze. 'Ik ben gewoon zo blij en opgelucht sinds de doorbraak vanmiddag. Alles voelde ik: moordzucht, woede, verdriet. En nu is het alsof er duizend kilo van mijn schouders is gevallen.'

Ze pakt mijn hand en samen lopen we het strand op. Ik probeer niet te rationaliseren, te blokkeren door de intimiteit die ze zoekt.

'Ik ben jaloers,' zeg ik. 'De opluchting die je voelt, die zou ik ook willen voelen. Hoe doe je dat? Ik geloof dat ik te cynisch ben om me zo te laten gaan.'

'Het is net als met seks,' zegt ze. 'Geef je totaal over. Niet nadenken, al je aandacht sturen naar die ene plek waar de woede zit.'

We drogen ons af. Haar ogen glinsteren.

'Dus je was eigenlijk een soort pooier,' zeg ik dan.

'Eigenlijk wel ja. En ik denk ook dat ik daarvoor gestraft ben door het universum. Ik kreeg een reeks gestoorde geliefden, en geen kinderen.'

'Is dat het universum, of val je gewoon op foute mannen?'

'Foute mannen vallen op mij.'

'Alle mannen vallen op jou, Violet. Jij bent het soort vrouw dat kan kiezen.' Ze wikkelt de handdoek om haar borsten.

'In dat geval koos ik voor zekerheid. De zekerheid dat het zou mislukken. Het voordeel van een foute man is dat je altijd een goede reden hebt om hem te verlaten. Je kunt hem de schuld geven, en blijft zelf buiten schot. De foute man is een soort crystal meth. Ik kan me er totaal in verliezen, in de destructieve seks, het aantrekken en afstoten, de onzekerheid, het spel dat je moet spelen om zijn bevestiging te verdienen. Ik pik ze er altijd tussenuit, de megalomanen, de narcisten, de verslaafden. En dan wil ik die persoonlijkheidsstoornis overwinnen, ik wil zijn gekte bedwingen. Zie je, ik weet het allemaal wel, maar hoe kom ik ervanaf? Hoe leer ik te settelen met een gewone boekhouder, of een lieve huisarts?'

'Je hoeft je natuurlijk helemaal niet te settelen. Een leven alleen lijkt me ook heerlijk,' zeg ik.

'Dat zeggen alle vrouwen die ik ken die ongelukkig getrouwd zijn. Maar geloof me, een leven alleen is doodeenzaam. We zijn er niet voor gemaakt. Ik weet in ieder geval zeker dat ik niet alleen oud wil worden. Dat ze ooit mijn lichaam vinden, drie weken na een onhandige val, in de hal van mijn appartement, aangevreten door mijn twee katten.'

We zwijgen en werpen een laatste blik op de glinsterende streep maanlicht op de zee. Ik denk aan mijn eigen eenzaamheid de afgelopen weken, zonder de vertrouwde vanzelfsprekendheid van het zorgen voor kinderen, hun geluiden, hun lichtvoetige geruzie. Ik wil ook niet alleen oud worden. Maar ik ben zo bang dat ik niet anders kan.

~

Het lukt me niet in slaap te komen. Ik zweet, ik draai, ik probeer met ademhalingsoefeningen de onrust te bezweren. Ik denk aan de onvermijdelijkheid van het alleen oud worden en sterven. Kinderen die me niet meer willen zien omdat ik hun vader heb verlaten. Ze hollen door mijn hoofd, op kleine mollige beentjes, ze huilen, lachen en praten. Wat hebben Karel en ik het lelijk gemaakt, ons gezin. Ik wil hem spreken. Ik wil mooie dingen zeggen als: ondanks dat het ons niet is gelukt, hou ik van je. Ik gun je liefde, ik gun je geluk, ik wil dat we vrienden blijven en elkaar vergeven. Ik wil hem vertellen dat hij altijd gelijk heeft gehad. Ik hield iets achter. Ik heb me niet volledig gegeven. Ik ben daar niet toe in staat.

Ik stap uit bed en loop naar het pleintje voor de receptie, de enige plek waar bereik is. De telefoon gaat lang over. Dan neemt hij op. Ik hoor meteen dat hij dronken is.

'Je drinkt dus weer.' Ik had me voorgenomen aardig te zijn.

'Heel weinig.' Karel schiet in een woedende lach en zegt dan: 'Ja, het is fantastisch hier, de kinderen genieten! Met jou ook alles goed?'

'Het is vrij intens allemaal, maar het gaat goed.' Mijn keel lijkt dicht te slaan.

'Weet je hoe laat het is? Ik dacht dat je niet mocht bellen, in dat kamp.' Hij legt extra veel minachting in dat laatste woord.

'Ik kon niet slapen. Ik mis de kinderen. En ik wilde je zeggen dat ik je het beste gun. Ik wil geen ruzie meer maken.'

'O. Nou...' Hij is even zonder woorden.

Ik denk aan hoe hij naast me zat toen Willem geboren werd, zijn hand op mijn voorhoofd. Zijn gekke dansje, het verdriet om de dood van zijn moeder. Hoe hij onze vorige hond begroef. Onze blikken van verstandhouding tijdens de oersaaie speeches op de uitgeverij. Wat is er godverdomme met ons gebeurd?

'Moest je dat zeggen van de kampleider?' vraagt hij smalend.

'Nee. Helemaal zelf bedacht. Want je bent ook de vader van mijn kinderen, de man met wie ik langer samenleefde dan met mijn ouders. Ik hoop dat we ooit in staat zijn om...'

'Spreek voor jezelf alsjeblieft,' onderbreekt hij me.

'Jij bent daar met een andere vrouw.'

'Dus?'

'Je brengt een andere vrouw in het leven van onze kinderen. Zij vatten dat op als: papa heeft een nieuwe vriendin.'

'Zeggen ze dat?'

'Nee, maar dat lijkt me vrij logisch.'

'Ze is ook een kennis van Joep en Mir en ze was toevallig in de buurt.'

'Die Joep en Mir hebben verdomd veel nieuwe kennissen ineens.'

En daar gaan we dan.

'Ik dacht dat Mir je beste vriendin was,' sneert hij.

'Ik dacht dat jij haar en Joep haatte.'

'Ze zijn er voor mij. Ik had dat niet verwacht, maar het is heel fijn. Troostrijk. Zoals zij niet van jou hadden verwacht dat je zomaar twintig jaar weggooit. Mir zegt dat je misschien in de overgang zit. Wat wil je nou? We praten hier alleen maar positief over je! En dan bel je me met zo'n toon!'

'Welke toon? Ik heb helemaal geen toon...'

Hij heeft opgehangen. Ik denk eraan hoe ik hem deze middag niet kon vermoorden. Nu zou ik daar geen enkele moeite mee hebben.

25

Weer word ik idioot vroeg wakker. Voor mijn deur hoor ik geschuifel en als ik hem opentrek, kijk ik recht in het verschrikte gezicht van Tandi. Ze verontschuldigt zich en maakt een serie kleine buigingen.

'Je thee en je juice,' zegt ze zachtjes. 'Kom je zo naar de meditatieyoga?'

'We beginnen toch pas om negen uur?' vraag ik slaperig.

'Ja, maar dit is facultatief. Kijk maar in je programma.'

En weg is ze, schuifelend naar de volgende deur. Ik kijk haar na. De schaduw van Jens. De enige van de groep over wie we niets weten. Mooi, zorgzaam en stil. Zo'n type dat je onmiddellijk vergeet. De ideale spion.

Ik zoek tussen de papieren op het houten bureautje, in de la en in de kledingkast, maar ik kan het programma niet vinden.

In de schemering van de ochtend ligt meer dan de helft van de groep in gemakkelijke kleding op hun matje. Ik ga zo onzichtbaar mogelijk op het mijne liggen. Gelukkig is Violet ook te laat.

'Wat een verrassing!' zegt ze.

'Ik wist helemaal niks van deze sessies,' fluister ik.

'Nu wel,' glimlacht ze. 'O man, ik had een nacht!' Ze rolt met haar ogen.

Tijd om door te vragen is er niet, want Tandi slaat op de gong. Violet legt haar vinger tegen haar mond en steekt haar tong uit.

We gaan op de rand van onze matjes staan.

'Reik naar de hemel met je handen,' zegt Tandi.

Ik steek mijn armen in de lucht.

'Stel je voor dat al je gedachten je verlaten, via je handen naar de hemel.'

Ik stel het me voor. Mijn gedachten blijven steken rond mijn borstbeen, om daar op mijn hartslagader te drukken. 'Gedachten die je verlaten door je handen.' Wie bedenkt deze teksten? Ik kan niet dieper ademen. We zakken naar voren. Wervel voor wervel.

'Leg nu je handen op je tenen.'

Ik kom niet verder dan halverwege mijn scheenbenen. Zelfs mijn wervels zijn mislukt. Het welbekende kreunen en steunen klinkt weer.

'Blijf ademen. Zet je schouders niet vast. Al je angsten, al je zorgen, blaas ze weg. In en uit. In en uit.' Dat zou even makkelijk zijn, als het zo werkte.

Het lijkt alsof we uren in deze positie moeten blijven staan. Het idee is dat we steeds dieper gaan ademhalen. Naar onze buik, onze flanken, ons bekken. Hoe doe je dat, ademen naar je bekken? Ik doe mijn best, maar rustig word ik er niet van.

Tandi rinkelt met een belletje. Iedereen springt met de voeten naar achter. Ik doe ze na.

'Nu ben je een kat die zichzelf uitrekt,' zegt Tandi.

Ik stretch. Mijn onderrug knakt.

'Probeer niet te luisteren naar de geluiden die je omringen. Focus op wat er vanbinnen gebeurt. Voel je buik, je blaas, je bekken, je yoni.'

'Nou en of,' giechelt Violet.

Ik kijk naar haar, hoe ze zich in een perfecte pose op het meditatiekussen vouwt. Ze kijkt stralend terug. Bedoelt ze dat ze vannacht seks heeft gehad?

Tandi humt zachtjes. Sommigen doen mee. Iedereen zit kaarsrecht, met de handen open naar de hemel. Ik vraag me af of de anderen ook pijn in hun rug hebben.

'Laat de pijn de pijn zijn. Gewoon pijn. Laat het daar waar je het voelt...'

Vanuit mijn linkerbil trekt het omhoog, langs mijn wervels naar mijn schedel, eindigend in mijn oogbollen. Met wie zou Violet het hebben gedaan? Er zijn niet zoveel opties, tenzij ze een of andere Italiaan is tegengekomen. Hans, denk ik. Op het dakterras. Zei hij niet dat seks het enige was waar hij voor leefde?

'Adem. Laat de zuurstof je pijn wegnemen. Misschien ben je verdrietig. Vecht er niet tegen. Het is het vechten, het verzet dat pijn doet.'

Ik probeer het. Pijn is maar pijn. Ik laat het daar waar het is. In mijn rug. Mijn nek. Mijn hoofd. Geeft niks. Mijn bovenbenen doen ook pijn. En mijn armen tintelen. Ik denk dat er iets wordt afgekneld. Ik zucht. Mijn ademhaling gaat nog steeds niet verder dan mijn middenrif. Ik draai met mijn hoofd en hoor het kraken bij mijn oren. Ik moet het loslaten, die gedachten aan Violet en Hans. Ik ben verdomme een volwassen vrouw en nog steeds alleen maar bezig met mannen. Wat doen zij ertoe? *Vies wijf.*

'Ontspan je kaken, je wenkbrauwen, je mond. Hou je ogen halfgesloten.'

Halfgesloten valt nog niet mee. Mijn ogen blijven kijken. Naar Violet en de zelfvoldane grijns op haar gezicht. Ik ruik chloor en kastanjes. De geur van seks. En als vanzelf dwaal ik af naar de geur van aarde, het geluid van de pruttelende fontein, de hand op mijn strot.

Ik verlaat het dakterras op een drafje, opgelucht dat de sessie voorbij is. Volgens mij ben ik de enige die niet ontspant, maar juist wordt opgejaagd door yoga en meditatie. Ik loop naar het dorp, over de glooiende heuvel aan de voet van de vulkaan. Nog een uur voordat de ochtendsessie van start gaat. Ik aai een poes, praat met de hond die dwars op straat ligt te bakken in de zon, maak een foto van de pornografisch paarse bougainville. Bij de kerk drink ik twee espresso's aan de bar en eet een croissant, naast vier oude mannetjes die discussiëren over prosciutto.

Als ik naar de wc ga en mijn telefoon check, zie ik een appje van Sofie.

Pap is niet te doen en ik heb kinderzeer. Wanneer kom je terug?

Ik bel haar meteen, maar ze neemt niet op. Dat doen mijn kinderen nooit. Appen is hun manier van communiceren. Ik wil daarheen. Nee, niet daarheen, ik wil hen hier. Ik bel Karel. Hij heeft zijn telefoon uit staan. Kinderzeer is niet zo erg. Even een zalfje halen bij de apotheek. Ik moet dus Mirjam bellen. Zij heeft zelf vijf kinderen, die regelt het wel.

'Hoi,' zegt ze koeltjes.

Ik zit nog steeds op de smerige wc. Met één hand veeg ik af en trek mijn onderbroek omhoog.

'Hé, hebben jullie het lekker daar?' Mijn stem is gemarineerd in schuld en schaamte.

'Het is hier fantastisch. Wel druk hoor, met zeven kids. Hoe is het daar, in het yogakamp?'

'Heel goed. Het is prachtig hier.'

'Stromboli, toch? Ik wist niet eens dat dat bestond. Maar goed. Heb je er wat aan?'

'Ik denk het wel. Even een weekje alleen met mezelf bezig zijn. Best verhelderend.' Ik hoor het mezelf zeggen. De lulkoek die we uitkramen.

'Misschien moet ik ook maar eens een keer zoiets doen. Lijkt me zalig, zo'n weekje voor jezelf.'

Ik voel haar ingehouden opgefoktheid.

'Ik kreeg een appje van Soof, maar die neemt niet op,' zeg ik.

'Ik dacht dat je daar helemaal niet mocht bellen.'

'Eigenlijk niet. Maar ik moet toch in ieder geval bereikbaar zijn voor de kinderen. En jullie, stel dat er iets gebeurt...'

Wat je had moeten doen, is blijven. Ik hoor het haar denken. Zoals ik. Het welzijn van je kinderen boven dat van jezelf stellen. De hele rit uitzitten tot ze veilig en wel op hun studentenkamer zitten. En daarna samen oud worden, omdat het te laat is voor een ander leven.

Hoe moeilijk is het? Je had bij ons kunnen zijn. Maar jij besloot niet meer mee te doen.

'Ze heeft kinderzeer?' zeg ik zacht.

'Ach, een paar plekjes. Ik ben al met haar naar de lokale huisarts geweest. Ze heeft een antibioticazalf gekregen. Ze baalt ervan, want het zit in haar gezicht, maar het stelt weinig voor.'

'Oké. Nou...' Ik zoek naar woorden. 'En Karel? Is hij een beetje te doen?'

'Hij is heel gezellig. Ik leer hem nu pas echt kennen. Hij kookt, danst, hij maakt iedere ochtend ontbijt na zijn schrijfuurtje.' En hard lachend: 'Hij is een stuk leuker dan Joep, eigenlijk. Maak je nou maar geen zorgen, je kinderen zijn in goede handen. En die trien gaat morgen weer weg. Stelt geen fuck voor. Je weet hoe mannen zijn, die hebben nu eenmaal een troostlapje nodig. Jij hebt je de laatste jaren ook niet geheel onbetuigd gelaten op dat vlak.'

'Maar ik hield de kinderen erbuiten,' zeg ik mat.

'Niet goed genoeg blijkbaar, want nu zitten ze ermiddenin.'

Ik heb zin om een bommetje op hun gezelligheid te gooien.

'Oordeel jij nu maar over jezelf.'

'Ik heb gekozen, Saar,' zegt Mirjam fel. 'Voor mijn gezin. Dat met Beer ligt achter me. Ik hoop dat je dit respecteert.'

'Tuurlijk. Leef lekker door met jullie leugens.'

'Dit verdien ik niet. Ik zit hier de puinhoop op te vangen die jij hebt aangericht, Saar.'

'En daar ben ik jullie heel dankbaar voor. Maar mij heb je laten vallen als een baksteen, en ik weet wel waarom. Omdat ik jouw spiegel ben. Al je angsten en verlangens zie je in mij. Je bent zo bang te eindigen als paria, dat je er van mij een maakt.'

Mirjam maakt een smalend geluid. 'Ze maken je wel wat wijs daar in dat kamp. Succes ermee, kind, wij gaan nu naar het strand.'

Ik hang op. Mijn handen trillen. Blij ben ik, zo blij dat ik eruit ben. Voor het eerst in lange tijd, misschien wel in mijn leven, ervaar ik een totaal vrij gevoel. Ik heb het gedurfd. En even ben ik trots op mezelf.

26

Op het dakterras staan grote zwarte dozen in de vorm van een grafkist. Jens zit in het midden, zijn benen onder zich gevouwen. Tandi steekt wierookstokjes aan. Er klinkt treurige vioolmuziek.

'Wat is dit?' vraagt Helene.

'Goedemorgen. Jullie mogen allemaal een kist uitkiezen,' zegt Jens.

'Oh my god,' stamelt Diane.

We pakken onze thee. In de grafkisten liggen kussens bezaaid met bloemblaadjes.

'We misten je op het dakterras gisteravond,' zegt Hans.

'Ik was vroeg naar bed,' antwoord ik.

'Harold en ik zijn nog naar het dorp gelopen. We hebben een hele leuke disco gevonden en tot drie uur gin-tonics gedronken.' Hij wijst naar zijn kist. 'Dit is precies zoals ik me nu voel.'

'Met zijn tweeën?' vraag ik.

Hij knikt. Zijn oogwit is roze.

'Waar is je zonnebril?'

'Daar laten liggen.'

'Wie gaat er met een zonnebril op naar de disco?'

'Ik. En met mij nog een paar honderd Italianen. Ga mee vanavond. Mijn bril ophalen.'

'Neem plaats, alsjeblieft, in jullie kist,' zegt Jens.

We stappen als een gehoorzaam minileger in de zwarte dozen. Behalve Harold, die eerst zijn stoel in de kist zet.

'Sorry. Ik kan niet liggen, met mijn rug,' zegt hij.

Jens staat op en wrijft met zijn gebalde vuist tegen zijn andere hand. 'Jij en Hans beginnen mij danig de keel uit te hangen. En meer mensen in de groep ergeren zich aan jullie gedrag.'

We kruipen allemaal iets dieper weg.

'Waar zijn jullie twee zo bang voor?' vraagt Jens.

'We zijn niet bang,' zegt Harold.

'Jawel, dat ben je wel. Kijk nou eens. Twee kleine bange mannetjes, niet in staat zich over te geven aan de heilige verbinding die we hier maken.' Jens begint te schreeuwen. 'What the hell doen jullie hier eigenlijk?'

Ik hoor Hans ingehouden lachen.

'No, seriously. Ik vind dat we moeten stemmen. Wie vindt dat Hans en Harold de groep moeten verlaten?'

Ik hou mijn adem in en staar naar de bloemblaadjes op het rode kussentje dat voor me ligt. Ik ben hier niet. En ik ga al helemaal niet stemmen.

'Sorry, Jens, wij willen niet weg. Toch, Hans?' zegt Harold.

Ik denk dat Hans zijn hoofd schudt.

'Ik weet dat sommigen van jullie geremd zijn door hun aanwezigheid,' roept Jens. 'Wie vindt dat Hans en Harold dit proces verstoren, moet naar voren komen. Eerlijk zijn en voor jezelf opkomen werkt helend. Voel jullie macht.'

Aan Hans' zucht te horen steken enkelen hun hand op. Ik moet iets doen. Ik heb ook macht.

Ik kuch. En zeg dan zachtjes: 'Als zij gaan, ga ik ook.'

'Ik hoor je niet,' zegt Jens.

'Als zij gaan, ga ik ook,' zeg ik nu harder.

Ik kijk Jens aan. Hij spreidt zijn neusvleugels en kijkt dan naar Violet, wier hoofd tussen haar schouders hangt.

'Well, beautiful. Violet. Wat vind jij? We geven jou de laatste stem.'

'Ze moeten blijven,' zegt Violet.

Diane slaat haar armen over elkaar.

'Kwam jij vannacht niet in tranen naar mijn kamer?' vraagt Jens met een triomfantelijke blik in zijn ogen.

'Het ging daar niet over,' zegt Violet.

'Ah. Maar je zei dat je je geminacht voelde. Niet serieus genomen. Buitengesloten.'

Violet schudt huilend haar hoofd.

Helene probeert de boel te lijmen. 'Geef ze nog een kans, Jens. Iedereen verdient dat. Ik denk dat ze nu hun lesje wel geleerd hebben.'

Violet kijkt van de een naar de ander, met paniek in haar ogen. 'Ik heb niet geklaagd,' zegt ze dan, met overslaande stem. 'Ik mag Hans en Harold heel graag. Echt!'

'Je zei tegen me dat ze je uitkleden met hun blikken. Dat ze zich opdringen aan kwetsbare vrouwen. Dat je je niet kunt openstellen tegenover hun cynisme. Ze lachen ons uit.'

Tranen druppen van Violets kin. Ik ken haar nog niet goed, maar kan me niet voorstellen dat Violet zoiets doet. Ze ging dus naar Jens' kamer. Heeft ze dan met hém seks gehad?

'Ik heb dat nooit gezegd. Ik wil dat ze blijven.' Ze perst haar lippen op elkaar. Jens loopt naar haar toe en gaat wijdbeens voor haar kist staan.

'Kom. Sta op.'

Ze gaat staan.

'Kijk me aan.'

Ze beeft en kijkt hem recht in de ogen. Jens spreidt zijn armen en even duikt ze in elkaar. 'Je hebt gekozen,' zegt hij. 'Ik ben zo trots op je. Kom hier. Je bent zo sterk. Kom.'

Helene begint van opluchting te applaudisseren. De rest is muisstil. Dit is het moment waarop we eruit zouden moeten stappen. Maar dat doen we niet. Ondanks alles willen we bij de groep horen. Meer dan voor afwijzing, zijn we bang af te wijzen. Minutenlang omhelzen ze elkaar. Daarna laat Jens Violet los en verzoekt haar weer te gaan zitten.

'Voelden jullie het?' vraagt Jens aan ons.

We knikken bedeesd.

'Pure angst. Bloed dat stolt in je aderen. In je borstkas een kolibrie, trillend, schokkend. Alles in je maakte zich klaar. Moeten we vluchten? Vechten? Verstarren? Wie kiezen we? Heulen we met de vijand, zijn we in verzet? Waarvoor was jij bang, Diane?'

'Conflict,' zegt ze. Haar hals is bezaaid met rode, vlekkerige strepen.

Jens wijst naar Helene. 'Jij?'

'Bang om gedwongen te worden te kiezen.'

'En jij, Violet?'

'Ik ben helemaal niet bang. Ik ben woedend. Je hebt mij voor schut gezet, en onterecht beschuldigd van iets. Ik wil dat je het rechtzet.'

'Jouw angst is dus uit de groep gestoten te worden, ontmaskerd te worden, beroofd van je reputatie, voor eenzaamheid, uiteindelijk,' zegt Jens.

'Nee. Mijn angst is om ingezet te worden als pion, als onderdeel van een therapeutisch spel. Wat jij daarnet over mij zei, is niet waar.' Ze zit rechtop, bevroren als een sfinx.

'Daar gaat het nu niet om. Iedereen ervaart de waarheid anders. We zetten de waarheid naar onze hand, poetsen haar een beetje op, maken haar zwarter, al naar gelang het in ons verhaal past. We hebben het hier over angst. Ik heb jullie hier net mee geconfronteerd. Hans, wat voelde jij?'

'Onrecht. Machtsmisbruik.'

'Dank je. Sara?'

'Verlamming. Alsof ik buiten mezelf trad.'

'Dus? Waar was je bang voor?'

'Ik weet het niet. Alles.'

'Controleverlies, Sara.' Jens kijkt me nu strak aan.

Ik heb geen idee of dat mijn grootste angst is en ik zeg 'ja' om ervanaf te zijn.

'*Still*,' begint Harold, vanaf zijn stoel in de kist, 'ben je Violet excuses verschuldigd, Jens.'

'Ik ben helemaal niemand iets verschuldigd,' zegt hij. Hij gaat opnieuw wijdbeens en met zijn handen in zijn zij tegenover Violet staan, die daardoor recht tegen zijn kruis aan kijkt. 'Ik moet jullie de fysieke sensaties van angst laten ervaren. Dat kan alleen maar door te spelen met jullie zwaktes.'

'Heeft Violet dat nu gezegd over ons, of niet?' vraagt Harold nogmaals.

'Dat houden Violet en ik voor onszelf. En jij mag kiezen wie je gelooft. Wat jouw waarheid is. Mijn waarheid is dat er mensen in deze groep zijn die zich niet durven over te geven aan mijn lessen vanwege jullie kritische houding. Doe daarmee wat je wil. Zullen we nu aan het werk gaan?'

We moeten in de kist gaan liggen, onze handen gekruist over de borst. Tandi geeft ons allemaal een bloem.

'Onze allergrootste angst,' buldert Jens, 'is de angst voor de dood. En dat is logisch. We worden voortgedreven door overlevingsdrang vanaf de dag dat we de baarmoeder verlaten. Al jullie angsten komen hieruit voort. Want eenzaamheid, controleverlies en uitstoting, het zijn allemaal symbolen van de dood. Gisteren hebben jullie gemoord, vandaag sterven jullie. Sluit je ogen en voel hoe je daar ligt. In je kist.'

Er klinken gitaren. Sommigen beginnen angstig te jammeren.

'Ik kan dit niet. Ik heb claustrofobie,' huilt iemand.

'Je kunt dit wel,' zegt Jens nu vaderlijk. 'Blijf liggen en adem, vijf seconden in, vijf seconden vasthouden, en vijf seconden uit. Wanneer je de ontspanning voelt, probeer dan het vasthouden van je adem te rekken.'

Ik luister naar David Gilmour, die 'Wish You Were Here' zingt, en besluit niet aan mijn dood te denken. Op de achtergrond hoor ik Tandi fluisteren: 'It's okay, laat het gaan. Blijf gewoon ademhalen.'

'Bedenk hoe goed je leven geweest is. Hoe klein je problemen eigenlijk waren,' zegt Jens.

Ik weet mijn adem bijna dertig seconden in te houden.

'Naast je kist staan je geliefden. Waar staat je kist? In een kerk? Op een veld? Aan zee? Visualiseer dit.'

Ik visualiseer helemaal niks. Het wordt zwart voor mijn ogen en zo zink ik weg in een soort halfslaap waarin ik mijn gedachten direct weer vergeet. Tot er een hand op mijn voorhoofd gelegd wordt en Tandi zegt dat ik het fantastisch doe. Jens praat langzaam en zacht, terwijl hij langs de kisten loopt.

'Je bent vrij. Vrij van pijn, van angst, van zorgen en stress. Je zweeft boven jezelf. Je weegt niets meer. Licht als een veertje. Je bent het licht. Je reist door de tijd, door de muren, door de harten van anderen. Je ziet alles, je kunt alles, zo transparant en fluïde als een zeebries. Kijk nu naar dat lichaam in de kist, je oude omhulsel. Kijk goed.'

Ik stel me voor hoe ik erbij lig. Mijn arme lijf waar ik nooit echt veel van hield. De striae op mijn buik. Mijn wegzakkende kleine borsten. De rechte benen en mijn volgens Karel dikke enkels.

Te dik?

Nee hoor, maar gewoon, niet smal. Lekkere stevige poten, goed geaard.

Ik wist niet dat er ook iets mis met je enkels kon zijn.

Niet mis. Echt Hollands.

'Zie hoe mooi je bent. Hoeveel mensen hebben van je gehouden? Denk hen om je kist heen.'

Mijn ouders staan er, mijn kinderen. Karel naast Derek. Mijn zus. Mirjam en Joep, hoewel ik betwijfel of ze echt van me hielden. Toch staan ze er, want zo zijn ze. Die missen geen begrafenis, om daarna te kunnen vertellen hoe verdrietig het allemaal was. Dan buigt er een man over mijn kist. Naakt. Hij grijpt me bij mijn heupen, zijn hand om mijn keel. Ik ruik bedorven vlees. Zijn adem. *Vies wijf.* De harige billen die op me inbeuken, de gekromde rug, zijn kalende kop die zich vastzuigt aan mijn hals, de hand om mijn kaken. Ik kan niet bewegen, niet schreeuwen of bijten, niet schoppen of slaan. En dan begint het weer helemaal opnieuw.

Ik schiet overeind, happend naar lucht. Had dan ook je bek gehouden, zegt een stem in mijn hoofd.

'It's okay.' Tandi houdt mijn gezicht vast en kijkt me aan met haar licht loensende ogen. 'Je bent hier. Bij ons.'

'Ik denk dat ik moet spugen,' zeg ik.

Tandi heeft al een emmer paraat. 'Je hebt een herbeleving. Dat gebeurt vaker met deze oefening. De ademhaling brengt je naar je onderbewustzijn, naar een plek waar al je pijn ligt opgeslagen. Dat moet je opruimen.'

Het is alsof ik alle groene smoothies van de hele week uitkots.

'Kijk eens wat mooi. Zie je? Alles komt eruit. Je reiniging is begonnen.' Haar handen gaan over mijn rug tot ik klaar ben, waarna ze me een glas water geeft met een schijfje citroen.

'Ik wil niet meer terug,' zeg ik. 'Ik ga die kist niet meer in.'

'Dat hoeft niet,' zegt ze. 'Maar zie je de stappen die je maakt? Dit is nu zo fijn aan ons werk. De groei van onze gasten.' Met een koud doekje dat naar rozemarijn ruikt veegt ze mijn gezicht schoon, maar de kots blijf ik ruiken.

27

Ik drink de thee van Tandi op mijn terras dat begroeid is met fuchsia en geurige jasmijn. Daarachter de zee waarop een dozijn kleurrijke vissersbootjes dobbert, tussen de witte luxejachten. Ondanks al deze schoonheid blijf ik het zien. De man die op me ligt De pruttelende fontein. De hand op mijn keel. Een eindeloze diashow in mijn hoofd. Ik had er niet over moeten praten. Mijn kop moeten houden. Gedurende al die jaren dat ik het negeerde, had ik de diashow redelijk onder controle. Nu ben ik niet opgelucht en bevrijd, integendeel: ik lijk meer een gevangene van het verhaal dan ooit.

Diane komt de kamer naast me uit lopen. Ik staar naar haar lichaam, gehuld in een rode bikini. Ze is wit als albast, met een roodverbrand decolleté en de buik van een moeder. Opeens schaam ik me weer. Zij verloor haar kind. Ik zit hier zielig te doen over iets wat misschien tien minuten duurde en vijfentwintig jaar geleden is gebeurd.

Ze geeft me een cadeautje. 'Van Harold.' Het is een servet met een tekening van de spuwende vulkaan, dichtgebonden met een rood touwtje. Ik maak het open. Erin liggen een miniatuur limoncelloflesje en een pakje met vijf sigaretten.

Diane pakt een stoel en komt naast me zitten. Ze zet haar blote voeten tegen het hekje. Haar teennagels zijn gelakt in de kleur van haar bikini.

'Het is *quite an experience*,' zegt ze en ze aait liefdevol over mijn knie.

Ik kan alleen maar knikken.

We zijn samen stil. Dan zegt ze met hoge stem: 'Nou! Kom op met die sigaretten!'

Ik haal het cellofaan van het pakje en geef er een aan haar.

'Ik heb vijftien jaar niet gerookt,' zegt ze lacherig. 'Maar nu heb ik er zo'n zin in. Even een dikke middelvinger naar iedereen opsteken.'

'Het is eigenlijk een "fuck you, dood",' zeg ik en ik leg mijn voeten ook op het hek.

'Ik ben er zo bang voor,' zegt Diane. 'In die kist... Wat een vreselijke sessie. Sinds Peters dood, of eigenlijk sinds zijn geboorte. Vanaf de dag dat ze zijn kleine, dappere lijfje in mijn armen legden: iedere dag was ik bang hem te verliezen, hem te beschadigen. En je weet, dat gaat gebeuren. Je gaat hem beschadigen en verliezen. De eerste buts zat er al op toen mijn man me verliet. Daarna werd het moederschap mijn levensmissie. Ik was niet meer dan dat en meer ambieerde ik ook niet. Maar uiteindelijk is dat misschien wel wat hem over het randje duwde. Hij kon die verantwoordelijkheid helemaal niet aan. Een moeder die leefde bij de gratie van zijn liefde en zijn succes. En ik was zo trots. Mijn zoon, die ik alleen had grootgebracht. Ik mocht dan mislukt zijn, hij was gelukt. Ik zag het niet, hoezeer hij leed.'

Ik zoek naar woorden, maar heb ze niet.

'Ik kan me zo voorstellen dat jij doodsbang bent,' gaat ze verder. 'Je hebt je man verlaten. Je toekomst is totaal onzeker. Je kinderen zijn boos en verdrietig en duizenden kilometers verderop. Het is niet makkelijk een nieuwe liefde te vinden. Geloof me, ik heb het geprobeerd. Maar het idee alleen oud te worden is zo overweldigend eng. Ik durf er niet eens aan te denken. En niemand durft dat, want ze zeggen allemaal: welnee, je gaat iemand tegenkomen, ik weet het zeker. Je bent zo'n leuke lieve vrouw, op een dag komt hij en dan lach je erom.'

Ik grinnik. 'Dank je, Diane, door jouw opbeurende praat voel ik me ineens een stuk beter.'

'O gosh. Yes. Sorry daarvoor.'

Ze pakt een fles zonnebrand uit haar strandtas en begint zich driftig in te smeren.

'Maar... Jij dráágt het allemaal zo,' zegt ze. 'Je relativeert. Je mag best weleens zeggen dat het bijzonder kut is en zeer verdrietig. Wat jou is overkomen.'

Ik druk met mijn vingers op mijn borstbeen. Het doet pijn.

'Heb jij het ook,' begin ik aarzelend, 'dat je soms in de spiegel kijkt, of naar je benen, of je voelt je eigen arm en dat je je ineens realiseert dat je iemand bent? Een mens, zoals de anderen? En dat je je realiseert dat je dat totaal vergeten bent? Dat je een soort machine bent geworden? Dat is denk ik wat ik nu voel: ik ben een machine. En eigenlijk ben ik dan op mijn best. De machine die kookt, die neukt, die lacht, nooit nee zegt, stukjes schrijft en luistert op verzoek.'

'Dat is wat ik bedoel. Flikker op met die machine. De machine is kapot. Halleluja!' roept Diane.

'Hi ladies.'

Harold heeft nog steeds dezelfde korte broek en zijn Hawaïblouse aan. In zijn rechterhand een blikje bier. Ik ga staan en sla mijn arm om zijn schouders. Ik geef hem een kus op zijn rasperige wang en bedank hem voor zijn cadeautje. Ik voel een klein schokje door hem heen gaan. Hij haalt zijn schouders op.

'Je was zo verdrietig,' zegt hij en hij veegt het zwarte zand van zijn voeten. 'Het is zo obsceen mooi hier. En wij zijn zo obsceen lelijk bezig daarboven. Fascinerend is het.'

'Jij zou zo'n retraite moeten leiden, Harold. Dan kwam ik zeker ieder jaar terug,' zegt Diane.

Hij lacht schor. 'Ik zou het precies zo doen als Jens. Iedereen gek manipuleren en tegen elkaar uitspelen, de mooisten neuken en me ziek lachen om al die grietjes die me blind geloven. En me iedere avond voor het slapen afrukken bij mijn banksaldo. Maar even serieus.' Harolds gezicht wordt donker.

'Wat dan?' vraag ik.

'Dat geflikflooi van Jens met Violet. Zo voorspelbaar. En zo slecht,' zegt hij met ingehouden woede.

'Violet en Jens?'

'Zo zijn die types. Pikken de kwetsbaarste eruit, niet geheel toevallig ook nog de mooiste. No offense.'

Natuurlijk is Violet de mooiste. Dat zie ik ook wel.

'Het is de gouden combinatie: schoonheid en extreme behoefte aan bevestiging. Vleugje angst voor ouder worden en niet meer te worden gezien, et voilà, de perfecte prooi.'

'Je klinkt jaloers,' zegt Diane.

'O ja, zeker.'

'Ga nou maar mee zwemmen, dear. Straks is het feest.' Diane staat op en pakt haar handdoek van de waslijn die onze terrassen van elkaar scheidt.

'Feest?' vraag ik.

'Ja, we zijn over de helft. We moeten iets moois aantrekken en Tandi heeft een feestmaal bereid. Vermoedelijk iets met bieten. Jezus, Saar, lees het programma nou eens!' lacht Harold.

Ik heb kennelijk ook de e-mail niet goed gelezen waarin stond wat je allemaal mee moest nemen. Ik heb twee bikini's, drie yogabroeken, tien T-shirts, zeven onderbroeken, twee beha's en een paar slippers bij me. Zo goed als ik voor mijn gezin kan inpakken, zo slecht doe ik het voor mezelf. Maar het is ook het perfecte excuus om te moeten winkelen, dus ik loop weer over de keitjes langs de witte muren en de citroenbomen naar het dorp, dat zo mooi tegen de donkere helling schittert in de zon. Ik koop een zwarte T-shirtjurk die ik vind in een van de vele toeristenwinkels tussen rekken vol gebatikte kaftans en witte breisels. Daarna haal ik een puntzak gefrituurde *arancini*, rijstballetjes met mozzarella, bij de pizzeria. Ik ga op een bankje zitten op het plein voor de kerk, tussen de dorpelingen en toeristen. Achter de kerk rijst de vulkaan op, onverzettelijk en streng. Dan zie ik Tandi lopen, iets minder lichtvoetig dan normaal, sjouwend met drie volle boodschappentassen. Vreemd eigenlijk dat zij en Jens alles weten van ons, en wij niets van hen. Ongegeneerd vertellen we hun ons hele hebben en houwen, we krijsen, janken, kotsen en slaan onze ouders dood in hun bijzijn. Ze zien meer van ons dan onze geliefden ooit zullen zien, maar van hen zien we niets. We maken heiligen van ze, volgen hun regels, staan ze toe om met onze gedachten en gevoelens te experimenteren, alsof ze beter zijn dan wij. Nu ik Tandi zie sjokken, met een gezicht op onweer, weet ik weer dat ze gewoon een mens is, die haar werk doet.

'Tandi,' roep ik en ze kijkt om. Als ze me ziet, is het vertrokken gezicht verdwenen en zet ze haar heilige glimlach op. Ik loop naar haar toe en vraag of ik een tas kan overnemen.

'Graag,' zegt ze.

Samen wandelen we terug in de lage zon. Ik vraag haar of ze nooit moe wordt van al die ongelukkige, zoekende mensen.

'O nee,' antwoordt ze. 'Iedere dag zie ik wonderen. Jens heeft me weer in contact met mijn ware zelf gebracht. Daar ben ik hem eeuwig dankbaar voor. En iedere dag weer, ook door de sessies met jullie, ontrafel ik nieuwe lagen van negatieve patronen in mijn onderbewustzijn. Ik ben net zo goed een leerling als jullie.'

We staan even stil en ze ademt diep in. 'Kijk om je heen. Bestaat er een mooiere plek, een heerlijker geur, een warmere zon?'

'Ik denk het niet,' zeg ik braaf.

'O vast wel. Het kan altijd beter, mooier, perfecter. Maar nu, hier, voor ons niet. En dat besef maakt me zo dankbaar. Ooit was er pijn en eenzaamheid. Dankzij Jens voel ik iedere dag als nieuw. Ik ben een veel eerlijker, kwetsbaarder en liefdevoller mens geworden. Dat is zo'n groot geschenk. Dat ga jij ook ervaren, let maar op.'

Ik kijk naar haar frêle gestalte. Op haar bovenlip liggen zweetdruppeltjes. Dat is het enige menselijke aan haar.

'Weet je,' zegt ze en ze staart me met heldere ogen recht aan, 'als ik je een advies mag geven: geef je over. Aan hem. Jens heeft mij gevraagd als rechterhand omdat ik mensen kan lezen. Ik voel hun energie, hun blokkades, hun behoeftes. En bij jou voel ik een groot verzet. Jouw ervaring heeft ertoe geleid alles en iedereen te wantrouwen. Die vette rotzooi die je daarboven zat te eten, het roken en drinken, dat is ook verzet. Jij denkt dat je daardoor autonoom bent, dat het je controle geeft. Dat zien we hier veel bij slachtoffers van seksueel geweld. Je wil nooit meer de macht uit handen geven. Terwijl het je zoveel gelukkiger zou maken Jens toe te laten. Te stoppen met die zelfdestructie.'

Ik weet niets anders uit te brengen dan: 'Oké.' Kippenvel staat op mijn armen. Dat ís natuurlijk ook mijn verzet.

'Ik was ooit danseres,' zegt Tandi. 'Ik toerde over de hele wereld. Ik had een eetstoornis, mijn bekken zat volledig op slot, ik gebruikte drugs om niets te voelen, te kunnen presteren. Tot Jens in mijn leven kwam. Ik kan eerlijk zeggen dat hij me bevrijd heeft. Na die week op het eiland vroeg ik hem of ik mocht blijven, ik wilde niet meer uit de heerlijke bubbel van verlichting en puurheid. Sindsdien doen we het samen. Hij heeft nog een paar assistentes, maar die doen de andere trainingen.'

We pakken de tassen weer op en lopen langzaam verder.

'Hebben jullie ook een relatie?' durf ik te vragen.

'Soms,' antwoordt Tandi zakelijk. 'Jens vindt dat vriendschappen fluïde moeten zijn.'

'En jij? Vind jij dat ook?'

'Ik heb gemerkt dat die vrijheid me wel bevalt. Het is een ontdekkingsreis waarin ik soms wel tegen mijn verzet en mijn aangeleerde patronen aan loop. Maar het heeft me geopend op alle niveaus. Ik zie seks nu als een geschenk. Je kunt het geven en ontvangen. Maar het is nooit je bezit. Het is iets wat je doorgeeft, in een kring. En je krijgt het altijd weer terug als je nederig bent.'

Opnieuw verbaast het me dat intelligente jonge vrouwen als Tandi vallen voor dit soort pseudo-religie. Kennelijk hebben velen van ons nog steeds behoefte aan een God, een geloof, een overtuiging dat alles met nederigheid en opoffering op te lossen is, dat er een betere wereld wacht en ze daar enige invloed op hebben door te mediteren en seks te hebben met een zelfbenoemde leider.

Bij het hotel aangekomen, horen we het in de verte rommelen. Het klinkt als naderend onweer. Tandi neemt de tas van me over en verontschuldigt zich. Ze moet het feestmaal voor vanavond gaan bereiden.

'Aiai,' zegt het mannetje dat de geraniums voorziet van water. 'Il vulcano ci avverte!' Zijn schelle lach toont een slecht verzorgd gebit. Ik weet niet wat hij precies bedoelt. Ik denk aan de bordjes die overal staan om ons te vertellen wat te doen bij een vulkaanuitbarsting. ALS DE SIRENE KLINKT, DIENT U HET KUSTGEBIED ONMIDDELLIJK TE VERLATEN.

'Is het ooit zover gekomen?' vraag ik aan de tuinman. 'Dat de vulkaan echt uitbarstte?'

De man kijkt me niet-begrijpend aan.

'Vulcano? Boem?' Ik boots met mijn armen een explosie na.

'Ah! Si! Si! Nel duemiladue! Un maremoto di venti metri...' Hij pakt me bij de pols en begint het hele verhaal. 'Tutto distrotto sul mare, ma la gente era tutto al piano di sopra, nella chiesa! Dio è intervenuto.'

Hij slaat een kruis en legt zijn handen tegen elkaar. Ik spreek geen woord Italiaans. Uit zijn woorden en grote gebaren maak ik op dat er ooit een uitbarsting is geweest waarbij de mensen het overleefden dankzij God. Opnieuw horen we gerommel. Ik meen zelfs te voelen dat de grond een beetje schudt.

'Non avver paura, bella donna, questo è molto normale. Viviamo qui con la luce et con l'oscurita della terra.' Ik hoef niet bang te zijn, denk ik dat hij zegt. Het gemor van de vulkaan is volkomen normaal. Op Stromboli leer je vanzelf te leven met de lichte en de donkere kant van de wereld. Ik glimlach naar de man van de geraniums en sla net als hij een kruisje.

28

Opgewonden staan we om vijf uur 's middags te wachten bij de receptie. Na al die zwaarte zijn we toe aan iets leuks en oppervlakkigs. Harold heeft een ander Hawaïshirt aan, iets met een ondergaande zon en springende dolfijnen. Hans staat naast hem, in een wit T-shirt en een afgeknipte spijkerbroek. 'Noem je dat feestelijk?' zegt Diane snibbig terwijl ze driftig met muggenspray spuit. De rest van de groep verspreidt een bedwelmende patchoulilucht. Violet heeft besloten de hoofdrol te spelen, in haar zeegroene kaftan, haar gezicht is rodeloperproof. Ze lijkt nerveus.

'Dat was heftig hè, vanochtend,' zegt ze.

We ontwijken elkaars blik. 'Ja.'

'Ik weet nog steeds niet wat ik ervan moet vinden.'

'Ik wel,' zeg ik. 'Jens zette je totaal voor schut. Hij gebruikt jou om ons tegen elkaar uit te spelen.'

'Nee, dat geloof ik niet. Het is onderdeel van het leerproces. Ik denk dat ik het nodig had. Ik kwam echt bij mijn diepste verzet.'

'O god, jij gaat ook al zo praten,' zeg ik.

'Violet! Kom op zeg.' Harold slaat met zijn hand op zijn voorhoofd. Wanneer Jens aan komt lopen in een wit linnen pak, met Tandi in zijn kielzog, valt er een gespannen stilte.

'Lieve fellows. Wat zien jullie er prachtig uit. Sta even stil bij je eigen schoonheid.'

De meesten doen als Jens en Tandi, vouwen hun handen voor het gezicht en sluiten hun ogen. Wij niet. Wij zijn als de pubers die weigeren te bidden aan tafel.

Dan rijden er Piaggio's voor.

'De taxibusjes zullen ons naar mijn lievelingsplek brengen,' zegt Jens. 'Waar ik iedere zonsopgang mijn ochtendmeditatie doe. Daar staat een feestmaal voor jullie klaar. Ik ben blij dat jullie allemaal zo je best hebben gedaan je zo mooi mogelijk aan te kleden. Vooral Harold. Dat viel vast niet mee voor hem. Maar...' Hij heft zijn vinger in de lucht en houdt even zijn adem in. 'Deze avond gaan we ook aan het werk. Hoewel er eten en drinken is – nee Harold, geen alcohol – gaan we wel een sessie doen. Dus, als we zo rijden, wil ik dat je twee vragen formuleert. Liefst de vragen die je naar From Fear to Love, mijn levenswerk, brachten. Daar gaan we mee aan het werk. Wie geen concrete vragen heeft, haalt een herinnering op aan de periode waarin je je het meest verlaten en niet geliefd, gezien of erkend voelde door je familie. Want de meeste angsten die jij ervaart, zijn je ingeprent en aangeleerd door je familie, bewust of onbewust.'

'We hebben ze net omgebracht,' zegt Hans.

'Vanavond wordt er niemand vermoord. Vanavond gaan we vergeven en begrijpen.'

We klauteren in de kleine busjes, die ruiken naar oude sigarettenrook en knoflookzweet. Dan rijden we weg, door de smalle witte straatjes, tot we de zee zien en de bijna ondergaande zon achter hoog wuivend riet.

'Het is zo mooi hier,' zeg ik tegen Hans, die naast me zit, opgepropt in het midden. Ik ben me bewust van zijn arm, die hij achter me heeft gelegd. Ik wil ertegenaan leunen, maar ik durf niet. Ik denk aan de dag dat ik thuiskwam, na het feest, vijfentwintig jaar geleden. Mijn vader zat de krant te lezen, mijn moeder aan de grote eettafel tussen de papieren. Ze was de administratie aan het doen en vroeg aan mij of het leuk was bij Annemarie. Ik wilde bij haar op schoot zitten en huilen, maar ik zei dat het heel gezellig was en liep naar mijn kamer. In de spiegel bekeek ik de striemen en blauwe plekken op mijn borst en dijen. Het was een warme, zonnige dag, die eerste dag van mijn bodemloze eenzaamheid. Ik bedacht dat ik de morning-afterpil moest halen, maar waar en hoe? Op mijn bureau stond een foto van mij als blote kleuter, een mollig blij kind, stralend in het zand. *Wat zou je willen dat ik vroeg, Jens?*

Als we aankomen op een open veld, omgeven door lage struiken vol kleine gele bloemetjes, zuchten we allemaal even. Links van ons ligt de vulkaan en rechts de zee vol slaperige vissersbootjes. Daarachter een dieprode zon die de Caran d'Acheblauwe lucht oranje kleurt. Op het veld staan twee lange, versierde tafels vol schalen met eten naast een kring van witte plastic stoelen op een rood, rond kleed.

'Please, bedank Tandi en Moeder Aarde voor al dit heerlijke eten dat zij ons beiden geven iedere avond.' Jens maakt een buiging naar de kleine Indiase, die voor de gelegenheid een roze zijden doek draagt. Tandi buigt terug en nodigt ons met een handgebaar uit toe te tasten.

'Het is allemaal veganistisch,' zegt ze er geruststellend bij. Helene kirt van genot.

We pakken een bordje dat we volladen met groentecurry's en salades. In de kring eten we gulzig en in stilte. De meesten hebben de afgelopen drie dagen alleen maar sap gedronken.

'Hoe hebben jullie de reiniging ervaren?' vraagt Jens.

De groep kwettert enthousiast door elkaar heen.

'Ik voel me ontzettend schoon en licht.'

'Ik kon aan mijn ontlasting zien dat ik al mijn gifstoffen aan het lozen was.'

'Mijn geest is zo helder nu, ik vraag me af of ik wel weer wil gaan eten.'

'Het hoeft niet,' zegt Jens. 'Ik ken veel teachers die leven van licht.'

De blinde volgers hangen aan zijn lippen.

'Voor tachtig procent worden we gevoed door lichtenergie, met voedsel bevredigen we slechts twintig procent van onze energiebehoefte. En daarvoor lijdt onze planeet. En wij lijden onder al onze overtuigingen. "Als ik niet eet ga ik dood" is daar een van. Ik ben een periode helemaal gestopt met eten, en ik leef nog.'

'Maar waarom doe je het nu niet meer?' vraagt Helene.

'Omdat ik eten lekker vind. En ik weet nu dat ik er niet afhankelijk van ben. Ik kan zonder en ik kan met. Maar ik ben bevrijd van de overtuiging, ofwel de angst dat ik voedsel nodig heb om te kunnen functioneren.'

'Wat zijn jouw vragen?' fluistert Violet.

'Geen idee. Ik heb er duizend,' antwoord ik.

'Ik vind mijn vragen zo oppervlakkig. Moet ik mijn kinderwens opgeven? Vind ik ooit een normale man? Verder kom ik niet.'

'Dat zijn meer vragen voor een waarzegger.'

'Het zijn de vragen die me dag en nacht achtervolgen.'

'Ik heb wel een vraag aan jou,' zeg ik. 'Ben je verliefd op Jens?'

'Ik leer van hem. Het is een soort shocktherapie.'

'Dus hij heeft je vannacht je yoni doen voelen.'

Violet glimlacht als een winnaar. 'Ik weet wat je denkt. Die arme Violet laat zich gebruiken door de teacher. Maar zo zit het niet. Ik ben zelf naar hem toe gegaan. Ik voelde me zo verloren, had de ene angstaanval na de andere. Er wordt nogal wat getriggerd in de groep, toch? En toen dacht ik: je bent hier godverdomme bij een man die beweert je van je angsten af te kunnen helpen. You fucking paid for this shit. Dus vraag dan ook om hulp.'

'En toen neukte hij je.'

'Nee, dat vloeide eruit voort. Er is iets tussen ons, ik weet niet wat. Ik moet het uitzoeken. Iets heeft me hiernaartoe geleid, naar hem.'

'Ja, internet.'

Ik wil haar zeggen dat het niet oké is wat hij met haar doet. Dat hij waarschijnlijk in iedere groep die hij leidt iemand vindt met wie hij iets moet uitzoeken, niet geheel toevallig de knapste. Maar ik hou mijn mond, omdat het zinloos is. Zij is de vrouw die wil zijn met de man die ze de meeste macht toedicht. Ik weet niet wat dat is met ons vrouwen, dat we niet zelf de macht willen, maar er wel graag naast staan te stralen.

Harold komt tussen mij en Hans in zitten. Jens vraagt geïrriteerd of Violet en ik uitgepraat zijn.

'Ik hoop dat jullie je vragen hebben geformuleerd en voor jezelf hebben gehouden. Want wat we gaan doen is een rollenspel en het is wel zo fijn als de anderen niet op de hoogte zijn van jouw issues. Jullie gaan leren dat alles wat wij doen en denken, alles wat we zijn, eigenlijk is verbonden met onze voorouders. Al hun onverwerkte leed komt bij ons terecht. We zijn met hen verbonden door existentiële loyaliteit. Als bijvoorbeeld jouw voorouders gewelddadige relaties hebben gehad, kies jij ook voor een gewelddadige relatie. Als jouw voorouder vreemdging, ga jij ook vreemd. Had jouw grootouder problemen met geld, dan zul jij die ook ervaren. Er zijn natuurlijk ook uitzonderingen en dat geldt meestal voor de buitenbeentjes, de mensen die gedwongen worden te overleven door juist anders te zijn, door op zichzelf terug te vallen.'

Jens zet zijn handen op zijn knieën en kijkt de groep rond. Zoals altijd wanneer het over familie gaat, voel ik een mist optrekken. Het maakt me ongemakkelijk. Nog voordat ik iets gezegd heb, voel ik me al een verrader.

'Van deze patronen die wij meedragen, zijn we ons niet bewust,' gaat Jens verder. 'Diep vanbinnen denken we dat het leven nu eenmaal zo is. We zijn als onze voorouders. We willen misschien wel anders leven, maar onze wortels bevinden zich in hun problematiek. Met deze methodiek worden we ons bewust van waar onze wortels huizen. We gaan zo, aan de tafel die Tandi nu klaarmaakt, om beurten onze familieleden neerzetten. Niet je hele familie, maar die personen die van belang zijn voor je vragen. We bootsen het kerstdiner na. Jij kiest wie jouw vader, moeder, echtgenoot of jou moet symboliseren. Je mag ook iemand die geen familie is aan tafel zetten, mits hij of zij betrekking heeft op je vraag, of je probleem.

Jullie hebben allemaal tien minuten. Kies met je intuïtie. Hans, jij bijt de spits af.'

Hans kiest Violet als zijn moeder.

'Kan ik ook jou kiezen?' vraagt hij aan Jens.

'Aangezien er maar drie mannen zijn, ja.'

'Dan ben jij mijn vader.'

'Oké. Waar zet je ons neer?'

Hans wijst naar het hoofd van de tafel. 'Hier zit pap.'

Daarna zet hij Violet rechts naast Jens.

'Harold, wil jij mij zijn?'

Harold staat op en trekt zijn broek hoger. Hans zet hem naast Violet.

'Tandi, doe jij de coaching?' vraagt Jens.

Tandi loopt om de tafel heen. 'Ik kijk naar jullie lichamen,' zegt ze, terwijl ze onzeker aan haar lip trekt. 'Wat vind je van hem?' vraagt ze Violet, terwijl ze naar Jens wijst.

Violet slaat haar ogen neer. 'Hij is heel dominant. En afstandelijk.'

Jens legt zijn handen op tafel.

'Hij houdt niet van me. Hij wil weg.'

'En jij, vader van Hans, wat vind jij van haar?' vraagt Tandi.

Ik begrijp niet waarom Hans uitgerekend Jens en Violet als zijn vader en moeder heeft gekozen. Dit is heel pijnlijk om naar te kijken.

'Ze is lief, maar er is zo'n enorme afstand tussen ons. Ik voel me gevangen,' zegt Jens.

Ik kijk naar Hans en zie hem angstig naar de tafel staren.

'En wat vind je van hem?' Tandi wijst naar Harold, terwijl ze Hans aankijkt.

'Hij is een vreemde voor me. Hij is meer haar kind. Ik voel zo'n grote spanning. Hier is niet mee te leven.'

Harold lijkt ineens echt een jongetje van negen, ineengedoken naast zijn moeder.

'Hans, ga eens bij je vader zitten,' zegt Tandi.

'No way,' zegt Harold.

'Waarom niet?'

'Ik kan mijn moeder niet in de steek laten. Ze heeft me nodig.'

Bij Hans rollen de tranen over zijn wangen.

'Right,' zegt Tandi. 'Dit is wat ik zie: een jongetje dat tussen zijn vader en moeder in stond. Hans heeft de rol van de echtgenoot op zich genomen, en daarmee zijn vader de gelegenheid gegeven te vertrekken.'

'Hoezo heb ik dat gedaan, ik was een kind!' roept Hans.

Aan tafel legt Harold zijn hoofd tegen Violets borst. Zij streelt zijn hoofd.

'Wat betekent je zoon voor jou?' vraagt Tandi.

'Ik kan niet zonder hem. Hij is,' zegt Violet met bevende kin, 'het enige wat mijn leven zin geeft.'

'En jij, Hans?'

'Mijn moeder heeft me nodig. Ik zorg voor haar.' Harold staat op en legt zijn handen op Violets schouders. Dan loopt hij naar Jens en geeft hem een duw. Er gaat een zucht van ontzetting door de groep.

'Dus ga nou maar weg, slappeling. Laat ons. Ga lekker je eigen megalomane dingetjes doen.'

Jens steekt zijn armen in de lucht en lacht ongemakkelijk. 'Thank you, Harold, dit was de eerste keer dat je actief meedeed! De tien minuten zitten erop. Dank je, Violet, laten we nu naar de echte Hans gaan. Hans, wat zag je?'

Hans kan alleen maar met zijn hoofd schudden.

'Wat waren je twee vragen?'

'Had ik niet. Ik ging terug naar het moment dat mijn ouders nog bij elkaar waren.'

'En waarom?'

'Ik weet het niet. Misschien om te zien of dat echt zoveel leuker was dan daarna. Jij zei dat we intuïtief moesten kiezen, dus dat deed ik.'

'Ik zag een zoon die zijn moeder volledig voor zichzelf opeiste,' zegt Jens.

'Ja, fuck you, je kent mijn vader.'

'Soms voelen vaders zich buitengesloten. Dat komt vrij vaak voor, en dat is jou ook helemaal niet te verwijten. Heb je een relatie?'

'Nee.'

'Wel een gehad? Een lange betekenisvolle?'

'Eén keer, ja. Van zeven jaar. Met Janet.'

'En waarom ging dat uit?'

'Zij wilde kinderen.'

'I rest my case.'

Tegen de tijd dat ik aan de beurt ben, is het donker en ben ik moe en bloednerveus. Ik ben al twee keer iemands moeder geweest, drie keer een zus, en ik ben murw van alle familiedrama. Als mijn naam wordt genoemd, kies ik Diane als mijn moeder, Harold als vader en Hans als Karel.

'Ik vind dat je je verkrachter ook aan de tafel moet zetten,' zegt Jens.

Even ben ik van mijn stuk gebracht. 'Waarom?'

'Hij heeft een minstens zo belangrijke rol in je leven gespeeld als je vader en je man.'

'Hij is geen familie,' werp ik tegen.

'Je man ook niet. Maar zij zijn beiden gevolgen van je familie.'

'Mijn familie en mijn man weten niet van mijn...' Ik kan het woord niet uitspreken. 'Mijn ervaring.'

Het genoegen dat Jens erin schept om ons te treiteren en te pakken op onze zwakste punten. Ik haat hem erom.

'Hij wil dolgraag aan je tafel, Sara,' fluistert Harold, die eerder de strijd aanging met zijn alcoholistische vader, die hem alleen opvoedde. Jens constateerde dat Harolds grootste angst, op zijn vader te lijken, waarheid is geworden. Dus daar hoeft hij in ieder geval niet meer bang voor te zijn.

'Oké, Jens. Jij bent hem,' zeg ik.

'Wie?'

'Mijn verkrachter.'

Vies wijf.

Ik kies een van de stille braveriken om mij te spelen. Caroline is zo'n meisje wier naam je altijd vergeet, zelfs nu, na haar dramatische tafelsessie met drie broers, een zus en een moeder die haar niet meer wilde.

'En waar moet Caroline zitten?' vraagt Jens.

Diane en Harold zitten naast elkaar, aan de lange kant links. Hans tegenover hen, Jens aan het hoofd. 'Caroline staat. Of nee, ze loopt heen en weer. Met schalen en glazen. Ze is aan het koken,' zeg ik.

Ik krijg hartkloppingen van het tafereel. Ik wil weglopen. Tandi staat van een afstandje te kijken. Ze trippelt naar Diane. 'Wat vind je van hem?' vraagt ze en ze wijst naar Harold.

'Ik hou van hem,' zegt Diane. 'Ik zit heel graag naast hem. Ik voel me veilig. Ik ben er trots op dat hij mijn man is.'

Waar halen ze het allemaal vandaan, deze informatie, vraag ik me af.

Harold gaat rechtop zitten. Hij lijkt te groeien van al deze liefde.

'En wat vind jij van haar?' vraagt ze aan Harold.

'Ze is een ijzersterke vrouw,' antwoordt hij.

'Maar wat voel je, nu je naast haar zit?'

'Hetzelfde. Een grote veiligheid.'

'Jullie zijn het toonbeeld van een goed huwelijk,' zegt Tandi.

'Nou,' zegt Harold, 'het is ook heel saai. Heel erg, hoe zeg je dat, voorspelbaar.'

Diane begint te lachen. Precies zoals mijn moeder zou doen. *Laat hem maar, die ouwe gek.*

'Ben je nerveus?' vraagt Tandi haar.

'Nee. Ik wil heel graag dat hij gelukkig is.'

'Want anders?'

'Ik denk dat ik dan bang voor hem ben. Ik zeg maar wat, hè? Wat in me opkomt...' Diane draait zich om en kijkt verontrust naar mij.

'En wat vind je van hem?' vraagt Tandi aan Diane en ze wijst naar Hans.

'Hij is net als mijn man. Ik mag hem heel graag.'

'En haar?' Tandi legt haar hand op de schouder van Caroline, die braaf op en neer loopt.

'Ze zou eens rustig moeten gaan zitten,' zegt Diane enigszins verontwaardigd.

'Maar wat voel je?'

'Ze neemt steeds afstand. Ik voel... O dear. Ik voel me genegeerd Teleurgesteld.'

'Waarom?'

Ze pakt Harold bij de arm. 'Dat ze me nooit in vertrouwen heeft genomen. Wij zijn ouders tegen wie je alles kunt zeggen.'

Ik ben aan het huilen. Ik weet niet waar ze het allemaal vandaan halen.

'En hij?' Tandi wijst naar Jens.

Harold en Diane kijken nu beiden naar hem.

'Vader van Sara?'

'Ik zou hem willen vermoorden,' zegt Harold.

'Ik ken hem niet. Ik kan niet zeggen wat ik voel,' zegt Diane.

'Probeer het.'

Caroline staat nu stil en kijkt vol afgrijzen naar Diane.

'Ik geloof het niet. Ik wil het helemaal niet over hem hebben,' zegt Diane.

'Wat geloof je niet?'

'Dat het zo erg was. Sara houdt nogal van drama. Ik denk dat ze die verkrachting enigszins overdrijft. Sorry, Sara.'

'Man van Sara?'

'Hij staat alles in de weg. Ik vind dit heel ongemakkelijk. Ik wil niet aan hem denken. Ik word er impotent van. En jaloers,' zegt Hans.

'Jaloers?'

'Als ik denk aan hoe zij seks hebben.'

‘Seks?’ Caroline schreeuwt.

‘Wat voel je, Sara?’ vraagt ze aan Caroline.

‘Dit is een van de redenen waarom ik het heb verzwegen. Ik zou het niet aankunnen, hun twijfel. En dat ze het zo op zichzelf betrekken. Ik doe er helemaal niet toe.’ De tranen rollen over Carolines wangen.

‘Kom op, natuurlijk wel,’ zegt Diane, precies zoals mijn moeder zou zeggen.

‘Mij is nog niets gevraagd,’ zegt Jens.

‘Sara?’

‘Ik voel me een ronddolende schim. Ik doe zo mijn best. Tegenover dat perfecte huwelijk… Ik probeer het ook. Het evenbeeld te zijn, bedoel ik. Maar ik ben alleen maar een plaatje dat past in hun beeld van een huwelijk. Daarom willen ze ook dat ik bij hem blijf.’ Ze wijst naar Hans. ‘En zwijgen over hem.’ Ze wijst naar Jens.

‘Hoe voel je je als je naar hem kijkt?’

‘Ik kan niet naar hem kijken,’ zegt Caroline.

‘Waarom niet?’

‘Schaamte. En ik voel me enorm schuldig.’

‘Waarom schuldig?’

‘Dat ik hem erbij heb gehaald. Dat hij aan deze tafel zit en alles kapot heeft gemaakt. Dat ik dat toesta. Ik voel me naakt. En dat ik het allemaal de hele tijd moet goedmaken.’

‘Ik voel me beschadigd,’ begint Jens, zonder dat hem iets wordt gevraagd. ‘Eenzaam en verkeerd begrepen. Ik voel een grote schaamte tegenover al deze mensen aan tafel. Ik wil hun heel graag vertellen hoe het werkelijk is gegaan.’

Mijn mond is zo droog als karton.

‘Ik wil vergeving,’ zegt Jens.

‘Ik ook,’ zegt Caroline.

Violet staat achter me en slaat haar armen om me heen. ‘Wauw, dit is zo mooi,’ fluistert ze.

‘Dank jullie, allemaal. Sara, kom erbij,’ zegt Jens.

Iedereen staart me ademloos aan.

'Dit is je kans om nog iets te zeggen tegen de spelers in je leven.'

'Ik weet alleen dat ik nu heel, heel boos ben. Op jullie allemaal,' is het enige wat ik uit kan brengen. Ik tril over mijn hele lichaam. Wat iedereen verwachtte, is niet gebeurd. Ik heb geen plotselinge inzichten, er vallen geen puzzelstukjes in elkaar, ik zie niet mijn eigen aandeel in het geheel. Wat hier voor me staat, is de potsierlijkheid van mijn leven. Er klopt geen reet van.

'Dit is wat ik zie,' begint Tandi. 'Ouders die meer met elkaar en zichzelf bezig zijn dan met hun dochter. Een moeder die alle zeilen bijzet om haar man bij zich te houden en een vader die daarmee speelt. Ze ontlenen hun eigenwaarde aan status, en die geef jij hun, Sara, met je gespiegelde huwelijk. Jij danst daaromheen, als verleidster, pleaser, een plaatje van perfectheid. Je doet hetzelfde als je moeder. De mannen verleiden en geven wat ze willen. En dat is dus een keer uit de hand gelopen. Maar daar wil niemand over praten. Ook jij niet. Het plaatje moet koste wat het kost in stand blijven.'

29

Uitgeput hangen we in de plastic stoelen. We hopen dat er niet nog een evaluatie of een dans volgt. De fakkels zijn opgebrand, de schalen leeg. Alleen Jens lijkt meer energie te hebben dan ooit.

'Nog even kort, mensen. Ga rechtop zitten. Open je handen. Hebben jullie tot nu toe het gevoel dat je stappen hebt gezet in je proces From Fear to Love?'

De meesten zeggen ja. Sommigen om ervanaf te zijn. Jens wil duidelijk ergens heen, want hij legt zich zonder al te veel clichés neer bij de positieve antwoorden. Tot hij bij mij en Hans is.

'Jullie twee. Als slachtoffers van seksueel misbruik, hoe hebben jullie deze week en in het bijzonder deze sessie ervaren?' Bij 'seksueel misbruik' maakt hij het aanhalingstekengebaar.

'Prima,' antwoordt Hans gelaten.

'Ik ook,' zeg ik. Mij bekruipt de verlamming die ik altijd voel als iemand erover begint.

'Dat is het?'

We knikken.

'Heeft het je veranderd?' wil Jens weten.

We kijken elkaar aan en weten niet welk antwoord we moeten geven om dit zo snel mogelijk voorbij te laten zijn. We gokken verkeerd door 'ja' te zeggen.

'Op wat voor manier?'

'Eh, ik voel meer.' Ik zeg maar wat.

'Dat vind ik te vaag.'

De anderen beginnen te friemelen aan iets, of kijken in de verte en doen alsof ze daar iets interessanters ontwaren.

'Om specifiek te zijn: zijn jullie anders gaan kijken naar het incident en jullie leven daarvoor en daarna?'

En met mijn stomme kop vraag ik of dat de bedoeling was.

'Natuurlijk is dat de bedoeling!' roept Jens. 'Ik zei tijdens het familiediner dat ik vergeving wilde. Mijn vraag is nu aan jou: heb je je verkrachter vergeven?' Weer zet hij met zijn vingers twee korte streepjes in de lucht.

'Ik zou heel graag willen dat je dat zegt zonder aanhalingstekengebaar,' zeg ik.

'Nou?' Jens dringt aan.

'Nee, ik heb hem niet vergeven. Misschien wel mezelf, maar dat deed ik al eerder.'

'En wat precies heb je jezelf vergeven?'

'Dat ik als jong meisje zo stom was mee te gaan met hem. Dat ik me nauwelijks verzette, en dat ik het geheimhield.'

Jens is lang stil. Hij maakt zich groter en keert zijn rug naar ons.

'Denk je dat hij jou heeft vergeven?' vraagt hij dan.

'Wat moet hij mij vergeven?'

Harold staat op. 'Sorry, Jens, maar ik vind dit een bijzonder ongemakkelijk gesprek. Is dit echt nodig?'

Woedend draait Jens zich om. 'Dan ga je toch, Harold? Het is een beetje laat om je als empathisch groepslid op te stellen, vind je niet? Jij doet er niet meer toe. Jij zit hier voor spek en bonen. Je hebt er alles aan gedaan om deze week kapot te maken voor iedereen en dat gaat je niet lukken. Ik weet heel goed wat ik doe. Je mag gaan als het je niet bevalt, maar val me niet meer in de rede.'

Al mijn spieren zijn gespannen. Hans legt zijn hand op mijn arm.

'Sara en Hans,' gaat Jens door. 'Jullie zijn slachtoffers. Maar jullie trauma is gebaat bij totale openheid. De schaamte en de schande voorbij. Alles mag gevraagd, gedacht, gezegd worden. Ik haal alleen maar de zwarte doek eraf, zodat jullie kunnen zien dat er niet zoveel onder zit. Echter, wat zien we wel, naast twee beschadigde mensen?

Twee beschadigde mannen. De daders. Ik heb het even niet over de eindeloze rits familieleden en geliefden die ook beschadigd zijn door de overdracht van de pijn, door het taboe. Maar de daders zijn ook slachtoffers. En ik vraag jullie, draai het eens om. Jullie hebben hen met jullie prille seksualiteit verleid. Misschien niet bewust, misschien wel. Jonge mensen doen dat. Oude mensen ook trouwens. Kijken hoe ver je kan gaan, bevestiging zoeken. En daarna niet om kunnen gaan met de hevige golf van verlangen die dat veroorzaakt. Ook het geschokt zijn door je eigen verlangen.'

Ik ben niet in staat weg te lopen, hem te slaan, of iets te zeggen. Net zoals toen.

'Wil je nu beweren dat wij destijds misbruikt wilden worden?' Hans' stem trilt.

'Nee,' zegt Jens sussend. 'Maar weten jullie zeker dat de verkrachter zich bewust is van het misbruik? Herinneringen worden vaak vervormd door schaamte en schuldgevoel. Vanavond hebben we de impact gezien van familiedynamiek. Die heeft invloed op de beleving van zoiets.'

Vanuit mijn tenen komt het omhoog. Woede.

'Ik zie aan jullie dat jullie *freezen*. Helemaal niet nodig. Er is niets aan de hand. Jullie zijn veilig. Ik wil alleen dat je nu als een volwassene boven de situatie gaat staan, ernaar kijkt, vanuit alle invalshoeken. Je hebt jezelf vergeven, je hebt hem nog niet vergeven. Nu is mijn vraag: voel je zijn vergiffenis, zijn pijn, zijn onmacht?'

'Nee, Jens, en dat ga ik nooit doen ook,' zeg ik.

'En toch zit daar de sleutel. Zet het in het licht. Kijk zonder oordeel, met compassie, naar alle kanten van het verhaal.'

'Als iemand hier oordeelt ben jij het. De hele dag en zonder enige compassie. Ik zou deze week From Love to Fear noemen.' Ik weet niet waar ik het vandaan haal. Diane en Hans grinniken. En Jens begint ook te lachen.

'Mooi. Die neem ik mee. Maar wat jullie moeten meenemen is dit: je hebt die man de totale macht over je leven gegeven. De kille feiten zijn dat er een nare seksbeleving was, een moment, tussen twee mensen, en dat ene moment heeft alles bepaald. Je huwelijk, je relatie met je ouders, je angsten en dromen, hij heeft meer macht over je gekregen dan al je geliefden bij elkaar. Door hem te vragen om vergeving pak je die macht terug. En je vraagt niet om vergeving voor de penetratie, je vraagt vergeving voor wat je hem hebt gegeven, iets wat hij totaal niet aankan, namelijk de macht jouw leven te bepalen. Als je dat kunt, ben je geen slachtoffer meer.'

Hans schiet overeind en gooit zijn stoel weg. Met gebalde vuisten gaat hij voor Jens staan. 'Ik vroeg helemaal nergens om. Ik was twaalf. Ik had nog nooit een volwassen pik gezien, tot hij me dwong de zijne in mijn mond te nemen. Ga je nu ons de schuld geven? Mij en Sara? Is dat wat je zegt?'

Hans geeft hem een duw. Jens vertrekt geen spier. Tandi probeert zich tussen hen te wurmen.

'Rustig,' zegt Jens. 'Ik wil alleen maar dat jullie het overdenken. Een traumatische ervaring omdraaien kan helend werken.'

'Jou op je bek slaan werkt ook zeer helend.'

Jens spreidt zijn armen. 'Goed. Sla me, Hans. Als dat is wat je nodig hebt.'

Ik zie alleen Hans' rug. Zijn schouders lijken te schokken.

'Kom maar.' Jens doet een stap richting Hans en pakt hem bij de schouders. 'Je bent in de steek gelaten en je zocht warmte. En nu ben je veilig. Kom.'

Even lijkt het alsof Hans zich in de armen van Jens zal storten. Dan draait hij zich om en begint te lopen, en vervolgens te rennen. Ik ren hem achterna.

30

Als we ophouden met rennen pakt Hans mijn hand alsof het de normaalste zaak van de wereld is. Nu pas merken we de sterrenhemel op die boven ons hangt te stralen. Achter ons horen we voetstappen en gehijg. We kijken om en zien Harold aan komen strompelen. 'Zo flauw van jullie om mij daar achter te laten.'

Het gras langs het pad staat hoog en daarachter ligt een diepte die ik gelukkig nu niet kan zien. We lopen een hele tijd zonder iets te zeggen. Ik vraag me af of ik moet beginnen over wat er zojuist gebeurd is.

'Ik voel me nog steeds een beetje je man,' zegt Hans dan en Harold begint opgelucht te lachen.

'Waar haalt hij het allemaal vandaan, die Jens?' zegt Harold.

Ik ben me bewust van Hans' warme hand in de mijne. Mijn duim gaat over de dikke ader en de stugge haartjes. Ik kijk naar hem en struikel over een steen. 'Kijk uit,' zegt hij en hij pakt zijn telefoon om ons bij te lichten.

'Waarom sloeg je hem niet?' vraagt Harold. 'Het was zo walgelijk wat hij zei.'

'Hij zegt alleen maar wat iedereen denkt. Daarom is het beter je bek te houden over dit soort dingen.'

'Niet iedereen denkt zo, Hans,' zeg ik.

'Toen ik het mijn vader vertelde was zijn reactie traumatischer voor mij dan de pik van Sir Watkins.'

'Het is de blik,' zeg ik. 'Die ene blik. De walging.'

'Minachting,' zegt Hans. 'Je ziet het in hun ogen. Ze willen er niets mee te maken hebben. Alsof het besmettelijk is. Besmeurd ben je. Ik zag in zijn ogen wat mijn vader dacht: ben jij er ook zo eentje.'

'Schandelijk is het, als je er goed over nadenkt,' vervolgt Harold terwijl hij driftig aan zijn sigaret trekt. 'Het is ook misbruik, wat Jens doet. Kwetsbare, zoekende mensen uitbuiten.'

'Jij bent er ook een, Harold,' zegt Hans. 'Wat doe je hier anders?'

'O, maar ik ben dol op dit soort vakanties! Wat moet ik anders? In mijn eentje op een balkonnetje aan de Costa Brava gaan zitten? Ik ga ieder jaar naar een retraite. Zo ontmoet ik nog eens iemand. Zoals jullie.'

Achter ons klinkt het inmiddels bekende gerommel van de vulkaan. We kijken omhoog en zien tegen de donkere hemel een grote rookpluim uit een van de kraters opstijgen.

'Mooier kan toch niet? Poeren in je ziel aan de voet van een puist in de aarde?' lacht Harold.

Als we in het dorp aankomen hijgen we alsof we haast hebben. Door donkere stille steegjes sluipen we naar de zee, waaraan de enige nachtclub ligt die Stromboli rijk is. We willen vergeten. Zo snel mogelijk. Al uit de verte zien we een paarse gloed en horen we het monotone gedreun van technomuziek.

De Tartana Disco ligt in de openlucht. Witte gordijnen bollen zwoel op in de wind. Daarachter een druk pratende, deinende menigte. We hoeven niet in de rij. Kennelijk hebben Hans en Harold gisteravond een onvergetelijke indruk op de portier gemaakt. Met gelach en schouderkloppen worden we onthaald.

'Dat doet Hans,' zegt Harold. 'Vrienden kopen.'

Ik zie hoe achteloos Hans de portier een briefje van vijftig in de hand drukt, waarna een knappe hostess in witte hotpants ons naar een tafel brengt. Twee Italiaanse vrouwen in synthetische jurkjes worden weggestuurd. Harold ploft neer met een grote grijns op zijn gezicht.

'Zo, nu gaan we ons verdriet verdrinken.' De groene discolampen knipperen op het ritme van de beukende muziek. 'De vakantie in de vakantie,' zegt hij als de ober drie gin-tonics op de lage tafel zet en Hans zijn zonnebril geeft.

We proosten. De muziek is oorverdovend. Harold schreeuwt dat Jens een verschrikkelijke klootzak is.

'Hij raakte je wel,' roept Hans. 'Wat hij zei. Over je vader.'

'Ach, zoiets kan een kind zien.' Harold kijkt naar mij. 'Wat hij jou flikte. Dat was pas echt smerig.'

Hans knikt. 'Hoe hij zich aan jouw tafel manipuleerde. Dat je dat hebt laten gebeuren.'

'Ik kan die vraag niet meer horen!' gil ik.

'Welke vraag?'

'Waarom ik iets heb laten gebeuren. Waarom heb ik me laten verkrachten? Waarom heb ik me laten slaan door Karel? Waarom laat ik Jens over me heen walsen? Ik weet het niet!'

Ik wil niet meer praten. Ik wil ook niet meer denken en voelen of vinden, maar wel drinken, heel veel drinken. Ik bestel een nieuw rondje en neem mijn drankje mee de dansvloer op. In mijn ooghoek zie ik dat Harold en Hans aan de rand van de dansvloer zijn gaan staan. Ik sloof me extra uit. Draai meer met mijn kont. Het gaat vanzelf. Ik doe dit, wanneer mannen naar me kijken. Karel ergerde zich wanneer ik zo danste op feestjes. 'Doe niet zo hoerig,' zei hij dan. Toen we elkaar net hadden ontmoet zei hij: 'Jij hebt iets wat mannen willen breken. Een duivelse combinatie van minachting en verleiding. Gekmakend is het.'

Doe ik dat nog steeds? Ziet Hans het ook? Ik probeer mijn kont in bedwang te houden. De dj zet 'Don't You Want Me Baby' op. Hans staat nog steeds stokstijf voor zich uit te staren achter zijn zonnebril. Harold heeft zich naar een barkruk verplaatst. Mijn voeten gaan sneller. Ik heb duizend keer op dit nummer gedanst. Ken de tekst uit mijn hoofd. Ik denk aan wat Jens zei. Dat we de geschiedenis van onze voorouders blijven herhalen. Welke geschiedenis herhaal ik dan?

Wat dacht je van de geschiedenis van perfectie? Van geheimen en doofpotten? Van de man geen strobreed in de weg leggen, want dan zou hij weleens naar een ander kunnen gaan? Van zwijgen, en hem maar even laten begaan, het is zo weer voorbij. Dat is wat mijn moeder ooit zei, toen ik mijn puberteit bereikte en ze seksuele voorlichting gaf. Verzet je niet, laat hem dan maar even, anders heb je de poppen aan het dansen. Mijn moeder, een vrouw van de jaren zeventig notabene met hun zogenaamde seksuele revolutie, wat in de praktijk betekende dat vrouwen loslopend wild waren. Want wie nee zei, was een burgertrut.

Ik dans steeds woester. Hans staat ineens tegenover me met een spottende lach om zijn mond.

Harold brengt gin-tonics. Ik pak zijn hand en probeer hem tot dansen te bewegen.

'O sweetheart, be careful what you wish for.' Hij spreidt zijn armen en maakt een sirtaki-achtige beweging, waarbij hij zijn halve glas over me heen giet. 'Oeps.' De rest gooit hij over zijn eigen hoofd. Met zijn tong uit zijn mond begint hij wild te dansen. De Italianen om ons heen klappen. Iemand geeft hem een nieuw drankje.

'Moeten we hem niet afvoeren?' vraag ik Hans.

'Welnee. Let it go. Let it go, girl,' roept hij uitgelaten.

De mannen springen, armen om elkaar heen geslagen en de kring om hen heen wordt steeds groter. Alle Italianen springen mee. Ik denk de hele tijd dat ik tussen al die donkere koppen Tandi zie of Jens, en we morgen verschrikkelijk op onze donder gaan krijgen.

'Gente di Mare' schalt uit de boxen. Iedereen zingt mee. Harold slaat woest op zijn borst. Hans legt zijn handen op mijn heupen. Er gaat een kleine schok door me heen.

'Sorry,' zegt hij. 'Het leek me zo'n mooi moment om te schuifelen.'

'Het is oké,' zeg ik.

'Jij verwart me,' zegt hij in mijn oor.

'Waarom?' vraag ik terwijl we dansen als verlegen kinderen.

'Het ene moment ben je heel dichtbij en open, het volgende moment ren je weg en trek je een soort Berlijnse muur op.'

Hoe vaak ik dat niet heb gehoord.

'Maar ik herken dat. We zijn hetzelfde, Sara.'

Ik vlij mijn hoofd tegen zijn schouder. Voorzichtig legt hij een hand in mijn nek. Harold komt om ons heen hangen. 'Get a room!' roept hij en hij sleurt ons mee, waardoor we elkaar los moeten laten in de springgolf van dronken Italianen en we uitzinnig dansen tot de lichten aangaan, en we met misplaatste schaamte onze bezwete, gezwollen gezichten weg draaien. Hans haast zich naar het toilet.

'Ja, ik ben een alcoholist,' zegt Harold en hij loopt naar de bar voor een laatste ronde. Wanneer hij terugkomt met een blad vol shotjes limoncello zegt hij in mijn oor: 'Maar je weet wat Hans is, toch?'

'Een versierder,' zeg ik.

'Is dat wat je wil?'

'Hoe bedoel je?'

'Nou ja, het is duidelijk wat híj wil.'

'En dat is?'

'Jou klaar laten komen. De eerste zijn die dat lukt. Het draait allemaal om zijn ego hè, dat je dat weet.'

'Ik dacht dat jullie vrienden waren.'

'Dat zijn we. Maar ik ben ook jouw vriend. En ik wil niet dat je iets doet waar je morgen spijt van hebt.'

Harold wil nog iets zeggen, maar perst dan zijn lippen op elkaar.

'Gaan we lopen?' hoor ik achter me.

Harold springt van zijn kruk af. In het felle licht ziet de club eruit als een armoedig zootje. In de hoek van de dansvloer staat een meisje over haar nek te gaan. De eerst zo aardige barkeeper maant ons nu nors voort te maken.

'Kom op, Harold,' zeg ik.

'Wat een asshole.' Harold wankelt op zijn benen en stoot een barkruk om. Meteen worden we omringd door security. 'O ja, gooi deze oude man er maar uit, doe het dan als je durft!' Hij balt zijn vuisten en hupst in het rond als een bokser. Hans springt ertussen en hijst Harold op zijn schouder. Samen slepen we hem naar buiten en rollen hem in een van de taxi's die voor de deur staan. Liggend op mijn schoot valt Harold direct in een diepe slaap.

'Dit was mijn leven, tot voor kort,' zeg ik tegen Hans. 'Mijn man, Karel. Ik heb hem zo vaak op deze manier af moeten voeren. En dan kom je thuis en leven ze plots weer helemaal op, klaar om nog wat te drinken en hysterisch ruzie te maken of seks te willen, maar het niet meer kunnen.'

'We hebben allemaal zo onze manieren om onze liefdes wreed de nek om te draaien,' zegt Hans en met zijn vinger streelt hij traag maar o zo doelbewust langs mijn wang. Ik weet wat hij doet, en ik wil het.

31

Harold is op eigen kracht in bed gekropen, en Hans en ik zijn meteen naar de zee gelopen. Hans loopt het water in, dat verlicht wordt door de bijna volle maan. Ik trek mijn jurk, onderbroek en beha uit, en leg ze op een keurig stapeltje in het zand. Dan ren ik hem achterna, zonder een spoortje angst. Dronkenschap is lelijk, maar het kan je ook totaal bevrijden. Ik voel geen kou, geen scherpe kiezels, ik denk niet aan kwallen. Ik lach, maar ik weet niet of ik het meen. Er zijn armen om me heen als tentakels, zijn handen strelen mijn billen. We weten allebei niets te zeggen, dus zoenen we. Het is een zoen waar ik mijn hele leven op gewacht lijk te hebben. Ik druk mijn naakte lijf steviger tegen hem aan.

'Ik ben precies wat jij niet nodig hebt. Dat moet je weten,' zegt Hans.

'Laat mij zelf bepalen wat ik nodig heb. Waarom zeg je dat eigenlijk?' antwoord ik.

'Omdat ik niet de zoveelste klootzak in je leven wil zijn.'

'Dat ben je niet.'

Hij tilt me op, ik gil, hij gooit me in het water en duikt me weer op. We zwemmen in rondjes om elkaar heen, onze lichamen vorsend. Alles is anders. Ik hoef mezelf niet te dwingen naar hem te verlangen. Het is er en als ik niet zo dronken was, was ik nu bang geweest om smoorverliefd op hem te worden.

'We gaan naar jouw kamer,' zegt hij vastberaden. 'Tenminste, als je het zeker weet.'

'Natuurlijk,' zeg ik, stoerder dan ik ben. Hij heeft dit al duizend keer gedaan. Ik zie een eindeloze lijst met vrouwennamen voor me. Het is niet erg. Misschien juist goed. Hij kent me nu al beter dan alle mannen voor hem. Ik hoef niet te doen alsof. Bovendien ben ik nog nooit met zo'n knappe man naar bed geweest. Alleen al daarom.

'Ik dacht dat Violet meer jouw type was,' zeg ik terwijl we elkaar op het strand droogwrijven met zijn T-shirt.

'Jij viel me meer op,' antwoordt Hans. 'Je afstandelijkheid... En ik vind je beeldschoon. Je ogen, die blik die dwars door je heen gaat.'

Beeldschoon. Dat heeft nog nooit iemand tegen me gezegd. *Haal jij je maar niks in je hoofd, vies wijf.*

'Wij herkennen elkaar,' gaat Hans verder. 'We hoeven elkaar niets uit te leggen over schaamte. Dat donkere gat waar we af en toe in donderen. Toch? Hoewel we bijna niets van elkaar weten. Alleen de meest intieme dingen. Vreemd is dat. Maar wij hoeven de schijn niet voor elkaar op te houden. We kennen elkaars zwaktes, lelijkheden, trauma's.'

Ik trek mijn jurk aan en stap in mijn onderbroek. 'Kunnen we ook alleen maar liggen? En dat jij me streelt, de hele nacht?'

Ik staar naar zijn gezicht, wachtend op de teleurstelling, het bittere verwijt.

Godverdomme, Saar, doe gewoon eens een beetje gezellig.

Je bent zo kil, hoe ben je toch zo frigide geworden?

'Natuurlijk, baby.' Hij pakt mijn hand en samen lopen we de trap op. Vanbinnen tril ik. Misschien van trots. Voor het eerst in mijn leven heb ik gezegd wat ik echt wil.

Ik lig op mijn rug, onder het laken. Ik wil niet naakt zijn in dit harde blauwe ledlicht waar de Italianen blijkbaar dol op zijn. Hans trekt zijn shirt uit. Vanaf zijn schouder loopt een paarse streep naar zijn lies en op zijn rechterheup staat een soort spoorlijn getekend. Als hij naast me in bed stapt laat ik mijn vingers zachtjes over het tere littekenweefsel glijden.

'Hoelang is het geleden?'

'Ongeveer negen maanden.'

'Zo kort...'

'Vanbinnen ben ik bionisch. Mijn heup en knie zijn van titanium.' Hij legt zijn handen om zijn pik en zijn ballen. 'Maar deze jongen is echt.'

Boven ons maait de fan. Hij tilt het laken op en kruipt eronder.

'Zullen we het licht uitdoen?' vraag ik. We ruiken allebei naar tandpasta, sigaretten en limoncello. Hans springt op, rent naar de schakelaar naast de deur en duikt weer terug onder het laken. Zijn handen gaan over mijn buik, mijn heupen, mijn dijen. Ik zie voor me hoe het bubbelt en drilt.

'En dit,' zegt hij, 'is dat van je zwangerschappen?' Hij kriebelt over de striae op mijn onderbuik.

'Mijn eerste woog negen pond. Vlak voor de bevalling voelde ik hem draaien in mijn buik en toen ineens, pats, scheurde mijn vel,' antwoord ik.

'Ach, arm lijf.' Hij baant zich een weg naar beneden.

Ik pak hem bij zijn haren. 'We gaan dit niet doen,' zeg ik.

'Waarom ook alweer niet?'

'Omdat dit is wat ik altijd doe. En dan ergens halverwege de seks neem ik afstand van je, of krijg ik een hekel aan je, en aan mezelf, en daarna voel ik me een slecht mens, of word ik bang en schaam ik me kapot.'

Hij rolt bij me weg. 'Hoe heb je dat in je huwelijk gedaan?'

'Ik wilde veilig zijn. Ik denk dat ik, als we in Jens' taal zouden praten, wanhopig verlangde naar de tijd voor mijn verkrachting. Het warme gezin.'

'En waarom liet uitgerekend hij je veilig voelen?' vraagt Hans.

'Hij was ouder. Hij deed me denken aan mijn jeugd. En om eerlijk te zijn, vond ik het plaatje prachtig. De bekende schrijver met zijn jongere muze.'

'Dus de conclusie die Tandi trok vanavond, klopte?'

'Ja.' Ik leg mijn hoofd op zijn gehavende borst. Hij ruikt naar de zee. Samen staren we naar het draaien van de fan.

'En jij?' vraag ik dan.

'Violet doet me écht denken aan mijn moeder. Net zo mooi, lief ook, maar gek, weet je.'

'Violet is niet gek,' zeg ik verontwaardigd.

'Ze heeft wel iets destructiefs. Ze zoekt Jens niet voor niets op midden in de nacht. Alsof ze kapotgemaakt wil worden.'

'En zo was je moeder ook?'

'Toen ik negen was, werd ze psychotisch. Vlak nadat mijn vader ons had verlaten. We hebben een jaar lang opgesloten gezeten in huis. Ze was ervan overtuigd dat ze mij bij haar weg zouden halen. Wat ook gebeurd is. Daarna moest ik bij mijn vader wonen, en zijn nieuwe vriendin. Met haar heb ik voor het eerst coke gesnoven. Ze nam me mee naar clubs. Mijn vader had daar geen zin meer in, hij was dertig jaar ouder.'

'En je moeder?'

'Die zat in een inrichting. De duurste uiteraard, heel chic allemaal, en ze is er weer bovenop gekomen. Maar daarna wilde ik niet meer terug naar haar. Had ik dat wel gedaan, dan was het niet gebeurd, dat met die gymleraar.'

Hans staat op en loopt naar de deur. 'Vind je het goed als ik deze even openzet?'

Hij heeft kleine billen, als van een jongen. In een flits herinner ik me de kleine kont van de student op de kinderkamer. Van schaamte krimp ik ineen.

'Heb jij nog iets te drinken toevallig?' vraagt Hans.

'Ik heb nog een klein flesje limoncello. Of water?'

'Kom maar op met dat afwasmiddel.'

Ik pak het flesje uit de la van het nachtkastje, en schroef het dopje eraf. Hans kruipt weer naast me. We nemen allebei een slok uit het flesje.

'Mijn vader stuurde me naar een privéschool. Hij wilde me uit de buurt van zijn snuivende vriendinnetje hebben, denk ik.'

'Heb je het toen aan hem verteld? Van de gymleraar?'

Hans gromt. 'Hij zei dat ik op mijn moeder leek, met mijn talent voor overdrijving. Maar hij deed me wel op een andere privéschool.'

'Wat gebeurde er met de gymleraar?'

'Ik durfde daar heel lang niet aan te denken. Het idee dat hij nog jaren doorgegaan is met het misbruiken van jongens... Ik voel me daar erg schuldig over. Na mijn sprong uit het raam heb ik die school gebeld. De gymleraar bleek drie jaar nadat ik van school ben gegaan, ontslagen te zijn. Hij is uiteindelijk gepakt, gelukkig.'

'Ik twijfel of ik het straks thuis moet vertellen,' zeg ik. 'Heeft het zin om mijn ouders en Karel pijn te doen met iets wat zo lang geleden is gebeurd? Alles weer op te rakelen?'

'Geheimen zijn giftig. Ik haat het om Jens gelijk te geven, maar hiermee heeft hij een punt. Dat je het vertelt is misschien voor hen niet prettig, maar het gaat jou heel veel verlichting brengen, denk ik.'

'Het lukt me doorgaans vrij goed om te doen alsof het nooit gebeurd is. Ik wil er ook niet aan denken. Maar soms, als ik moe ben, of me slecht voel over mezelf, komt het terug. Eerst de beelden, als een soort film die blijft steken, en dan het gevoel van totale waardeloosheid. Er is ook een stem, zijn stem, die de hele tijd "vies wijf" zegt.'

Hans drukt een kus op mijn voorhoofd. 'Arm kind,' zegt hij.

Ik wil het niet zijn. Maar het is waar. Wat hier nu ligt, is een arm kind, broos als beschuit.

'Ik weet het,' zegt Hans. 'De beelden. De stem, dat had ik ook. Sir Watkins in mijn mond, zijn hand op mijn hoofd, het kokhalzen, ik bleef het maar zien, mezelf als een soort ding, op mijn knieën, van alle waarde ontdaan. De achteloosheid van zijn bewegingen. Het repeteerde, zoals zo'n gifje, weet je wel? Toen ik psychotisch was, bleef het maar komen. Ik moest wel springen, om het op te laten houden.'

'Was je niet bang dat je hetzelfde had als je moeder?' vraag ik.

'Dat ben ik nog. Maar de psychiaters in de kliniek noemden het een cokepsychose. Ik had drie dagen aan één stuk gesnoven en gezopen. Ik wilde vergeten. Dat klinkt als een cliché, maar zo was het. Ik werkte me helemaal de tyfus en ik wilde een weekendje los. Die griet kwam ik tegen in een of andere club. Zo gek als een deur. We verloren onszelf totaal.'

'Weet je nog hoe het voelde?' Ik streel zijn hand.

'Als een verlossing. De drank en de drugs maakten dat ik niet eens merkte dat ik door een raam ging, en van het zweven herinner ik me alleen een flits van vrijheid, gewichtloosheid. Tot ik wakker werd in St. Mary's.'

'Ben je blij dat je nog leeft?'

Hij buigt zich over me heen. Zijn ogen hebben de kleur van karamel.

'Nu wel,' lacht hij. 'Ik heb dit jaar uitgetrokken om dingen op te lossen. Therapie, stoppen met drugs, gezond leven, regelmaat.'

'En zie hier,' zeg ik en ik hou het flesje limoncello omhoog.

'De regelmaat zit hem deze week in het drinken,' zegt hij.

Hij gaat weer naast me liggen. We nemen het laatste slokje. Ik leg mezelf tegen hem aan, mijn handen om zijn borst.

'Slaap je, Sara?'

'Nee.'

Ik rol op mijn rug. 'Het is zo warm.'

Hij draait zich om.

'Ik wíl ook niet slapen.'

Zijn hand pakt aarzelend mijn borst. 'Ik ook niet.'

Ik kijk hem in de ogen en spreid mijn benen. Ik geloof dat ik op dit moment niets ter wereld liever wil dan zijn pik in me. We kussen voorzichtig, aftastend. Hij streelt me traag, tot ik zijn hand pak en naar mijn kut duw. Twee vingers gaan in me. Onze ogen gloeien in het donker, staren elkaar aan, glimlachen verbaasd. Zijn duim draait zachte rondjes over mijn clit. Ik wil hem op me trekken, maar hij weigert.

'Eerst jij,' zegt hij.

Even gaan de woorden van Harold door mijn hoofd. *Hij wil de eerste man zijn die jou klaar laat komen.* Goed, denk ik. Laat het hem zijn.

Hans komt omhoog en zit naast me, op zijn knieën. Zijn vingers laten niet los, zijn ogen ook niet. Ik probeer me te concentreren op de kleine krampjes van mijn baarmoeder, niet weg te vliegen in mijn gedachten. Maar steeds als ik op het randje van klaarkomen ben, ebt het weer weg.

'Kijk me aan,' zegt hij. 'Ik ga door tot je komt. Al duurt het eeuwig.'

Ik aai zijn gezicht, steek mijn vingers in zijn mond. Dan neem ik het over en leg mijn vingers op mijn clit. 'We hebben niet eeuwig,' zeg ik.

We glimlachen en zoenen weer. Alles is nat. Terwijl ik mezelf vinger, steekt hij zijn harde pik in me en neukt me loom, oog in oog.

'Blijf bij me,' hijgt hij. We kussen en deinen in één beweging, terwijl zijn zweetdruppels op me vallen, en ik eindelijk kom.

Ik lig op mijn buik. Mijn hoofd bonst. Buiten is het al licht. Zijn hand reikt naar mijn kut. Hij duwt zijn stijve tegen mijn billen. Ik probeer niet te denken aan hoe het tussen ons verder moet. Laat het gewoon dit moment zijn, het nu, verder bestaat niet. Als een luie leeuw klimt hij op me, zijn pik weet de weg. Hij ademt in mijn hals, zoekt naar mijn mond. Ik voel tranen opkomen, alsof hij met zijn stoten al mijn verdriet omwoelt. Hij likt ze op, streelt mijn slaap met zijn duim.

Ik huil om alles. Om mijn kapotte gezin, om al die verloren jaren. 'Open je hart,' zei Gonda de therapeut steeds tegen me. Nou, hier is het. Open en bloot.

Hans stopt met neuken en neemt me in zijn armen.

'Waarom ben je zo verdrietig?' vraagt hij.

'Niet stoppen.'

Hij kust mijn borsten, mijn buik, en begint me braaf te likken, maar ik trek hem weer omhoog. Ik proef mezelf op zijn mond en ik grijns om hem gerust te stellen.

'Tranen van geluk, denk ik.'

'Zo ziet het er niet uit.'

'Ik wil gewoon niet dat dit ophoudt. Ik wil voor altijd hier blijven, op deze kamer, met jou en een miniatuurtje limoncello.'

'We zullen sterven van de honger.'

'Nou en. Dan sterven we samen.'

Zijn gezicht wordt donker.

'Het is een grapje, hè,' zeg ik.

Ik kus hem en probeer zijn plotselinge somberte te verjagen door langs zijn littekens naar beneden te glijden, en zijn pik in mijn mond te nemen. Zachtjes duwt hij me weg. Ik durf hem niet meer aan te kijken, ik durf niks meer. Zelfs niet te vragen wat er ineens met hem is, uit angst voor het antwoord. Hij heeft spijt. Ik dring me te veel op. Het betekende niets voor hem.

Als hij uit bed stapt, zegt hij dat hij op zijn eigen kamer gaat douchen.

'Ik heb het je gezegd, Sara, je hebt niets aan mij. Je had me moeten geloven.'

Ik verstop me, mijn schaamte adem ik weg onder de lakens. Waarom heb ik het zo op de spits gedreven? Ik had de rem nooit los moeten laten.

32

'Goodmorning everybody. Ik hoop dat jullie allemaal goed hebben geslapen. Laten we beginnen met een kleine meditatie, maar ik wil eigenlijk snel naar het hoofdthema van de dag: liefde. We hebben de afgelopen dagen besteed aan onze angsten, onze woede, aan onze reiniging. Maar deze groep heet niet voor niets From Fear to Love, en we willen natuurlijk toewerken naar een open hart gevuld met liefde. En dan bedoel ik niet het soort liefde dat ons wordt opgedrongen door de commercie, niet de liefde die als basis angst heeft. Angst om alleen te zijn, angst om er niet bij te horen, angst voor afwijzing of om af te wijzen. Ook niet de liefde met als basis bezitsdrang, gedreven door jaloezie en macht. Vergeet alles wat je ooit hebt geleerd over liefde. Wij gaan ons vandaag vullen met de hogere vorm, de universele liefde.'

Jens graait met zijn dikke vingers door zijn rode driedagenbaardje. Hij klinkt even hyper als andere dagen, alsof hij zichzelf aandrijft met zijn geratel.

'Zou hij familie zijn van Castro? Hij houdt in ieder geval net zulke lange speeches,' mompelt Harold vanonder zijn Manchester United-pet.

'Zijn er nog vragen?' Jens vouwt zijn benen onder zich en wiebelt heen en weer. 'Diane, zeg het eens.'

'Nou. We moesten gister allemaal twee vragen bedenken. Komen we daar nog op terug?' vraagt Diane bedremmeld.

'Heb je daar behoefte aan?'

Ze begint te blozen. 'Eh, ja, ik denk het.'

'Kun je zelf geen antwoorden destilleren uit de opstelling die we deden?'

'Sorry. Nee.'

'Volgens mij was Tandi vrij duidelijk,' zegt Jens kribbig.

Ik heb geen seconde meer gedacht aan mijn vragen. Mijn hoofd is gevuld met Hans. Waarom is hij er nog niet? Wat gebeurde er ineens? Waarom sloeg hij op de vlucht?

'Heb je dan helemaal niets geleerd van de afgelopen dagen?' Jens klinkt echt geïrriteerd.

'Natuurlijk wel. Maar ik dacht dat jullie die antwoorden zouden geven,' zegt Diane.

Jens staat op en loopt naar haar toe. Diane krimpt ineen.

'Tandi en ik zijn niet je vader en moeder die je handje vasthouden en alles voor je uittekenen. Wie heeft er nog meer hulp nodig bij zijn of haar vragen?'

Alleen Harold steekt zijn hand op.

'Jouw hand is niets waard, Harold,' zegt Jens onmiddellijk. 'Jij zit hier voor spek en bonen. Jij bent hier dankzij één persoon en dat is Violet. Dus niet nu ineens gaan participeren, alsjeblieft.'

'Ik dacht dat het thema vandaag liefde was. Sorry, Jens. Do continue. Je klinkt wel als mijn vader, trouwens,' zegt Harold.

Jens spreidt zijn armen naar de zon en brult als een leeuw: 'Don't you just love life!' schreeuwt hij. 'Kom op. Laten we dansen.' Hij maant iedereen op te staan. 'Hup, Sara. Vannacht kon je er geen genoeg van krijgen.' Hij zet de box aan en we horen Donna Summer. 'Komt je vast bekend voor, Sara! Ja, ik weet alles. Mijn ogen zijn overal.'

Ik kijk naar Tandi, die bloemenkransen uitdeelt. Had ik het toch goed gezien, in die club?

Jens zwaait intussen als een bezetene met zijn armen in de lucht. Violet doet een soort Kate Bush-achtige bewegingen. De anderen staan vertwijfeld heen en weer te schommelen.

'Gooi alles los. Voel het stromen door je lijf. De tantrische energie. Je bent een orgaan. Je pompt, je stoomt, je trekt en duwt, je klopt en zuigt, je kolkt, je ruist. Stop je gedachten. Ze betekenen niets. Leugens zijn het. Er is alleen het hier en nu. Jouw lichaam onder de zon, aan de voet van de vulkaan.'

Het gezang van Donna gaat over in extatische trance. Tandi kruipt over de grond als een kat. De anderen doen haar na. Jens heft zijn handen naar de hemel.

'Voel je yoni, je vajra. Het vibreren van je seksuele energie. Ja, pak het maar!'

Hij legt zijn rechterhand in zijn kruis. De meesten doen hem na. Diane, Harold en ik kijken elkaar aan. Diane rolt met haar ogen.

'Wat is er, Diane?' vraagt Jens.

'Niets. Ik dacht dat we met een meditatie zouden beginnen.'

Jens loopt naar haar toe. 'Dit is een meditatie. Doe je ogen dicht. En adem naar je yoni, het centrum van je vrouwelijke kracht.'

Hij legt zijn hand op haar kruis. 'Hier, Diane. Het deel van je lichaam dat je langzaam maar zeker laat versterven.'

Ik zie haar slikken en rood worden. Jens draait zich om en gaat op Harold af. Ik wieg heen en weer, mijn hand op mijn schrijnende schaamheuvel. Laat hem alsjeblieft bij mij wegblijven.

Haastig bedekt Harold zijn edele delen. 'Raak me niet aan, Jens.'

Jens stopt vlak voor zijn neus. 'Jij zit zo opgesloten in jezelf, Harold. We gaan je bevrijden. Jij staat straks boven op die vulkaan als een ander mens. Hoezeer je je ook hebt voorgenomen deze week te verzieken met je cynisme. Ik ga je breken, en je zult me dankbaar zijn. Want ik kijk dwars door je heen. Ik zie je angst, je muur, je bevroren hart.'

Jens zet de muziek uit. Zijn schouders zijn hoog opgetrokken en hij staart naar de vloer. 'Dankzij Harold heb ik besloten een andere oefening tussendoor te doen. Kennelijk moet er een hoop negativiteit uit. Laten we ons opstellen in een kring.'

Hans is er nog steeds niet. Zijn afwezigheid is het enige waar ik mee bezig ben. 'Moeten we niet kijken waar Hans is?' vraag ik aan niemand in het bijzonder.

'Misschien naar huis?' antwoordt Harold. Mannen lijken zich nooit zorgen over elkaar te maken.

'Dat zou hij toch wel gezegd hebben?' antwoord ik.

'Ik weet het niet, dear, hij lijkt me het type dat er ineens vandoor gaat, als het hem te intens wordt.'

'Hebben jullie het over Hans?' Helene staat ineens achter ons. Haar oranje hemd nat van het zweet. 'Ik zag hem. Hij had zijn koffer bij zich. Ik vroeg hem wat hij ging doen. Hij deed heel raar, keek me niet aan... Hij zei dat hij rust nodig had. Het gebeurt vaak hoor, dat mensen dit niet aankunnen. Je moet er wel helemaal klaar voor zijn.'

Harold legt een hand op mijn schouder.

'Godverdomme,' zeg ik en ik ga even zitten op de rand van het terras. Ik wil ook weg. Meteen. Naar beneden hollen, mijn spullen pakken en de boot op. De hele week heb ik de vraag 'wat doe ik hier?' weten te onderdrukken. Ik heb mezelf volledig laten zien en net nu ik droomde over een *Eten, bidden, beminnen*-versie van mijn leven, is hij weg. En wat dacht ik dan? Die enkele uren dat ik gelukkig was? Dacht ik werkelijk dat het falen van mijn huwelijk, mijn wanhopige druk op Enter om deze week te boeken, een vlucht voor de eenzaamheid, mij naar deze liefde had geleid? Naar mijn redding, mijn happy end, naar datgene waarnaar ik misschien al mijn halve leven zocht? Ja, dat dacht ik. Voor even leek het ideaal. Beetje mediteren, op een kussen rammen en bietensap drinken, en we kunnen er weer tegen. Natuurlijk lost het niets op. En daarom heb ik nu niet alleen een hekel aan Hans, aan deze plek en aan de wortel die Jens de hele tijd voor onze neus houdt, maar vooral aan mezelf.

'Zullen we ook gaan?' vraag ik aan Harold, en ik neem een slok uit de fles water die hij me aangeeft.

'Verleidelijke gedachte, dear. Maar ik vind dat ik dit af moet maken, ondanks dat ik het een fucked-up zootje vind. En we kunnen Diane en Violet niet in de steek laten.'

Jens roept ons. Iedereen staat al in de kring. We stappen er ook in en doen als de anderen. We pakken elkaars hand en wapenen ons voor de volgende ronde.

'Gezien de negativiteit die bij sommigen van ons leeft...' Jens kijkt naar ons. De anderen slaan hun ogen neer. 'Heb ik besloten een ontgiftingsoefening te doen. We hebben ons lichaam gereinigd, en onze geest, van angst en oude pijn, maar er zit nog veel vuiligheid en wantrouwen. En dat gaan we er nu allemaal uit gooien. Jullie mogen beginnen met mij. Gooi je gif eruit. Scheld, schreeuw, wees vilein en grof. Zeg wat je denkt, wat je voelt, waar ik je raak. Stamp met je voeten. Kom op. Allemaal.'

We stampen.

'Bal je vuisten. Voel je kracht, je agressie, je haat.'

Dat valt nog niet mee in de hitte, met slechts een glutenvrije muffin en een spinaziesmoothie in de maag. Ik ben duizelig en helemaal niet bezig met Jens. Mijn lichaam schreeuwt om een ander lichaam.

'Helene, gooi het eruit!'

'Ik heb niks, Jens, dat weet je toch?' zegt ze schuchter.

'Je hebt altijd wat. Ook in jouw onderbuik zit haat. Jaloezie. Lelijkheid. Spring! Maak me kapot!'

Helenes wangen kleuren paarsrood. Haar ogen vullen zich met tranen. 'En straks gaan jullie mij zeker uitschelden!'

'Ja!' brult Jens. 'We breken je helemaal af!'

'Je ziet mij nooit staan!' gilt ze ineens. 'Ik kom hier al voor de vierde keer en iedere keer stel je je opnieuw voor! Ik ben niemand in jouw ogen! Omdat ik dik ben!'

'Helene, nu vergiftig je jezelf. Je moet mij hebben.'

'Klootzak. Gore eikel!'

'Goed zo. En nu allemaal. Throw your shit on me. Come on.'

'Narcistic fuck!' hoor ik Diane met overslaande stem roepen.

'Smerige seksist!' voeg ik eraan toe.

Violet huilt met kwijl en trommelt op haar buik. 'Je hebt me gebruikt!' krijst ze.

We zijn ineens allemaal stil.

'Ik ging naar je toe omdat ik er zo slecht aan toe was, en jij maakte er misbruik van.'

'Beautiful,' roept Jens. 'Je genoot ervan, Violet. We hadden een prachtige samensmelting. Het spijt me als jij dat anders hebt ervaren.'

'I hate you!' Caroline zakt door haar knieën. Tandi brengt haar een teiltje, waarin ze vol overgave kotst.

'Harold, take over!'

Harold gaat in het midden staan.

'Arrogant ugly frog!' roept Jens.

Harolds kleine lichaam verstrakt.

'Je denkt dat je boven ons staat!' gilt Helene.

'Niet gek dat geen vrouw je wil!' zegt iemand.

Een ander: 'Wat doe je hier, terwijl je je te goed voor ons voelt?!'

Inmiddels liggen er drie te spugen, van al het gespring en gestamp. Ik kan het niet aanzien, Harolds pezige kwetsbaarheid tussen al die schuimbekkende vrouwen. Ik wissel hem af.

'Ha! Daar hebben we onze prinses!' Jens heeft er zin in.

'Slechte moeder.'

'Denkt dat ze nog twintig is. Wake up!'

'Je verliet je kinderen. Wat voor een moeder doet dat?'

Ik sluit mijn ogen.

Vies wijf. Vies wijf. Vies wijf.

'Stop eens met dat slachtoffergedrag!'

Inmiddels huilt iedereen. Voor schelden heeft niemand de kracht meer.

'Is het op?' vraagt Jens.

We liggen op de terracottategels en durven elkaar niet meer aan te kijken.

'Is het op?!' roept hij nogmaals.

'Ja!'

'Don't you just love life! Met al zijn pieken en dalen! Kijk dan wat negativiteit met je doet. Hoeveel energie het je kost. Energie waarmee je zulke mooie dingen kunt doen. Waarmee je kunt liefhebben, kunt groeien, het wonder kunt aanschouwen dat het leven is.'

De hele groep glimlacht terneergeslagen.

'Dus laten we dat doen. Nu alle negativiteit uit ons is. Laten we elkaar liefhebben.' Hij spreidt zijn armen en Violet duikt erin.

Diane pakt mijn hand en zucht. 'Dat was vreemd.' Ze trilt een beetje.

'Ik weet niet wat jullie gaan doen, maar ik ga roken.' Harold haalt een verfrommeld pakje sigaretten tevoorschijn.

'Alsjeblieft niet roken hier,' roept Jens terwijl hij iedereen een voor een omhelst.

Harold steekt zijn sigaret op. 'Noem mij alsjeblieft geen arrogant ugly frog, dank je wel.'

Hij inhaleert diep. Roken is de rebellie van lafaards.

'Wat is er nu met Hans?' vraagt Diane.

'Volgens mij heeft hij het opgegeven,' zegt Harold.

'Moet ik niet achter hem aan?' vraag ik.

'Natuurlijk niet. Bespaar jezelf die ellende. Jij kan hem niet fixen, of redden, of helpen. Hij is te trots, en tegelijkertijd schaamt hij zich te veel.'

'Maar waarvoor? Ik snap het niet. Er was echt iets...'

'Dear Sara, daar zit hem precies het probleem. Hij wil niks voelen. Hij wil zich niet overgeven, niet afgewezen worden, hij wil zich niet laten zien.' Harold neemt zijn bril af en veegt hem schoon met zijn shirt.

'Jij zou deze groep moeten leiden, je zegt zinniger dingen dan die zelfverklaarde goeroe daar.' Diane knikt misprijzend richting Jens.

'Je weet heus wel wat ik bedoel, Sara. Hij is diep geraakt, en dat is het laatste wat hij wil. En dan die aanvaring met Jens vannacht... Ik snap hem wel,' zegt Harold.

We kijken naar de innige verstrengeling van Jens met de groepsleden. Dan opent hij plotseling zijn ogen en kijkt me aan, met een blik die ik herken. Het is de blik waarover Hans en ik spraken, vervuld van minachting. Hij lacht me uit, omdat zelfs hij me niet kan breken.

33

Jens maant ons weer tot bewegen, op rustige chill-outmuziek deze keer. 'Maak jezelf los voor de laatste oefening, de mooiste oefening, het moment waarin we ons definitief losmaken van angst en alles wat ons weerhoudt van vrij en gelukkig zijn.'

De kleding mag uit, tot 'waar we ons prettig bij voelen'. We bewegen rond een grote cirkel van gekleurde matjes en kussens. Jens heeft voor de gelegenheid zijn zachte stem opgezet.

'Focus je nu op je buik. Je baarmoeder. Voel je bekkenbodem, de warme zwaarte. Als je het niet voelt, pak je kut. Of je pik.'

We proberen niet te kijken naar elkaar. Ik wieg wat halfslachtig heen en weer. Focussen op mijn kut is niet moeilijk, al mijn hunkering zit daar.

'En nu schudden. Schud die heupen. Geef lucht aan je eerste chakra. Ja, je mag schreeuwen. Als het de energie maar rondpompt. We zijn geen lichaam meer, we zijn alleen maar ons geslachtsdeel.'

Door mijn oogharen zie ik Helene, die haar T-shirt uittrekt, en daarna haar legging. Ze beweegt als een stripper. Het ontroert me. Vooral zij heeft de hele week naar dit moment uitgekeken. Misschien omdat ze deze kant van zichzelf alleen hier durft te laten zien, in de hoop dat Jens haar eindelijk een keer echt opmerkt. In haar kielzog kleden ook de anderen zich uit.

'Ik voel me heel ongemakkelijk,' hoor ik Caroline zeggen.

Jens heeft zijn handen op haar heupen. 'We hebben elkaar alles al laten zien, de vuiligheid, de haat. Geef ons nu je mooie, liefdevolle kant.'

'Het komt door Harold. Waarom mag hij in zijn stoel blijven zitten? Als een soort gluurder?' vraagt Caroline.

Ze krijgt onmiddellijk bijval. Het voelt niet goed als hij zichzelf opstelt als buitenstaander tijdens deze intieme sessie. Hij krijgt de keuze: meedoen of weggaan.

'Ik zou dit voor geen goud willen missen,' zegt Harold en hij staat op om zijn stoel weg te zetten. Daarna trekt hij zijn shirt uit. Zijn bovenlijf is mager en bleek, met blauwe aderen van zijn flanken naar zijn liezen.

'Gezien ons oneven aantal ga ik jullie opdelen in trio's. Deze keer mogen jullie niet je eigen partners uitzoeken, want de ervaring leert dat iedereen dan toch weer de veiligheid opzoekt.'

Jens drentelt om ons heen als een hyena, terwijl we onze hulpeloze huppeltjes uitvoeren.

'Sara, wil jij je bij Helene en Caroline voegen alsjeblieft?' Hij neemt me aan de hand mee.

'En Harold, jij doet mee met Diane en Tandi.'

Harold voegt zich, overdreven wiegend met zijn armen, bij de twee vrouwen. Violet wordt geplaatst in het trio van Jens' trouwste bewonderaars, waar Helene kennelijk niet meer bij hoort, na haar tirade van daarnet.

We moeten met zijn drieën tegenover elkaar gaan zitten.

'Een van jullie krijgt een blinddoek. Bespreek even wie,' zegt Jens.

Bij ons is de keuze gauw gemaakt. Helene probeert ons nog wel over te halen, want zij heeft dit al enkele keren meegemaakt en het is zó *touching* om je totaal over te geven aan de anderen...

'Caroline en ik zijn niet zo van de totale overgave,' zeg ik, terwijl ik probeer niet te kijken naar de kalebassen van tieten, die enthousiast meedeinen als Helene praat. Tandi geeft ons de rode linten waarmee ik Helenes ogen afdek.

'Probeer met elkaar te ademen,' zegt Jens. 'Vijf seconden in, vijf seconden vasthouden en vijf seconden uit. Zuig de lucht voorbij je flanken en hou de tantrische energie vast in je bekken. Als je het kwijt bent, kun je een beetje wiebelen met je heupen, van achter naar voor. Alsof je neukt, inderdaad. Yes, kijk allemaal even naar Violet. Zij doet het perfect. Ze zit rechtop, haar billen maken optimaal contact met de grond. Haar onderbenen zijn prachtig gekruist. Wie niet goed rechtop kan zitten, pakt twee kussentjes.'

Violet lijkt nog langer te worden van deze aandacht. Links in de hoek zie ik Harold zitten, voor het eerst niet op zijn stoel, met een blinddoek om.

Als onze ademhaling helemaal gesynchroniseerd is, en we elke porie van Helene volledig in ons hebben opgenomen, voorziet Tandi ons allemaal van een plank waarop een schaaltje fruit staat, een paar lepels, gevuld met hummus, sesamzaadjes, kruiden en avocado, en wat stenen, takjes en veertjes. Jens begint weer aan wat hij het liefste doet: spiritueel preken.

'Als je bereid bent de tijd te nemen, afscheid te nemen van gehaaste en prestatiegerichte seks, krijg je daar heel veel voor terug. Ontspannende en liefdevolle vrijpartijen. Een gevoel van totale verbondenheid en intimiteit. Wat we nu gaan doen is slechts een voorproefje. Bij tantra mag je genieten van het verlangen, zonder het moeten. Onze levensenergie is seksuele energie. De oorsprong van creativiteit, levenslust, van verlangen, van passie. Als je deze energie vrij kan laten stromen door je lijf, dan kom je in je kracht te staan. En kun je dit gebruiken als voeding voor je geest.'

Mijn benen en onderrug beginnen nu al pijn te doen.

Tandi steekt de wierook aan, alsof ze Jens de mond wil snoeren.

'Ik laat aan jullie over waarmee te beginnen. Enjoy!' roept Jens ten slotte.

We voeren Helene stukjes mango, een aardbei, een lepel hummus. We laten haar ruiken aan de tijmtakjes, en kriebelen haar halfslachtig met de veer. Helene ondergaat het zuchtend van genot.

'Wauw,' stamelt ze zo nu en dan. 'Ik voel die aardbei met mijn hele lichaam!'

'Oké, nu, ga liggen, met zijn drieën, in de cirkel die Tandi en ik voor jullie hebben gemaakt. Je mag je slipje aanhouden, maar please, trek zo veel mogelijk uit. Don't worry, niemand kan ons hier zien.'

'Behalve wij dan,' zegt Diane. 'Wij zien elkaar. Ik houd mijn beha liever aan.'

'Ik doe niet aan dwang,' zegt Jens. 'Maar weet wat voor boodschap je naar je groepsgenoten zendt. Jij voelt je te goed voor hen Waar zij alles geven, geef jij de helft.'

'Het spijt me. Maar ik weet zeker dat jullie blij zijn dat ik mijn beha aanhoud.'

Diane gaat liggen en sluit haar ogen, met haar beha aan. Ik doe hetzelfde. Helene ploft naast me en haakt haar beha los. 'O, wat een bevrijding,' giechelt ze en met haar handen wiegt ze haar borsten. Caroline kijkt angstig. Op haar bovenlip parelt zweet. 'Ach, wat geeft het,' verzucht ze. Ze maakt in één beweging haar bovenstukje los en werpt het van zich af. Melkwit zijn ze, met roze knopjes van tepels.

We ruiken naar zweet, zoals we daar liggen en ik vraag me af hoeveel mensen vóór ons al hun bronstige angstzweet hebben verloren op deze matjes. Zouden ze ze na iedere retraite reinigen?

Jens zet zijn erotische playlist op. We moeten diep ademen op Franse fluisterliedjes, ademen naar onze yoni. Hij begint weer over tantrische energie en dat we pompende, stomende, pulserende organen zijn, op zoek naar verbinding, naar penetreren en gepenetreerd worden.

'Leg je handen op je borsten. Speel met je tepeltjes.'

De lucht is gevuld met ongemak.

'Streel jezelf. Sta even stil bij hoe het voelt. Tintelt het? Voel je het warm kloppen? Kleine steekjes in je baarmoeder? Krijg je een stijve, zwellen je schaamlippen? Neem je tijd. Neem dit moment. Dein mee op de golven van genot. Misschien word je ongeduldig, of bang, misschien vlieg je direct weer omhoog, je hoofd in, naar je gedachten. Want daar voelen we ons veilig. In de ratio. Dwing jezelf dan weer naar beneden te gaan. Visualiseer je kut, je pik, hoe stijf, hoe nat, hoe het gonst en vibreert.'

Ik word een beetje misselijk. Naast me ligt Helene met verhit hoofd aan haar grote tepels te draaien. Caroline doet niks, behalve braaf ademen, de handen op haar middenrif.

'Ik snap dat sommigen van jullie nu misschien angst ervaren, of schaamte,' zegt Jens. 'Probeer over die barrières heen te stappen. Negeer de stem van je ouders, de maatschappij, de echo's uit het verleden. Probeer negatieve ervaringen om te zetten in positieve. Je lichaam is een schitterend, sensueel geschenk. Je bent hier om genot te geven en te ondergaan. Wanneer je er klaar voor bent, laat dan je handen je richting bepalen. Voel je schaamlippen, je clitoris, de ingang van je liefdestempel, de kracht van je pik.'

Ik durf mijn ogen niet meer te openen. Ik hoor gekreun. Zijn hier echt vrouwen die zich liggen te vingeren?

Ineens is Jens vlakbij. Hij praat zachtjes tegen Caroline. 'Waarom huil je?'

'Ik wil dit niet. Ik wil weg. Ik kan dit niet aan. Sorry.'

'Blijf liggen. Zie dit als een prachtige kans. Je loopt tegen je begrenzingen aan en als je daardoorheen breekt... Dat is waarom we hier zijn. Bevrijd jezelf. Je hoeft niets te doen, maar gun jezelf dit.'

Ze snikt hevig. 'Oké... Ik weet het niet...'

'Mijn lieve kind.' Jens gaat zitten en neemt haar hoofd op zijn schoot. 'Sara. Geef me je hand.' Ik weet niet waarom ik gewoon doe wat hij zegt. Waarschijnlijk omdat hij me anders weer voor schut zet. Hij legt mijn hand op Carolines warme buik. 'Je bent veilig. De enige manier om echt te veranderen, om werkelijk vrij te zijn, is door niet in verzet te gaan. Laat het stromen. Seksualiteit is de sleutel, zij opent de deur naar de volgende dimensie, naar vrede, geluk en totale rust.'

Caroline legt haar hand op de mijne en houdt hem stevig vast, bang als ze is dat ik ineens aan haar ga zitten. En zo liggen we, verstijfd aan elkaar geklonken, te wachten tot het over is.

'Kun je het voelen? De opluchting? De bevrijding? De innerlijke rust? Adem het in. Voel de ruimte. Pak de hand van degene naast je. Adem naar je handen en laat de dankbaarheid en liefde van hart tot hart gaan.'

Zijn spirituele prietpraat ergert me steeds meer. Hoezo, adem naar je handen? En 'dankbaarheid van hart tot hart'? Flikker toch op. Iedere dag dat ik hier ben verbaast het me meer dat er mensen zijn die deze leugenachtige, lelijke taal geloven. Zouden zij iets anders voelen dan ik? Zijn ze werkelijk in staat met hun kut te ademen? Zijn ze gelukkiger? Nee. Het zijn wanhopige pogingen eenzaamheid en tegenslag te begrijpen. En dat wil ik ook. Dat het verdomme een beetje zin heeft allemaal.

Dus ik adem, zo diep mogelijk, en ik visualiseer het gouden ei in mij, dat licht geeft en warmte en liefde uitstraalt, volgens Jens. Ik denk mezelf in het ei, waar het veilig is en geen pijn bestaat. Ik stel me voor dat ik het uitstraal, helemaal tot daar waar Hans is, hoewel ik weet dat ook hij slechts een vlucht is, en nogal een beroerde. In de verte vertelt Jens ons dat we goddelijke wezens van pure schoonheid zijn en Helene pakt mijn andere hand, en verstrengelt de vingers waarmee ze zichzelf zojuist bevredigd heeft met de mijne.

34

Ik loop langs het zwarte strand naar de haven. Ik heb een uur gedoucht na de Love-sessie en nog meen ik Helenes kutvocht te ruiken. De hitte deert me niet. Ik heb ineens de gedachte opgevat dat Hans nog op het eiland is, vermoedelijk in een of andere bar. Ik heb vreselijke dorst, de kater klopt pijnlijk tegen mijn slapen, maar ik word voortgedreven door een verlangen dat ik nooit eerder had. Alsof mijn leven ervan afhangt, of het zijne. Ik heb van hem al een grote liefde gemaakt, maar dat slaat nergens op. Ik ken hem nauwelijks. Het enige wat ons verbindt is een gedeeld trauma. Daarom herken ik me in hem, hebben we zo weinig woorden nodig, en lijkt ons contact zo vloeiend. Ik heb mezelf inmiddels wijsgemaakt dat het lotsbestemming is. Ik moest scheiden. Ik moest naar Stromboli. Ik moest hem hier ontmoeten. Nog even en ik ga geloven dat we ook verkracht moesten worden om in elkaars armen te kunnen eindigen.

'Je bent gewoon smoorverliefd,' had Violet gezegd, en dat is waarschijnlijk waar. Ik ben echter wel eerder verliefd geweest, op Karel bijvoorbeeld, maar dat voelde heel anders. Dat lijkt in niets op de drang die me nu voortdrijft, het obsessieve verlangen Hans te vinden en hem alles te vertellen. De verliefdheid op Karel was meer een spel, een continu testen van zijn verlangen naar mij, hem krijgen door hem af te stoten, het aanmaken en weer uitmaken, net zo lang tot we besloten op te houden met de kinderachtigheden en te gaan samenwonen.

Aan het begin van de pier is een café waar ik Hans heb gefantaseerd. Ik ga aan de bar zitten en bestel een biertje. Ik ben de enige vrouw, tussen enkele onderuitgezakte hippies. De barkeeper zet een bakje olijven voor me neer en probeert in het Italiaans een praatje te maken. Mijn lichaamstaal maakt al snel duidelijk dat ik geen belangstelling heb. Hij lacht en geeft het op. 'No Woman No Cry,' zingt Bob Marley door de tent. Het koele bier brengt me enigszins terug naar het hier en nu. Ik pak mijn telefoon en zie dat ik een whatsapp heb. Nerveus open ik het bericht.

Ik ben een klomp troosteloos verdriet, Sara. Ik kijk naar onze kinderen, hun veerkracht en vermogen het moment te pakken, hun springen, onderuitgaan en weer opstaan. Ik kijk naar hen, ik kijk naar wat ons verbindt en dat is zoveel. Wat heeft me bezield dit voor lief te nemen, te verwaarlozen, mijn pik in andere kutten te stoppen, terwijl ik de kut waaruit mijn nazaten komen had moeten aanbidden? Maar we zijn verscheurd, en versnipperd boven Europa. Ik aanschouw het gezinsleven van vrienden, die mij meenamen uit medelijden. Ik leefde op, om vervolgens oneindig te vallen. Tegenover geluk bloedt het gebroken hart nog heviger. Deze put vereist een dwaze actie. Beter dan scheiden, dan een gezin uit elkaar rukken, dan in je eentje proberen op te krabbelen, is het om te proberen de scherven te lijmen. Me aan je voeten te werpen en om vergeving te smeken. We kunnen toch niet ongelukkiger worden dan we nu zijn. En in het bloed van onze kinderen leeft onze liefde. Dat is niet niks, dat is alles.

Alles aan dit bericht maakt me woedend. De hoogdravendheid ervan. Die idiote zinnen, zijn gezwollen woorden, de geforceerde retoriek. Ik weet niet wat hij denkt te zeggen, maar het betekent niets. Zijn taal is net zo hol als die van Jens. Het is te hopen dat zijn nieuwe boek anders van toon is, als dat er ooit nog komt. Ik neem nog een slok bier. Was er echt een tijd waarin ik wel geraakt zou zijn door dit soort berichten, dat ik viel voor zijn schrijversclichés?

Ik kan me het niet herinneren. Ik kan me alleen maar afvragen hoe ik het heb volgehouden, al die jaren. Een parallel leven, lijkt het ineens.

Ik lees zijn bericht nog een keer en zie dat hij aan het typen is. In een opwelling bel ik hem.

'Jeetje Saar... Ik was je net aan het appen.'

'Dat zag ik. Het is nu Sara trouwens,' zeg ik.

'O. Oké, jeetje Sara. Waarom eigenlijk?'

'Zo heet ik. Saar is meer iets voor een kind.' Ik verzin het ter plekke.

'Voor mij blijf je Snoet. Mijn dappere Snoetje.' Ik maak een kotsbeweging naar de barkeeper.

'Waarom schreef je me die dramatische tekst?' vraag ik dan.

'Ik moest iets doen. Een gebaar maken. Ik ben kapot, Saar. Eh, Sara.' Zijn stem is zo schor als die van Paolo Conte. 'En heeft het je iets gebracht, deze week?'

Twintig jaar lang waren we samen. Nu praten we met elkaar als vreemden. Ik heb geen idee wie deze man is. Het interesseert me ook niet meer.

'Ik heb leuke mensen ontmoet. De sessies waren soms vrij intens, maar de therapeut is een ontzettende eikel,' weet ik nog uit te brengen.

'Zo eentje die seks heeft met zijn cursisten en dat "healen" noemt,' grinnikt Karel.

'Ik heb geen seks met hem, als je je dat soms afvroeg,' zeg ik kil.

'Dat mag ik hopen.'

'Alsjeblieft niet zo beginnen, Karel.'

'Hoezo? Jij hebt nogal makkelijk seks de laatste tijd. Behalve met mij dan.'

'Is dit waarom je dat bericht schreef? Om onze ruzies nog eens in de herhaling te gooien?'

Ik hoor hem aan de andere kant een sigaret opsteken. Ik bedenk dat hij en Harold het uitstekend met elkaar zouden kunnen vinden.

'Waar zijn de kinderen?' vraag ik.

'Die zijn nog bij Joep en Mir. Ze hebben het erg goed naar hun zin. Ze missen jou wel, natuurlijk. Wat een heerlijke kinderen hebben we toch, Saar… a.'

'Ja. Ik mis ze verschrikkelijk.' Iets in me begint vloeibaar te worden.

'Ze zijn nog maar kort bij ons, hè. Daarom schreef ik je. Om je te smeken ons gezin nog een kans te geven. Zeg nou eerlijk, ken jij iemand die gelukkiger is geworden van een scheiding? Gaan we de laatste jaren dat ze nog bij ons zijn verkloten met gedoe en advocaten? Samen hebben we heel veel, maar apart hebben we niets.'

Het klinkt allemaal zo mooi en oprecht. Maar ik ken hem zo goed. Hij kan het niet uitstaan dat hij verlaten is. En niet voor een ander, maar voor het lege niets. De grote liefde die hij zegt te voelen, en die hij hier zo prachtig zit te omschrijven, vermoedelijk gerepeteerd en reeds in de mailbox van de krant, die is helemaal niet echt. Het is de liefde voor zijn plaatje. De grote schrijver en zijn gezin. De kleine schrijfster, zijn muze. Als Freek en Hella. Op handen gedragen, diepe dalen overleefd, altijd samen in versmolten zelfgenoegzaamheid. Maar als ik weiger terug te komen, is Poes morgen zijn Hella.

'Zeg eens wat!' roept hij.

'Ik weet niet zo goed wat,' zeg ik snikkend.

'Iets. Ik ben bereid alles te doen, alles te veranderen. Nog een keer in relatietherapie, samen een paar weken weg, zeg het maar. Wat heb je nodig?'

'Mijn vrijheid,' zeg ik. 'En dat jij me dat gunt.'

Hij begint te lachen. 'O god, ja, dat heb je deze week natuurlijk geleerd.'

We lijken wel een melkweg van elkaar verwijderd.

'Karel, luister nou gewoon eens. Jij vraagt wat ik nodig heb. Jij zegt dat je bereid bent alles te doen. Begin dan eens met luisteren.'

'Dus als ik luister, maken we nog een kans?'

'Nee.'

'Dan luister ik ook niet.'

Ik gebaar naar de barkeeper dat ik nog een biertje wil.

'Waarom stuurde je me dit eigenlijk? Om mij een kutgevoel te geven? Uit te lachen? Om iedere centimeter ruimte die ik heb weer in te nemen? Jij zegt dat je van me houdt, niet zonder me kan en vervolgens ga je verder waar je gebleven was met deze relatie stuk te trappen. Ga weg alsjeblieft, als je zo op me neerkijkt en alles wat ik doe moet afzeiken.'

Hij is lang stil.

'Je hebt gelijk,' zegt hij ten slotte. 'Maar ik vind het zo moeilijk. En wat je allemaal zegt: alsof ons hele huwelijk een farce is. Wat waren wij dan al die tijd? Wie was jij dan? Met wie was ik in godshemelsnaam getrouwd?'

'Ik ben heel gelukkig geweest met jou, Karel. Veiligheid is een onderschat iets. Het is misschien wel alles. Alleen ben ik nu niet meer veilig bij jou.'

'Jawel, natuurlijk wel.'

Hij zucht. Ik zie voor me hoe hij met zijn vingers tussen zijn ogen wrijft.

'Jezus, Saar,' zegt hij dan, rustiger nu. 'Laten we eerlijk zijn. Je houdt niet meer van me, en wil alleen verder. Soit. Zeg dat dan. Niet dat gedraai met dat het eigenlijk mijn schuld is, deze scheiding.'

'Je hebt gelijk,' zeg ik.

'Dat gelul allemaal. Er valt helemaal niets meer te redden.'

'Nee. Ik denk het niet.'

'Ik wil het je horen zeggen.'

Hans vroeg me vannacht hetzelfde. Wat wil je? Ik heb altijd gewild wat anderen wilden.

'Ik wil scheiden. Ik hou niet meer van je.'

Het voelt alsof ik een bijl in zijn rug plant. Ik onderdruk de aanvechting om mijn woorden direct terug te nemen of af te zwakken.

Karel haalt zijn neus op. 'Oké. Dan is dat wat we gaan doen.' Hij klinkt gebroken, maar ook alsof hij eindelijk doorheeft dat er niets meer te redden valt.

Ik slenter terug naar het hotel. Het gesprek met Karel heeft me beroofd van mijn laatste restje energie. De zoektocht naar Hans is ineens potsierlijk en overdreven dramatisch. Hij wil met rust gelaten worden, zoals ik ook van Karel vroeg.

Bij het hotel aangekomen ga ik direct naar mijn kamer. Ik wil niet eten, niet praten, niet denken. Ik was mijn gezicht, poets mijn tanden, smeer mijn ellebogen in met vette crème. Routinematige handelingen. *Vies wijf.* Daar is hij weer. Ik sla met mijn hand tegen mijn voorhoofd. Ga weg! Soms begrijp ik de wens om ermee op te houden. Het verlangen naar eeuwige rust en stilte in mijn hoofd. Niet meer wanhopig te hengelen naar bevestiging, vergeving, liefde, troost en begrip, geen redeloze angst meer te voelen. Ik krijg het net zo koud van deze gedachten als van het vooruitzicht alleen verder te moeten. Ik probeer me te concentreren op mijn kinderen, mijn ouders, op al het mooie dat er ook is. Ik heb Hans nog maar net gevonden en hij heeft me alweer in de steek gelaten. Aan de andere kant: hij opende mijn hart. Voor eventjes, maar toch, ik weet dat ik ertoe in staat ben. Oprecht liefhebben.

Ik loop naar de ijskast om water te pakken en daar staat het. Een klein flesje limoncello verstopt in een servet.

Dear Sara,

Het spijt me dat ik je op deze manier heb achtergelaten. Onze nacht samen was prachtig, maar meer kan ik je helaas niet bieden. Ik schaam me diep, maar ik moet hier weg. Het is een puinhoop in mijn hoofd. Blijf alsjeblieft de prachtige vrouw die je bent.

Liefs Hans

35

Vandaag sluiten we From Fear to Love af op de vulkaan. Ik ben nerveus, heb nauwelijks geslapen door het briefje van Hans. Ik heb iedere zin tot uit den treure bestudeerd en bij het ontbijt voorgelegd aan Harold en Diane.

'Beter kwijt dan rijk, Sara,' zei Harold. 'Als een man zegt dat hij je niets te bieden heeft, geloof hem dan. Jij kunt hem niet redden. Concentreer je op jezelf. Vandaag gaan we eindelijk echt iets spectaculairs doen!'

In de bedompte kelder van de wandelschoenenverhuur aan het kerkplein passen we onze schoenen. We krijgen allemaal twee stokken, een fleecejack en een rugzak. Helene maakt enthousiast foto's van ons. Harold en Diane zitten naast elkaar. Diane straalt en zelfs Harold ziet er vanochtend enigszins opgewekt uit. Iedereen is blij dat het er bijna op zit en een beetje zenuwachtig voor de klim. Op televisies die in iedere hoek aan het plafond hangen, zien we wat ons te wachten staat. Trage, roodgloeiende lavastromen en spectaculaire erupties. Wanneer Jens binnenloopt valt er een grimmige stilte. Hij schudt de handen van de eigenaars en stelt ons allemaal voor aan Massimo, onze gids voor vanavond.

Massimo ziet er anders uit dan zijn naam doet vermoeden. Hij is zeker vijftig en heeft borstelige plukken haar boven zijn oren. Verder is hij kaal en bezaaid met sproeten.

'Hebben jullie er allemaal een beetje zin in vandaag?' begint hij in gebrekkig Engels.

'O god, hij denkt dat we kleine kinderen zijn,' zegt Harold.

'Of alzheimerpatiënten,' voegt Diane toe.

'Om vijf uur verzamelen we hier op het plein, bij het groene bord naast de kerk, om vervolgens via dit pad de vulkaan op te lopen.' Massimo wijst op een grote kaart die aan de wand hangt. 'We vertrekken iets later dan de andere groepen, omdat we een private tour zijn en we zo min mogelijk last willen hebben van de anderen. Met zonsondergang zullen we ongeveer bij de kraters zijn. Het is heel belangrijk dat jullie allemaal twee liter water, wat mueslirepen of ander etenswaar, een paar sokken, een extra T-shirt, een bandana of sjaal om je gezicht af te dekken en een lange broek bij jullie hebben. Want het is koud daarboven. De omstandigheden daar zijn totaal anders dan hier beneden.'

Jens voegt toe: 'We lopen omhoog in een stevige pas. Het is heel belangrijk dat je in goede conditie bent, want je kunt niet halverwege terug in je eentje. Als jij het niet redt, verpest je het voor de hele groep. Dus wie twijfelt, moet dat nu melden.'

Niemand steekt zijn hand op.

'Ook wil ik dat we in stilte lopen, de tocht is een stiltemeditatie. Alleen Massimo zal ons zo nu en dan op iets wijzen. Het is de bedoeling dit te ervaren met al je zintuigen. Er zijn twee pauzes, voor we boven zijn. Alleen in de pauzes zijn jullie vrij om te praten, foto's te maken, iets te eten.'

'Je kunt onderweg niet naar de wc,' zegt Massimo. 'En we lopen terug door diep vulkaanzand, wat erg zwaar is voor je knieën. Boven krijgen jullie een kapje, vanwege de zwaveldampen. Nogmaals, het is van groot belang dat jullie in topconditie zijn. We hebben geen EpiPen, geen defibrillator. De paar doden die zijn gevallen in de dertig jaar dat ik met gasten de vulkaan beklim, waren mensen die halverwege een hartaanval kregen.'

'Well, Harold...' glimlacht Jens.

'Lijkt me een prachtdood. Hij stierf op zijn weg naar de top van de vulkaan,' zegt Harold grimmig.

Massimo slaat zijn handen ineen. Hij kijkt bij alles even bedrukt. 'Tot slot, de vulkaan is geen theater. Het is nooit zeker of we iets van zijn magie en kracht zullen zien. Hij is momenteel erg actief, dus de kans is groot. Maar garanties kan ik jullie niet geven.'

Na de sessie lopen Violet en ik de met oleander begroeide steeg in, richting de wijnbar. Harold en Diane zitten er al, samen met Caroline, die zich nu heeft vastgeklampt aan onze groep.

We drinken witte wijn en bestellen pasta met baby-inktvisjes en zwarte olijven. Ik vertel over Hans zijn brief.

'Ik maak me zorgen over hem.'

'O, alsjeblieft Sara. Hij was moeilijk vanaf het begin. Hij is ermee gekapt, terug naar huis, en geef eerlijk toe: we hebben dat deze week allemaal wel een keer overwogen,' zegt Harold.

'Ik bedacht het dagelijks, tot nu,' zegt Diane.

We lachen, praten en drinken, we zijn als vrienden die elkaar geen week kennen, maar jaren. Ik kan me voorstellen dat de andere gasten – stelletjes en mensen alleen met hun boek – ons irritant vinden, want dat zou ik ook vinden als ik hier in mijn eentje zat. Maar ik ben onderdeel van dit bijeengeraapte zootje dat tot voor enkele dagen nog eenzaam en ongelukkig was.

'Hebben wij iets geleerd van Jens?' vraagt Violet.

In koor antwoorden we: 'Jij wel!'

'Nou...' mompelt ze. 'Niets wat ik nog niet wist.'

'Hoe was hij? In bed? Please!' vraag ik, en ik vraag me af hoeveel groepen van Jens deze gesprekken gevoerd hebben.

'Hij zei dat mijn bekkenbodem totaal op slot zat. Dat hij dat kon zien aan mijn bewegingen tijdens zijn lessen,' zegt Violet.

'En jij geloofde dat?' vraagt Diane.

'Het is wel een beetje waar. Ik weet niet, ik heb het altijd heel hard nodig, die bevestiging. Een man die mij wil. En of ik die man dan ook wil, doet er niet meer zoveel toe.'

'Kom op, Violet. Je bent prachtig. Iedere man wil jou,' zegt Harold.

'Dat weet ik wel. Maar als een man niet naar me kijkt, of niet met me flirt, maakt dat me heel onzeker. Ik heb het nodig dat iedere man mij wil. En ik wil daar vanaf, want het heeft me heel wat vriendschappen gekost.'

'En daarom wilde je Jens?' vraag ik.

'Ik wil boven iedereen uitsteken. Pas dan voel ik me de moeite waard. Desnoods door seks te hebben.'

Ze aait me over mijn rug. Violet wil niet alleen dat elke man haar de leukste vindt, maar ook elke vrouw, schiet het door mijn hoofd.

'Maar goed, ik zal jullie een klein geheimpje vertellen over Jens. Hij kon alleen maar klaarkomen door zichzelf af te rukken terwijl ik zijn naam riep. How about that?' Violet barst uit in hysterisch lachen.

'Wat is dat toch met mannen en masturberen!' roept Caroline met rode konen van de wijn. 'Het lijkt wel alsof ze dat het geilste vinden wat er bestaat. Dat ze zich afrukken terwijl jij kijkt.'

'Puur exhibitionisme, Caroline,' zegt Harold.

'Narcisme,' zegt Violet.

'Maar denken ze dan dat wij daar opgewonden van worden?' vraag ik.

'Nee, maar daar gaat het dan ook niet meer om. Zijn eigen opwinding is dan even belangrijker,' zegt Violet.

'O dear, jullie zijn zo gemeen,' lacht Harold.

'Hoezo gemeen?' zeg ik. 'Mannen praten voortdurend over masturberen zonder enige gêne. Maar stel je toch eens voor dat wij vrouwen dat zouden doen, of ons te pas en te onpas vingerend aan jullie zouden opdringen.'

'Dit is goed,' zegt Diane. 'Na al dat gedans en gekots en gepraat over schaamte en schuld en op kussens slaan. Niet dankzij Jens, maar dankzij jullie voelt mijn leven een stuk lichter. Echt. Ik ga jullie ontzettend missen.'

Weer omhelzen we elkaar, met de angst voor de nabije toekomst in het hart. Want over enkele dagen wacht daarbuiten het gewone leven, met scheidingen, nooit geboren en dode kinderen, levende, boze kinderen, ex-mannen en onbevredigende relaties. Terwijl we afrekenen en als hyperactieve tieners door elkaar heen praten, realiseer ik me dat ik geniet. Er ligt geen betonnen juk op mijn schouders, geen olifant op mijn borst. Ik heb verlaten en ik ben verlaten en toch is er lucht, en zin in de toekomst. Nu ik eindelijk echt alleen ben, voel ik me minder alleen dan ooit.

36

Mijn schoenen zijn toch te krap. Dat merk ik in de eerste honderd meter omhoog door het dorp, langs de begraafplaats en een olijfboomgaard, onder een zon die ondanks het late tijdstip nog uitbundig schijnt. Mijn tenen zitten tegen het randje, en mijn sokken prikken om mijn kuiten. Ik wist bij het passen al dat ze eigenlijk te klein zijn. Waarom zei ik dan dat ze perfect zaten? Alsof de schoenenverhuurder daar blij van wordt. Alsof hij nu denkt: wat een enige vrouw, en zo makkelijk.

We lopen in paren, rugzak om, helm op, onze stokken tikken op de keien. Wijn drinken bij de lunch was een slecht idee. Ik heb nu al hoofdpijn. Stil volgen we onze leiders, Jens en Massimo, beiden gekleed in een dure klimoutfit. Het beeld van Jens, masturberend terwijl Violet zijn naam roept, laat me niet los.

'Blijf je concentreren op je ademhaling. Ademen is alles,' roept Jens en hij doet het overdreven voor, waarna zijn volgers hem braaf nadoen.

We gaan een hekje door met een bord waarop staat dat het verboden is zonder gids verder te gaan. Vanaf hier gaat het pad licht omhoog, en bestaat de begroeiing uit kappertjesplanten, een enkele citrusboom en hoge vergeelde grassen. Ik loop naast Violet en achter Harold en Diane. Het valt me niet mee te zwijgen. Ik wil zo graag praten omdat mijn hoofd maar doorremmert en ik helemaal niet goed ben in het hier en nu. Het is prachtig hier, vol bloemen die zich tussen het zwarte gesteente door hebben weten te persen; het uitzicht op de verzameling witte huisjes en de bootjes op zee is indrukwekkend, maar ik voel het niet. Wat ik wel voel zijn vragen, mijn angst voor de terugkeer naar huis, en toch weer een druk op mijn hart, alsof er iets verschrikkelijks staat te gebeuren.

Wanneer we even stoppen om te pauzeren zijn we doorweekt. We staan inmiddels op een derde van de vulkaan, tussen zwarte rotsblokken en weerbarstige struiken vol kleine witte bloemetjes. Er is geen ruimte meer voor nadenken, behalve over hoe ik dit ga volhouden. Mijn knieën trillen, mijn longen branden en ik heb zelden zo verlangd naar water. Zweet gutst langs onze rood verhitte hoofden. Alleen Harold ziet zo bleek dat het paars lijkt. En toch steekt hij een sigaret op, die hem onmiddellijk zwijgend wordt afgepakt door Massimo.

'Dat kan echt niet, hier roken is heel gevaarlijk,' zegt hij. 'We willen geen bosbranden.'

Hij wijst ons op een enorme kei naast het pad en zegt dat het een *breadcrust bomb* is, een stuk gestolde lava dat door een explosie hier terecht is gekomen.

'Vandaar de helm,' voegt Jens toe en om zijn woorden kracht bij te zetten klopt hij er nog even op. 'Realiseer je dat we op weg zijn naar een woest kolkende baarmoeder, machtig en tierend, in staat om ons in één klap te vernietigen.'

'Is iedereen oké?' vraagt Massimo. We knikken of steken onze duim op.

Jens strekt zijn handen in de lucht en zegt dat we moeten proberen de hemel te raken. Hij draait rondjes met zijn heupen en buigt dan naar voren, tot zijn vingers de grond raken. 'Stretch je lichaam. Laat je bloed stromen, adem de zuurstof naar je spieren.'

Onze longen komen tot bedaren. Hoelang nog? Niemand durft het te vragen. In plaats daarvan staren we met geknepen ogen en onze handen in de zij naar beneden, naar het wuivende gouden gras.

'Het is bizar,' zegt Violet, 'daar beneden is het zo vredig en pittoresk, en als je je omdraait zie je de dreiging, die zwarte punt. Kijk, die rookpluimen.'

Massimo geeft het sein om weer te vertrekken. 'Vanaf hier wordt het steiler. Wie moeite heeft mij bij te houden, of angstig is, die moet direct achter mij lopen.' Hij wenkt mij, en Harold. 'You, behind me, you behind her,' zegt hij.

Ik zeg dat het prima met me gaat, en dat ik liever achter loop.

'Nee. Je bent veel te onzeker. Loop in mijn voetsporen,' zegt Massimo dwingend.

Het doet me denken aan de gymles vroeger, waar ik altijd als laatste overbleef als er een team gekozen werd. Het zuchten en de rollende ogen als ik met hen mee moest doen. Niet dat ik gepest werd, of een buitenbeentje was, maar mijn onhandigheid en volstrekte desinteresse in winnen en sport maakten me bij gym niet gewild. En kennelijk heeft Massimo gezien dat ik afdwaal, niet alleen in mijn hoofd, maar ook van de groep.

We stijgen in rap tempo en ik let niet meer op de omgeving, maar alleen op de bruine, geschoren kuiten van Massimo in het rode licht van de ondergaande zon. Het heeft iets bezwerends om hem te volgen. Achter me hoor ik het hijgen van Harold. Ik vraag hem of hij oké is. Hij kucht en zegt dat het prima gaat.

Het pad kronkelt nu en ik ben volledig gebiologeerd door Massimo's stappen, totdat ik iets glinsterends zie liggen, half verscholen in het grijze zand, onder het lage struikgewas. Het is een bril. Een zonnebril.

'Stop,' zeg ik. Massimo draait zich geïrriteerd om en Harold loopt tegen me aan.

'Silence, please!' hoor ik Jens roepen. Ik ga door mijn knieën en raap de bril op. Mijn hart zakt enkele verdiepingen. 'Dit is de bril van Hans,' zeg ik.

'Dat weet je niet,' zegt Harold. 'Duizenden mensen hebben zo'n bril.'

'Ik weet het zeker. Hij heeft die hier achtergelaten, voor ons.'

'Kunnen we doorlopen alsjeblieft?' zegt Massimo.

'Waarom zou hij dat doen, Sara?' vraagt Harold.

'Omdat hij wil dat we hem vinden.'

Massimo gebaart dat we nu echt weer moeten gaan lopen, het wordt al laat. Traag komen we in beweging. De zonnebril brandt in mijn zak.

Bij de volgende pauze sprayt Harold iets in zijn mond.

'Voor zijn hart,' zegt Diane, die zich opwerpt als een soort bezorgde echtgenote. Ik laat haar de bril zien. Ze veegt het zweet van haar voorhoofd met een geruite zakdoek. 'Zullen we ons even concentreren op Harold nu? De man die weigert af te haken?' zegt ze vinnig.

Harold lacht. 'I'm fine. Die spray moet ik altijd nemen als ik me inspan.'

Het helpt, want hij krijgt weer kleur.

Ik bestudeer opnieuw de bril. Dan zet ik hem op en meen Hans te ruiken. Hij was hier. En het is ook logisch. Hij wilde dolgraag de vulkaan beklimmen. Hij heeft het waarschijnlijk met een andere groep gedaan, gisteravond.

We eten onze mueslirepen en drinken uit onze flessen. Voor ons ligt een grijze, dampende woestijn.

Massimo zit gehurkt op een richel en wrijft over een stuk zwart steen. 'Hier kunnen jullie voelen hoe heet het onder onze voeten is.'

Om beurten leggen we onze hand op de gloeiende steen.

'Onder ons kookt de aarde,' zegt hij.

'Dit vind ik zó fantastisch,' oreert Jens. 'Voelen jullie het? De energie, de kracht, de grootsheid! Zo zijn wij ook. In ons huist een vulkaan. Als je de oerkracht ervan onderdrukt, ga je eraan ten onder. Als je je eraan overgeeft, ben je onoverwinnelijk. Laten we hier even gaan liggen. Met de buik op de vulkaan.'

Massimo zondert zich af en gaat met een stuk stokbrood uit zijn rugzak op een rotsblok verderop zitten. Hij heeft dit blijkbaar al te vaak gezien. Harold maakt aanstalten om achter hem aan te lopen.

'Nee, Harold. Nu doe je maar eens fatsoenlijk mee,' zegt Jens scherp.

'Ik denk er niet aan. Ik ga pissen en ik wacht wel op jullie bij Massimo,' antwoordt Harold.

'Het is echt gênant, Harold, jouw gedrag. En zeer demotiverend voor iedereen. Het is me een raadsel waarom ze allemaal zo dol op je zijn.'

Ik doe wat gevraagd wordt en ga liggen. De grond ruikt naar zwavel.

'Als je je heel goed concentreert, voel je de aarde vibreren en ademen. Als een lichaam dat we betreden, betasten, penetreren. Dit hier is God. Dichter bij het eeuwige leven zullen we nooit komen,' lispelt Jens.

Mijn buik op de buik van de vulkaan. De warme stenen. Ik ben veilig, dat weet ik. Mijn lichaam is nat van het zweet, mijn spieren verzuurd. Het lukt me niet te ademen naar mijn buik, laat staan naar de lava, zoals Jens ons opdraagt. Ik denk dat ik stik. Ik vecht ertegen, maar het gebeurt vanzelf. Beelden van Hans op me, zijn hand die mijn wang aait en me dan bij mijn strot grijpt. Het is Hans niet, het is Karel, het is Joep, het is mijn verkrachter. Hij wilde je alleen maar neuken, Sara. *Vies wijf.*

Ik kom overeind. Het laatste wat ik wil is in dit zwarte gat donderen.

Jens raakt even mijn schouder aan. 'Overweldigend, niet?'

We komen boven op onze laatste krachten. Onze gezichten paars en vermoeid, de knieën knikkend.

'Wow. Het is net *Star Wars*,' zegt Harold. Er waait een stevige wind en het is hier steenkoud. Gele wolken zwavel schieten voorbij en benemen ons de adem. We zetten onze mondkapjes op. Massimo verzoekt ons te wachten bij een van de betonnen schuilhokjes, waar andere groepen zich hebben verzameld. We kijken over een onheilspellend grijze zandvlakte, bezaaid met grimmige glanzende breadcrumb bomba's. We ontdoen ons van de rugzak en trekken rillend onze warme kleren aan. Ik hoor puffende, gorgelende geluiden.

'De vulkaan praat tegen ons,' zegt Jens.

'Ik ben dat hoogdravende gelul van je zo zat,' sist Harold opeens.

'Heb je een probleem, Harold?' Jens' stem slaat over. 'En vind je dit echt een goed moment om dat te bespreken?'

'Ik had het niet tegen jou.'

'Maar ik wel tegen jou.'

Jens staat nu met zijn handen in zijn zij voor ons, zijn borstkas opgeblazen als die van een gorilla.

'Oké dan, Jens, ja, ik had wat. Ik vind het onprettig als jij de hele tijd clichés spuwt. We hebben Massimo toch om ons te vertellen over de vulkaan?'

'Jij moet je bek houden. Je hebt het gepresteerd om deze week voor iedereen te verzieken en nu ga je ook nog deze unieke ervaring verkloten, you ugly little frog?'

Sprakeloos staren we naar de twee mannen die op het punt staan elkaar aan te vliegen. Diane doet een poging hen uit elkaar te houden door ertussen te gaan staan. 'Jongens. Doe niet zo kinderachtig.'

Harold stapt om haar heen en haalt uit met zijn been. Jens geeft nauwelijks een krimp na de schop tegen zijn dij. Violet grijpt Jens' arm, waarmee hij terug wil slaan. Massimo schreeuwt iets in het Italiaans.

'My god, wat is er toch mis met jullie mannen?' Diane stapt weer tussen hen in, de armen gespreid. Jens schudt zijn hoofd en gaat met zijn hand over zijn gezicht. Dan steekt hij hem uit naar Harold.

'Take it!' sist Diane.

Harold geeft zijn hand en Jens trekt hem met een ruk tegen zijn borst.

'Onderschat mij niet. Als het nodig is, vermorzel ik je,' ademt hij in Harolds gezicht.

Harold grinnikt nerveus en wrikt zich uit zijn greep. 'Je bent een charlatan, Jens. En dat zal ik bewijzen. Al is het het laatste wat ik doe.'

Dan horen we een doffe knal en kijken allemaal om. De andere groepen houden camera's en telefoons in de aanslag. Massimo wijst naar het gitzwarte maanlandschap voor ons. We zien een rookpuim in de verte.

'We staan op het punt de vulkaan in volle kracht te zien, mensen,' zegt Massimo. 'We wachten hier nog even tot het helemaal donker is en we het echte vuurwerk kunnen aanschouwen.'

In de verte zien we een glimp van iets roods wat opbolt, als een inademende buik. De aarde lijkt te schudden, waarna we een luid gesis horen. Harold pakt mijn pols. 'We zijn niets, Sara. Dit hier kan ons in één klap wegvagen. Boem! en daar gaan we, als kruimels.'

'Dat zou je het liefst willen, hè,' zeg ik.

'Het lijkt me de mooiste manier van sterven. Met zijn allen, in een zucht,' zegt hij.

In de verte komt er een paniekerig wuivende man over de zwarte duinen op ons afrennen. Hij draagt een fluorescerend hesje en roept de gidsen bij zich.

'Blijf hier,' zegt Massimo. Verderop staat inmiddels een heel groepje gidsen bij elkaar druk te praten en te wijzen.

'Wat is er aan de hand?' vraag ik aan Jens, alsof hij dat zou weten.

'Ik denk dat we terug moeten. Misschien dat de metingen zeggen dat er een grote explosie op komst is.' Hij klinkt nerveus.

Harold geeft me zijn verrekijker. 'Daar loopt iemand,' zegt hij. 'Daar in de verte, op links.'

'Dat kan helemaal niet,' zegt Jens. 'Het is streng verboden daar te komen.'

Ik kijk naar de zwarte rokende punten en het maanlandschap eromheen. Vlak voor de grootste krater zie ik wat bewegen. Het loopt niet, het kruipt. Een mier, dat is het. Ik zoom in. De figuur zit nu. Hij is zo zwart dat hij bijna opgaat in het landschap.

'Godverdomme, het is Hans,' zeg ik.

Jens rukt de verrekijker uit mijn handen en zet hem tegen zijn ogen. 'Jesus Christ,' mompelt hij.

Eerst sta ik vastgevroren aan de grond. Het kan hem niet zijn. Dat is onmogelijk. Ik beeld het me in, ik zie hem overal. Maar er ís daar wel iemand.

Massimo komt bij ons staan en probeert ons gerust te stellen. Het komt goed. Ze gaan de man halen, ze zijn nu aan het bedenken hoe.

'Hij is in gevaar! Hoe komt hij daar?' vraag ik.

'Als je écht wil, kun je er komen. Het is niet dat het hier dag en nacht bewaakt wordt,' antwoordt Massimo.

Ik blijf maar turen door de verrekijker, tot het te donker is om nog iets te zien. De andere groepen vertrekken en Massimo wil ons ook weg hebben. Wij weigeren te gaan. Hans is een van ons, we gaan pas als hij veilig is.

'Kunnen we niet naar hem toe?' vraag ik Massimo.

Hij schudt somber zijn hoofd. 'Levensgevaarlijk. Het is aan Iddu nu.'

'Wie is Iddu?'

'De vulkaan. Hij besluit of de man zal leven of sterven.'

'Maar wat gebeurt er nu?'

'Er komt een helikopter. Die mensen zullen ook hun leven moeten wagen. Als jullie niet weg willen gaan, dan zou ik maar beginnen met bidden.'

De zon is nu ondergegaan en de lucht is rood, roze, en ten slotte donkerblauw. Dan zien we een donkere gaswolk en ineens spuit de krater zijn woedende oranje vuurwerk de lucht in. We houden allemaal onze adem in.

'De mensen hier hebben leren leven met angst. Ze weten dat ze klein zijn tegenover deze supermacht. Dit is waar From Fear to Love over gaat.' Jens ratelt aan één stuk door. 'Neem het in je op. Wat je nu voelt. Fear of death. Hoe je hangt aan het leven. Niets zal je ooit nog angst inboezemen.'

'Als ik jou was, Jens, zou ik *fear of guilt* voelen. Want dat daar is jouw gast. En jouw praatjes hebben hem daar gebracht.' Harold trilt over zijn hele lichaam.

'We kiezen allemaal ons eigen pad, Harold,' antwoordt Jens.

'Ik geloof nergens in, Jens, niet in God, niet in het lot, en zeker niet in jou. Maar wel in karma. En karma zal je krijgen, Jens. Je gaat eraan. Al moet ik daar persoonlijk voor zorgen.' Harold loopt op Jens toe, zijn vuisten gebald.

Jens maakt zich opnieuw groot, maar in zijn ogen staat paniek. 'Denk je nu echt dat ik me iets aantrek van een loser als jij?'

'Ik weet het wel zeker,' zegt Harold. 'Want ik ga jou en je sekte kapotmaken. En iets zegt me dat dat niet heel moeilijk is, nu een van je gasten daar rondloopt en de weg kwijt is door jouw gelul.'

Ik zie de vuist van Jens in slow motion door de lucht vliegen en landen op de kaak van Harold. Zijn bril vliegt af, bloed spuit uit zijn neus. We gillen.

Het is Massimo die op Jens springt en hem uitscheldt in het Italiaans. Diane en ik ontfermen ons over Harold, deppen zijn gezicht met zakdoekjes en water. Ondanks de pijn lacht hij. Violet veegt zijn bril schoon.

'Ik zet toch voor de zekerheid maar weer mijn helm op,' gniffelt Harold.

Dan klinkt achter ons opeens het geronk van een naderende helikopter. Ik pak de verrekijker en zie de zoeklichten over de grillige toppen glijden tot ze Hans gevonden hebben, tot aan zijn knieën in het vulkaanzand. Zijn armen voor zijn gezicht. Ik voel zijn schaamte. Hij had hier willen verdwijnen, in het diepst van de aarde. Ik probeer me voor te stellen hoe het is om boven de gapende afgrond te staan en onder je de kolkende rode lava te zien. Hoe zul je sterven? Word je opgeslokt door de lava, blijf je liggen en verbrand je levend?

'Voor je de lava raakt ben je al dood,' zegt Harold zacht, alsof hij mijn gedachten kan raden. 'Je longen verbranden meteen, als de zwavelgassen je niet hebben verstikt.'

'Waarom zou hij dat willen?'

‘Dat weet je niet, of hij dat wil, maar ik snap het wel. Het is een epische dood. Ashes to ashes. En niemand hoeft je shit op te ruimen.’ Harold klinkt zo zelfverzekerd dat ik even vermoed dat hij hier zelf al vaker over nagedacht heeft.

Voordat ik nog iets tegen hem kan zeggen roept Caroline ons. In het hoekje van de shelter staat een rugzak. ‘Zou iemand die vergeten zijn?’

Ik rits hem open en zie bekende sneakers. ‘Hij is van Hans,’ zeg ik mat.

De helikopter is nu vlakbij. We kunnen elkaar niet meer verstaan. Ik haal Hans’ sneakers uit de rugzak, zijn horloge en een blauw schriftje. Roerloos en met gebogen hoofden staren we naar zijn achtergelaten spullen. Zo voelde hij zich ook. Gebruikt en bezoedeld. Altijd druk met doen alsof. Een leven lang acteren. Met ons gaat het uitstekend. Kijk ons eens spelen alsof we leven en voelen. Alsof we niet beheerst worden door angst en eenzaamheid, hoeveel mensen we ook om ons heen verzamelen. We spelen wie we geweest hadden kunnen zijn, tot we niet meer kunnen. Wie weet wat ik had gedaan zonder kinderen, zonder moeder te zijn.

In de lucht zwaaien de zoeklichten. Aan de helikopter hangt een man aan een touw, naast hem een brancard.

‘Ze gaan hem redden, hoor,’ troost Violet me.

‘Nu wel,’ zeg ik.

‘Andiamo. Vai, vai, vai.’ Massimo maant ons achter hem aan te lopen, we moeten nu echt naar beneden. Ik stop Hans zijn schrift onder mijn T-shirt en dan lopen we in draf door het stuivende vulkaanzand achter onze eigen lichtjes aan.

Ik wil dat het ophoudt. De repeterende gedachten. Het voelen. Het niet-voelen. Het verdoven en het oplaaien. Ik ben zo moe. En het gaat niet voorbij. Het wordt niet beter. Misschien ben ik gek. Dat zou heel goed kunnen. Mijn moeder zei me dat gek zijn betekent dat je dezelfde hel steeds opnieuw beleeft.

Huil niet om mij. Ik ben het echt niet waard. Niet bang voor pijn.

Ik zal proberen te omschrijven hoe het is om je bezoedeld te voelen. Alsof iemand je heeft besmeurd met het smerigste goedje, een soort stinkende groene olie, die er niet af gaat, hoe hard je ook schrobt en weekt en wast. Iedereen lijkt het te zien, te ruiken. En ze kijken. Die vieze jongen. Hij liet het maar mooi gebeuren. Echt niet zomaar. Gewone mensen gebeurt zoiets niet.

Ik wil het wel zijn. Gewoon. Het plezier van liefde voelen. En ik heb het geprobeerd. Maar de groene olie maakt dat alles van me af glijdt en liefde in mijn ogen alleen maar bestaat uit angst en schaamte. En ik wil niet meer alleen zijn.

37

'Ik heb je schrift gelezen.'

Hans ligt met zijn rug naar me toe. Ik zit al een tijdje op een houten klapstoel naast zijn ziekenhuisbed. Het is warm hier en het plafond is bezaaid met muggen.

'Ik kan je niet aankijken,' zegt hij.

'Dat hoeft ook niet.'

Ik streel voorzichtig zijn arm.

'Ik begrijp je zo goed. Wat je schreef. Het blijft, hè.'

Hij strekt zijn knieën. Heel langzaam draait hij zich op zijn rug, zijn blik op het plafond gericht.

'Ik was volledig doorgedraaid toen ik dat schreef.'

'En nu niet meer?'

'Ze hebben me platgespoten. En dat is heerlijk, kan ik je zeggen.'

'Dan kun je me ook aankijken.'

Hij draait zijn hoofd. We glimlachen.

'Ik schaam me zo,' zegt hij zacht.

'Kwam het door onze nacht?'

Hij schudt beslist zijn hoofd. 'Dat was het mooiste wat me de afgelopen jaren is overkomen. Maar als zelfs zoiets moois met je kop fuckt... Het is de onrust, dat obsessieve gejaag van mijn hersenen. Dan wil ik alleen maar dat het stopt. De beelden. Het schamen.'

Ik knik. 'Je wordt erin gezogen, juist als het even goed gaat,' zeg ik. 'Ineens is die smerigheid er weer. De vernedering.'

'Dat wil ik dan uitzetten,' vult Hans me aan. 'De gedachte aan de dood kan dan zo vredig zijn.'

Ik pak zijn hand.

'Ik wil dat je leeft,' zeg ik.

Hij slaat zijn ziekenhuisdeken open en klopt met zijn hand op het matras. Ik kruip naast hem.

'Ik leef,' zegt hij en hij kust me.

Mijn neus is in zijn hals. Ik voel zijn slagader kloppen.

'Het was rauw, Sara. Zo rauw. De hitte. Idee een tien, uitvoering een één.'

Ik geef hem een zoen. Hij streelt mijn haar.

'Ik heb daar gestaan, aan de rand van die krater. Het leek me zo'n schitterende manier van verdwijnen.'

'Van sterven, bedoel je.'

Hans kijkt me aan en lijkt zichzelf te dwingen niet weg te kijken. Ik zie zijn gezicht rood worden. Ik bloos ook.

'Maar toen ik daar stond,' gaat hij verder. 'Die hitte. Het was net de bek van een reusachtige draak. Als ik dit doe, bedacht ik, dan wint hij. Die bek, dat is híj. Hij heeft me uitgedoofd. Maar ik kon het niet. Ik kon me niet opnieuw aan hem geven. Maar ik weet ook niet of ik dat andere kan, leven. Daar is wel meer voor nodig dan een middagje je vader doodknuppelen.'

Onze ogen laten elkaar niet los. We zwijgen lang en glimlachen verlegen. 'Vandaag leven we in ieder geval,' zegt Hans ten slotte en hij blaast in mijn haar.

'Ja. Vandaag leven we.'

Ik pak het miniatuurflesje limoncello uit mijn beha en draai het open. We nemen allebei een slok.

'Vanavond vlieg ik naar Londen, met mijn vader,' zegt hij.

'Ik ga morgen op de boot.'

'We houden natuurlijk contact.'

We liggen en zwijgen. Ik wil hem niet loslaten. Ik heb hem nog maar net gevonden.

'Ik hoop het,' zeg ik dan.

'Ik heb het je gezegd, Sara. Aan mij heb je niets.'

Ik knik. Dat weet ik. En toch is er hoop. Het maakt me droevig, maar ook blij. Ik ben niet helemaal van steen. Ik kan voelen en verlangen.

'Wat ga je doen, thuis?' vraagt hij.

'Verder leven.'

Hij lacht en hoest tegelijk. 'Doe je dat dan ook namens mij?'

Ik knik opnieuw. 'Dit leven is mede mogelijk gemaakt door Hans.'

Ik leg mijn hoofd op zijn borst en luister naar zijn hart.

'Waar denk je aan?' vraagt hij.

Aan niets. Aan alles.

'Aan het verhaal dat ik ga schrijven.' Opeens weet ik dat heel zeker.

'Over ons?'

'Over wat ons is overkomen.'

'Dat is goed.'

'Ik wil niet meer zwijgen. Ik ben nota bene schrijver.'

Ik kom overeind en neem afscheid zonder te weten of ik hem ooit weer ga zien. Ik vraag hem niets, hij mij ook niet. Ik weet alleen maar dat ik niet meer alleen ben. Waar we ons ook bevinden, we zullen aan elkaar denken. Ik loop naar buiten, de wereld in, en adem.

Wij zwijgen

Door Sara Zomer

Zwijgen over seksueel geweld en seksuele intimidatie is ons met de paplepel ingegoten. Evenals schuld en schaamte. Erover praten levert doorgaans louter rottigheid op, en ik kan dat weten.

Ruim vijfendertig jaar zweeg ik over mijn verkrachting. Veertien was ik, op een plek waar ik niet hoorde te zijn in een te kort rokje. Ik had gedronken en ik deed stoer tegen mijn veel oudere buurjongen, die eigenlijk een man was. Hij dwong me in de tuin tegen de grond, rukte mijn rokje af en onderbroek kapot. Gooide het rokje over de schutting en drong bij me binnen. Op de achtergrond klonk 'Tonight Is the Night' van Betty Wright. Ja, de waarheid is vaak ongeloofwaardiger dan de leugen.

Binnen lachten en praatten mijn vrienden. Om hulp vragen was makkelijk geweest. Gillen, schreeuwen, trappen, bijten. Maar ik deed niets. Ik liet hem inbeuken op mijn lichaam en dacht vooral aan mijn rokje aan de andere kant van de schutting. Ik zat nog lang in de tuin nadat hij me daar had achtergelaten. Hoe kon ik naar binnen gaan, halfnaakt de mensen onder ogen komen? De schaamte was enorm, maar niet zo groot als de schuld. Ik had erom gevraagd, door te lachen om zijn grapjes en te flirten, door voor dit rokje te kiezen, door te liegen tegen mijn ouders, door te fantaseren over hoe het zou zijn, de eerste keer, door überhaupt te denken aan seks, door vrouw te zijn. Toen ik uiteindelijk de moed vatte naar binnen te glippen, de trap op en kleren van mijn vriendin had aangetrokken, besloot ik dat het niet gebeurd was.

Ik haalde de morning-afterpil en zweeg, zelfs toen mijn moeder de verpakking vond, zelfs toen een vriendin me toevertrouwde dat dezelfde buurjongen/-man haar had geprobeerd aan te randen. Ik zweeg, omdat praten niet lukte, omdat ik me, als ik er alleen al aan dacht, weer precies zo voelde als toen, halfnaakt in die tuin, kapot en van geen enkele waarde.

Ik zweeg ook omdat ik merkte dat niemand op zo'n verhaal zat te wachten. De paar keer dat ik aan geliefden een glimp liet zien van wie ik eigenlijk was, namelijk een beschadigd bang kind, betrokken zij dit direct op zichzelf.

Ik zweeg dus. Ik deed geen aangifte. Ik heb geen bewijzen, behalve mijn angsten. Ik zweeg omdat ik bang was voor ongeloof en het verdriet van anderen. Ik zweeg omdat ik zelf twijfelde. Was het wel echt een verkrachting? Was het eigenlijk wel echt gebeurd? Maakte ik het zelf soms groter dan het was?

Soms kon ik slecht bij de herinnering, andere keren was het glashelder. Ik zweeg omdat ik het verhaal haatte en mezelf, omdat ik me losgekoppeld voelde van iedereen, besmeurd, vies, lelijk, en door het uit te spreken zou iedereen zien wie ik werkelijk was: een aanstellerig dom wezen dat zich had laten verkrachten.

Ik besloot pas te praten nadat mijn huwelijk was stukgelopen en ik een ander slachtoffer van seksueel misbruik ontmoette. Van hem leerde ik dat wie er niet over praat, uiteindelijk uit elkaar knalt als een vulkaan. Ik vertelde het onlangs aan mijn ouders, mijn exman, mijn kinderen, mijn vrienden. Vijfentwintig jaar later. Ik praatte en alles waar ik al die jaren bang voor was, gebeurde. Was het niet mijn eigen schuld? Was het wel een echte verkrachting? Waarom vertel je zoiets nu pas? Ik wilde soms dat ik was blijven zwijgen, want mijn verhaal bleek vaak het veiligst bij mij, het geheim in mijn donkere nacht.

Maar er gebeurden ook mooie dingen. De stem in mijn hoofd die me toebeet dat ik een vies wijf was, zweeg steeds langer. Mijn ouders omarmden me. Mijn ex-man begreep uiteindelijk het kleine stukje van mij waar hij nooit bij kon. Ik kreeg weer lucht. Praten over wat je is overkomen, is pas het begin van de genezing.

Wij vrouwen, wij zwijgen dus, en voor degene die zich maar verongelijkt blijft afvragen: waarom toch? Omdat we ons schamen voor onze angst, voor de diepste vernedering, voor ons slachtofferschap. En omdat we weten wat we ons op de hals halen zodra we praten: het misprijzende ongeloof. Ten koste van ons huwelijk, ons seksleven, ons leven zwijgen we. En met zwijgen spelen we de misbruiker in de kaart.

De wens om vrouwen te ontkrachten zit kennelijk diep bij vele mannen, gezien de eindeloze stroom troll-berichten die ik heb mogen ontvangen sinds ik mijn verhaal deed. En toch krijgen ze me niet terug in mijn hok. Ik zal het licht blijven schijnen op alle vooroordelen omtrent seksueel geweld totdat op een dag de slachtoffers zonder schaamte en zelfhaat naar de politie durven gaan, en we allemaal zo stoer zijn om te vragen om seks, in plaats van ons af te laten troggelen met fysieke kracht. Want zolang we de vrouw als verantwoordelijk zien voor de lusten van de man, zal seksueel geweld bestaan.